ALGER LA NOIRE

BABEL NOIR
sous la direction de Nelly Bernard

DU MÊME AUTEUR

Ça va bien, Autres temps, prix de la Nouvelle noire au Festival du polar "Noir dans le blanc", 2005.
Le Carnaval des gueux, HC, "Hors noir", 2001.
Rue Oberkampf, HC, "Hors noir", 2000.
Une rude journée, Contre Plan, 1999.

Drames de l'adolescence, familles en séance, récits cliniques, ESF, "La Vie de l'enfant", 1996.

© ACTES SUD, 2006
ISBN 2-7427-5914-X

Couverture : © Sylvie Huet
www.sylviehuet.com

MAURICE ATTIA

ALGER LA NOIRE

roman

BABEL NOIR

A Hugo, Samuel, Laurence,
en trace d'une vie.
A Mathilde,
en place d'égérie.
A Maurice Choukroun,
en hommage à l'ami.

Le lecteur trouvera en fin de volume un plan d'Alger, une chronologie des épisodes de la guerre d'Algérie évoqués dans le récit et une bibliographie sommaire.

LA VALISE
ET LE CERCUEIL

Dans le bateau *Ville d'Alger*, chargé de milliers de fuyards, je suis en route pour Marseille.

Ma grand-mère m'accompagne pour son dernier voyage. Grâce à mon boulot, j'ai pu lui obtenir un billet en classe fret. Vivant, on navigue en cabine ou sur les ponts, mort, avec les marchandises dans la soute.

"La valise ou le cercueil", disait-on vers la fin. Je n'ai pas eu à choisir. Je quitte le pays avec une valise et un cercueil. Les formules varient selon les circonstances, une conjonction peut vous changer une phrase, un coup de feu, provoquer un massacre.

Je m'appelle Paco Martinez. Je suis, j'étais, je serai peut-être encore inspecteur de police, si on veut bien de moi à Marseille.

Je suis né en Catalogne dans le Barrio Gotico de Barcelone en 1930 d'un père, instituteur de profession, anarchiste de conviction, mort en 37, liquidé par les communistes, et d'une mère de la petite bourgeoisie catholique que je n'ai pas revue depuis mes six ans. Mon père m'a enlevé pour me soustraire à l'influence maternelle. Il m'a confié à sa mère, ma grand-mère, veuve et charcutière.

Après la guerre d'Espagne, elle a préféré fuir le franquisme et s'est exilée en Algérie, dans la Basseta* de Bâb-el-Oued.

En ce printemps 62, elle n'a pas voulu d'un nouveau départ. Le gaz a fait le reste. Pour me punir, je me suis bourré la gueule au bar des Arènes, arrosé par les patrons avant fermeture définitive et changement de propriétaire. Ça deviendra probablement un café maure, alcool interdit par l'Islam, alors liquidation totale des stocks, anisette à volonté pour tout le monde. *Borracho***. Espagnols, Italiens, Maltais, Corses, Juifs et même Français de souche…

Du cœur de la cité s'élève un nuage noir, de papier brûlé, la fumée des soixante mille volumes de la bibliothèque d'Alger. De la terre brûlée aux livres incendiés, la culture a toujours été victime de l'extrême droite…

La ville blanche éblouit mes rétines une dernière fois dans le bleu de l'aube et son image frémit de sa première chaleur comme les lèvres tremblantes d'une femme qui retient son chagrin. Je n'ai pas encore

* Basseta : à l'origine, du valencien *balseta*, "lavoir".
** *Borracho* : en espagnol, "ivre".

pleuré ma grand-mère et je thésaurise mes larmes pour sa mise en terre dans un cimetière de hasard.

Irène est restée pour quelques semaines encore parce qu'elle veut organiser son déménagement.
Je ne sais pas si elle me rejoindra.
Je ne sais pas si j'en ai envie.

L'histoire le dira ou pas.

Première partie
CHOUKROUN

*C'était un temps déraisonnable, on
avait mis les morts à table.*

LOUIS ARAGON

1
PADOVANI-PLAGE

Maurice Choukroun me mettait la tête comme une pastèque avec Lili Labassi, son idole de musique judéo-arabe. Malgré mes protestations, le commissaire l'avait autorisé à installer son électrophone Teppaz dans notre bureau. Choukroun était le plus vieil inspecteur de Bâb-el-Oued, ça permettait certains privilèges. Il était trop crevé, disait-il, pour écouter de la musique chez lui et, de toute façon, sa femme préférait la radio, surtout le chanteur André Claveau.

Il y avait une cinquantaine de meurtres par jour et on n'avait rien à foutre. Tous des Arabes venus s'aventurer en territoire ennemi, pour travailler, pour bouffer. Mais l'OAS avait décidé que tout Arabe était un ennemi et les exécutait au couteau, au Beretta ou au pistolet-mitrailleur. L'armée régulière passait en camion ramasser les cadavres qu'elle jetait à l'arrière comme des chiens écrasés. Il restait les taches sur le trottoir. Pas de constat policier, pas de témoin, pas de rapport, juste un relevé d'identité si le gars avait ses papiers. Un sale boulot que tous faisaient salement.

Le pire était que tout cela se passait à Bâb-el-Oued, un quartier populaire, cosmopolite et prolétaire. Le commissariat était à l'image du quartier : d'un côté, une minorité de flics loyalistes, fidèles à de Gaulle, essentiellement des Frangaouis* qui attendaient leur mutation pour la France, de l'autre, une majorité de fachos méprisant les "melons", qui, le jour, faisaient *a minima* leur boulot de flic, la nuit, se réunissaient en bande dans des arrière-bistrots, complotaient contre l'Etat et jouaient les indics pour les chefs de l'OAS. Un beau merdier.

Seuls Choukroun et moi restions en dehors du coup. En conséquence, les deux camps nous détestaient pour notre neutralité. Moi, j'en avais marre de la guerre, de sa mythologie, de ses légendes.

Une petite enfance pendant la guerre d'Espagne, dont il ne me restait rien, sinon les anecdotes et les drames rapportés par ma grand-mère sur les républicains en général et sur mon père-ce-héros en particulier.

J'avais dix ans en 40, période burlesque en Algérie, où fleurissait un marché noir effréné. Le régime de Vichy avait du mal à imposer son ordre pétainiste par nos contrées. Pour moi, longtemps, Vichy était un patelin dans la banlieue de Verdun. Au nord, loin, dans la brume, la boue. Une fiction projetée régulièrement sur les écrans de nos cinémas pendant les actualités. Fictions du père, du maréchal.

* De l'arabe *Frangao*, pl. *Frangaoui* : Français d'origine métropolitaine.

14

Un jour, les Américains sont sortis des écrans pour envahir nos rues, avec leurs sourires naïfs de touristes bien nourris, leurs Noirs et leurs musiques. Et puis, ils s'en sont allés comme ils étaient venus.

La paix, pendant dix ans, entrecoupée par des images de guerre, l'Indochine, si loin, Dien Bien Phu, encore un Verdun, version asiatique.

Et puis, en automne 54, période de Toussaint, la mort a quitté la pellicule des salles obscures pour s'offrir un festival dans le Constantinois et l'Oranais : trente attentats simultanés contre des objectifs militaires ou de police. Tout le monde a cru à une poussée de fièvre, moi compris. Je venais de réussir mon examen d'entrée dans la police, après avoir obtenu ma licence de lettres. Le FLN avait frappé. Et ce n'était déjà pas un boulot pour les flics puisque Mitterrand, notre ministre de l'Intérieur, a envoyé trois compagnies de CRS pour rétablir l'ordre dans ces régions.

L'été suivant, en août 55, des milliers de fellahs ont assailli villes et villages des mêmes régions et ont massacré cent vingt-trois personnes. Officiellement. La réponse de l'armée, des milices privées et des collègues a été sanglante : mille deux cent soixante-treize morts. Officiellement. Un vrai malaise s'est installé chez les flics. Sauf pour ceux qui avaient toujours rêvé d'être dans la Gestapo. Moi, naïvement, je voulais défendre la veuve et l'orphelin, en somme ma grand-mère et moi-même.

Têtu comme un bourricot, j'ai continué à faire le métier dans lequel je m'étais engagé, façon *Pépé le Moko**.

A l'évidence, la guerre tuait le crime de droit commun, même si tous évitaient soigneusement d'utiliser le mot "guerre" pour lui préférer celui d'"événements"…

Les mômes sont arrivés au moment où je me posais sérieusement la question de passer à autre chose mais l'enseignement du français ne me disait rien par ces temps incertains. Aux portes de Bâb-el-Oued, le lycée Bugeaud était fermé pour cause de grève générale des enseignants car les Cyrards, apprentis officiers et partisans de l'Algérie française, les terrorisaient et occupaient les locaux.

Deux gamins, accompagnés d'un collègue en uniforme, voulaient parler aux inspecteurs. Choukroun et moi les avons reçus.

Le blond avait l'œil gauche fermé par des paupières apparemment cousues, le droit, bleu ; le brun, plus petit, l'air excité, nous a expliqué qu'ils avaient fait une découverte extraordinaire sur la plage de Padovani**.

* *Pépé le Moko* : drame policier de Julien Duvivier, avec Jean Gabin dans le rôle de Pépé le Moko. Dans les années trente, un chef de gang est cerné par la police dans la Casbah d'Alger.
** Padovani-Plage : plage populaire de Bâb-el-Oued.

"Y a des morts, j'vous jure sur la tête de ma mère, y a des morts, un homme et une femme. La putain ! Nous, on croyait qu'ils niquaient ! Mais, quand on s'est approchés, on a bien vu qu'ils étaient morts. Alors on a couru pour avertir la police…

— Calme-toi. Vous avez touché à rien… ?

— Sur la tête de…

— Laisse ta mère tranquille. Vous allez venir avec nous et nous montrer ça…"

Choukroun a soupiré, arrêté son disque de Labassi et enfilé son imperméable. Les gamins ont suivi, fiers comme des héros de bande dessinée.

On a pris la Dauphine de service et embarqué les petits à l'arrière. Ils chuchotaient à la façon de conspirateurs en herbe. Entre autres, ils se demandaient si leurs témoignages seraient publiés dans les journaux. J'ai souri car les quotidiens étaient devenus de grandes pages blanches parsemées de petits articles insignifiants. La censure gommait tout ce qui dérangeait ou inquiétait. Par analogie, le lecteur imaginait la gravité de la situation, proportionnelle aux espaces vierges.

On s'est garés sur le boulevard Pitolet, près de la plage.

Des vagues ocre s'écrasaient sur le sable désert dans un vacarme vidé des cris d'enfants, des jurons de volleyeurs, des appels du marchand de frites ou des rappels à l'ordre du maître nageur. Sous l'abri d'une remise, sommeillaient les périssoires et quelques barques retournées. Un hélicoptère de

17

l'armée, une Alouette, est passé au ras des vagues pour se poser plus loin sur la piste aménagée près du stade Cerdan. Le ballet héliporté constituait une information précieuse pour évaluer les pertes du contingent lors d'opérations dans les djebels. Certains jours, les vols des hélicos à croix rouge avaient été incessants. Et les jours suivants, la une des journaux affichait une blancheur qui masquait maladroitement le sang des soldats morts au combat ou dans des embuscades…

On a descendu l'escalier de bois qui menait des cabines sur pilotis au sable de la plage.

Choukroun a demandé aux enfants où étaient les cadavres.

"Derrière la barque bleue", a répondu le blond en désignant l'embarcation échouée à une trentaine de mètres à l'ombre de la remise.

Tout en progressant sur le sable humide et sale, j'avais la conviction que les enfants joueraient l'étonnement quand nous allions constater la disparition des corps. Ça deviendrait "Le mystère de la barque bleue". Ils s'en tireraient avec une engueulade carabinée de Choukroun, la menace d'une tannée, et une histoire légendaire à raconter à leurs copains qui les traiteraient de menteurs et de fanfarons. De mon côté, je les sermonnerais en les culpabilisant sur le temps précieux qu'ils faisaient perdre à la police. Sans en croire un mot.

Derrière la barque bleue, les corps.

Un homme nu sur une femme nue. Dans la position du missionnaire.

Un missionnaire surpris en train de pêcher et foudroyé par la colère divine. D'une balle dans la tête.

Un brun sur une blonde. La nuque ornée d'un trou rouge sous l'occipital, un dos à la peau mate utilisée comme un parchemin, marqué à la lame d'une plaie lisible : *OAS*.

L'inscription au couteau avait été pratiquée après la mort car la blessure n'avait pas saigné. En retournant le corps, on constaterait que son pénis était circoncis. Juif ou Arabe, allez savoir. Choukroun saurait.

Les garçons, silencieux, observaient les mouvements de la mer pour échapper au spectacle figé de la mort et de l'amour. Pourtant des cadavres, comme tous les enfants de Bâb-el-Oued, ils avaient dû en voir des dizaines jonchant les rues de leur quartier. Quant à l'amour, probablement qu'ils épiaient régulièrement les couples d'amoureux cachant leurs étreintes sur les plages désertes et humides de l'hiver.

"Les p'tits ! Allez nous attendre dans la voiture ! a ordonné Choukroun aux minots.

— On peut rentrer chez nous, m'sieu ? a demandé le brun.

— Pas question. Il va falloir qu'on prenne votre déposition.

— On va s'faire engueuler par nos parents…

— T'inquiète, on vous ramènera chez vous. Filez dans la voiture !"

Choukroun a mis un genou à terre et a retourné le corps de l'homme.

Il avait bien un sexe, mais impossible de savoir s'il était circoncis car il n'était plus à sa place. L'homme avait été castré et l'assassin lui avait enfoncé son pénis dans la bouche.

"Putain !" j'ai lâché à mon insu. Pourtant j'avais déjà vu ça quelques jours plus tôt. Les types de l'OAS avaient tué un barbouze vietnamien et l'avaient accroché au milieu de la rue, pendu entre deux balcons, la queue dans la bouche. A cent mètres du commissariat. Mais là encore, l'enquête nous avait été retirée pour être confiée à l'armée, c'est-à-dire aux services spéciaux.

A l'époque où le FLN tendait des embuscades aux gars du contingent, on en avait récupéré plus d'un, le cœur arraché, castré ou des cailloux à la place des yeux dans les orbites. Une façon de marquer les esprits, de terroriser les appelés. La barbarie sait toujours y faire avec l'imaginaire, quel que soit son combat.

La femme, masquée jusqu'alors par le corps robuste de son amant, nous est apparue. Elle était splendide, mais ce n'était pas une femme, une jeune fille de vingt ans tout au plus, les seins déjà lourds, des hanches larges, la toison pubienne d'un blond sombre entachée du sang coagulé de son partenaire. Ses yeux bleus ouverts et vides étaient figés dans un étonnement ineffable. Sous le sein gauche, un trou noir donnait l'illusion d'un mamelon surnuméraire.

L'homme avait, sans doute, été exécuté pendant le rapport sexuel et par surprise, la femme ensuite. La castration, le marquage du cadavre et la mise en scène avaient été réalisés secondairement. En plein jour. Sans témoins en dehors des enfants qui semblaient être arrivés après les meurtres et le départ du ou des assassins. A moins que le crime ait été commis de nuit et découvert par les enfants au matin, par hasard. Le médecin légiste nous en dirait plus si on le laissait faire son travail et si on nous autorisait à exercer le nôtre.

J'ai cherché autour des corps des indices, mais on ne devinait que le piétinement de chaussures de gamins.

"Tu as remarqué, Paco ?

— Ouais, y a pas de vêtements. Adam et Eve exécutés par l'OAS au nom de Dieu et de l'Algérie française.

— En tout cas, c'est ce qu'on veut nous faire croire. Si y avait que le corps de l'Arabe, ça serait une non-affaire. Mais y a la petite et ça va pas passer inaperçu.

— Tu crois que l'Arabe l'a violée ?"

Choukroun s'est redressé, l'air préoccupé. Il a allumé une Bastos sans m'en proposer parce que je ne fumais que des maïs. Après avoir expiré sa première bouffée, il a dit :

"Ça tient pas debout. Si un type il avait pris en flagrant délit un Arabe en train de violer une Européenne, il l'aurait massacré sur place, mais il aurait laissé la vie sauve à la fille. En plus, y a pas de trace de lutte… Tu as vu les ongles qu'elle a ? C'est une fille de bourgeoise à la figue chaude. Elle devait être vachement délurée pour s'envoyer en

21

l'air avec un Arabe… et avoir un sacré goût du risque. Lui aussi d'ailleurs. Ça leur a été fatal…

— C'est plus Adam et Eve, c'est Roméo et Juliette, ton histoire !

— Si tu veux, sauf qu'on a pas la moindre idée de leurs identités. Côté Arabe, on doit déjà parler de lui au passé. Pour la fille, y a dû avoir une recherche dans l'intérêt des familles. Quelqu'un doit bien se faire du mauvais sang depuis sa disparition. Tu l'as jamais vue, toi qui fréquentais les bals pour la «haute» ?"

Sans répondre, je me suis rembruni. Choukroun était un bon flic, mais la délicatesse n'était pas son fort. Irène, ma petite amie, adorait danser. Bien que je sois un piètre cavalier et que je préfère l'obscurité des cinémas de mon quartier aux lumières clinquantes des bals, elle me traînait tous les samedis dans les soirées dansantes de la région, de préférence avec orchestre. La multiplication des attentats par le FLN l'avait dissuadée, un temps, de danser. Quand, en janvier 57, Massu et ses paras avaient commencé à nettoyer la Casbah des réseaux FLN, tout le monde avait cru que les explosions allaient cesser. En fait, elles avaient redoublé. Dans les stades, les cafés, les cinémas, la rue. Cent douze attentats en janvier. Et puis, à coups de baignoire et de gégène, le nombre avait diminué. Trente-neuf en février, vingt-neuf en mars. La population d'Alger avait commencé à souffler. Les gens avaient recommencé à sortir.

Le 9 juin 57, après une banale querelle de couple – je voulais voir le dernier film de Hitchcock,

L'Homme qui en savait trop projeté au Majestic —, j'avais refusé de la suivre au dancing du Casino de la corniche. Une bombe avait été placée par un type du FLN sous l'estrade de l'orchestre de Lucky Starway. Neuf morts et quatre-vingt-douze blessés, dont Irène. Sa dernière danse. Elle avait reçu un éclat dans la jambe gauche et les chirurgiens avaient dû l'amputer en dessous du genou. Elle avait eu droit à une prothèse et à une canne. En septembre, Massu avait gagné la partie, mais trop tard pour Irène.

Depuis quatre ans, nous n'allions plus danser et je n'avais jamais vu la jeune fille morte sur le sable.

Mais comme Choukroun n'était pas un mauvais bougre et qu'il avait un esprit secondaire, il m'a demandé sans me regarder en furetant autour des corps :

"Elle va bien, Irène ?

— Ça va. Si une aussi jolie fille était du quartier, on l'aurait remarquée, non ?

— En tout cas, moi, ça fait trente ans que je suis dans le coin et je l'ai jamais croisée. Ni enfant, ni adolescente. Elle vient d'ailleurs mais d'où ? Tu raccompagnes les petits, tu prends leur déposition et tu m'envoies les autres. Je reste près des corps et je vais chercher alentour si je retrouve pas les fringues ou des effets personnels…"

En chemin, j'ai demandé au petit blond quelle maladie il avait à l'œil aux paupières cousues : ses copains et lui avaient trouvé un fût empli de poudre blanche, s'étaient amusés à se bombarder avec ce qu'ils croyaient être de la farine, mais c'était de la chaux. Il avait eu la cornée brûlée. A croire qu'en temps de guerre, même les jeux d'enfants tournaient au drame.

Arrivé au commissariat, j'ai suivi les consignes de Choukroun. J'ai informé le patron qu'on avait un double meurtre sur la plage et qu'on devait se mettre au travail, envoyer un photographe, un médecin légiste et une ambulance de la morgue.

"Tu t'occupes d'avertir la famille, Paco…

— Difficile, pas de pièces d'identité. Il va falloir publier leurs photos dans les quotidiens à moins qu'on ait des signalements de disparition…

— Appelle le fichier central et épluche-moi tout ça, fils. Si je ne suis pas dans les parages, tiens Mas au courant de tes recherches, il pourra vous donner un coup de main."

J'ai acquiescé, mais je n'aimais pas que ce sale con m'appelle "fils". Je préférais encore un père anarchiste mort-en-héros qu'un facho vivant-en-salaud.

Pour faire court, en dehors de Choukroun, tous mes collègues m'inspiraient, au mieux, l'indifférence, au pire, la nausée. Mas en particulier. L'éminence grise de notre commissaire. Un professionnel de la duplicité.

Ensuite, j'ai interrogé les gamins. Sans résultat. Le blond était fils de météorologue, l'autre, de chauffeur de tramway à la TA*, tous deux en sixième au lycée Bugeaud et en vacances scolaires illimitées. L'ennui les amenait régulièrement sur la plage. Pour voir passer les hélicos, les bateaux, niquer les couples adultères. Habituellement, on ne tuait pas sur les plages. C'était mon premier crime balnéaire.

Ils ont reconnu, à regret, n'avoir rien vu, rien entendu. Ils avaient découvert les corps par hasard et craignaient que leurs parents leur interdisent de sortir. Comme la dernière fois.

La dernière fois, quelques semaines plus tôt, ils avaient assisté au carnage d'ouvriers arabes devant l'usine de papier, dans la rue Robert-Estoublon. Ils jouaient au foot avec quatre autres copains devant les Arabes accroupis le long du mur de la manufacture, somnolant pendant la pause déjeuner, moquant leur maladresse devant les buts façonnés avec des restes de cerclage… Et la 403 était arrivée au ralenti, la vitre avant droite s'était baissée, un canon de Sten avait pointé son nez, craché ses balles, et la voiture avait continué son chemin.

Les ouvriers avaient cessé leur somnolence pour entamer leur grand sommeil. Les enfants n'avaient même pas eu le temps d'avoir peur, juste eu le temps de récupérer leur ballon pour lui éviter de rouler sous la bagnole. Le crépitement court d'une mitraillette faisait moins de bruit qu'au cinéma. Quelques "tac-tac" brefs et c'était fini. Ils avaient

* TA : Tramway algérien.

regardé les morts, leur public, récupéré quelques douilles en souvenir et fui leur stade d'infortune.

Ils avaient commis la bêtise de raconter l'histoire à leurs parents qui, paniqués, les avaient protégés de l'extérieur en leur interdisant de sortir pendant deux jours. Ils m'ont demandé de ne rien dire à leurs pères. J'ai refusé. Ils ont fait la gueule, mais comme je les ai raccompagnés dans la voiture de service, ils m'ont pardonné.

En revenant, je me suis arrêté chez Garcia, le boucher charcutier, pour acheter de la soubressade, de la mortadelle et du chorizo. Irène m'avait invité à dîner et elle adorait la charcuterie espagnole. J'ai pris aussi chez le marchand de journaux les trois revues préférées de ma grand-mère, *Nous Deux*, *Intimité et Festival*, qui proposaient des romans-photos à l'eau de rose et une *Dépêche d'Algérie* pour le programme des cinémas. Parce que, côté nouvelles, les quotidiens montraient plutôt page blanche…

Ensuite je suis retourné au commissariat taper mon rapport.

Au fil de la rédaction, le crime politique me paraissait de plus en plus improbable. J'étais déterminé à ce que Choukroun et moi gardions la main.

Ce n'est pas la meilleure idée que j'ai eue, mais, comme dit l'autre, on ne le sait qu'après.

Quand Choukroun est arrivé, il a partagé ma perplexité. Son intuition de vieux flic lui susurrait que cette affaire puait.

"Pourquoi tu dis ça ?

— Si, comme on pense, c'est une mise en scène façon OAS, on a affaire à un petit malin, un type qui a de l'imagination. Il a prémédité son coup après avoir filé les amants. Il a pas agi tout seul. Crois-moi, cette enquête, ça va être la *rh'lah**.

— Et alors ?

— Et alors par les temps qui courent, il vaut mieux savoir où on met les pieds.

— Choukroun ! Pour une fois qu'on peut servir à quelque chose et échapper à l'ambiance pourrie de ce commissariat.

— Tu dis ça parce que tu aimes pas Lili Labassi !

— Non, parce que j'aime bien travailler avec toi et que tu gâches ton talent…

— Arrête de me passer de la pommade, je vais finir par croire que tu es une tantouze. Un mec qui vit avec sa grand-mère ! Si y avait pas Irène, j'te jure… !

— Irène, c'est une couverture, j'adore draguer des vieux juifs en cachette.

— Tu es con, Paco ! Bon on commence par quoi ?

— Qu'est-ce qu'il dit, le médecin légiste ?

— Ils ont été tués sur place. Probablement à l'aube. Une vraie exécution. Ils étaient deux. J'ai trouvé des traces de chaussures d'hommes à vingt mètres. Des hommes qui piétinaient. J'ai demandé le moule des empreintes, mais je suis sûr que l'un des deux portait des Rangers. Ils ont peaufiné les détails, ces enculés. Tout pour nous convaincre qu'ils

* Rh'lah : en arabe, merde.

27

étaient de l'OAS. On va avoir du mal à rester sur l'affaire.

— Merde ! Je vais garder le rapport sous le coude jusqu'à ce qu'on ait une idée sur l'identité des victimes. Si ça se trouve, je me fais du cinoche. L'Arabe est peut-être du FLN et la fille une instit' frangao qui, sitôt débarquée, a voulu soutenir la lutte du peuple algérien…

— Si ça se trouve… Mais une instit' de vingt ans, j'y crois pas."

Choukroun a remis Lili Labassi, ça l'aidait à réfléchir. Moi, je suis allé commander au photographe deux portraits des victimes pour les filer à la presse si les familles ne se manifestaient pas.

"Tu sais que la Grande Zohra* nous envoie un nouveau troupeau de barbouzes pour niquer l'OAS ? m'a demandé Servera, le photographe.

— Non, je sais pas.

— On a une réunion ce soir, viens, putain ! Tu vas pas pouvoir rester en dehors du coup, comme ça. Bientôt, ceux qui sont pas avec nous, ils seront contre nous !

— A propos, toi qui connais tout de l'OAS, essaie de savoir si c'est eux qui ont tué ces deux-là.

— Ces deux-là ? Ça m'en touche une sans remuer l'autre !

---

* La Grande Zohra : surnom péjoratif donné à de Gaulle par les Européens d'Algérie depuis sa volte-face en faveur de l'indépendance.

28

— Une bouteille d'anisette Phénix pour toi si tu m'as l'info.

— Je te promets rien."

L'offre était alléchante. En dehors de frimer avec ses "réunions", il picolait de plus en plus et, derrière ses fanfaronnades, se cachait un brave type qui crevait de solitude.

J'ai quitté le commissariat, comme chaque fois, avec soulagement. Pour retrouver un quartier qui ressemblait de plus en plus à un ghetto.

Je ne voyais plus les graffitis à la gloire de l'OAS sur les murs, les ALGÉRIE FRANÇAISE qui décoraient, depuis l'arrivée de De Gaulle en 58, tous les bâtiments publics et privés, plus les patrouilles de parachutistes ou d'appelés qui sillonnaient les rues, le doigt sur la détente de leur mitraillette, plus les vigiles devant les cinémas et les grands magasins pour fouiller adultes et enfants à l'entrée, plus les épiceries mozabites aux rideaux de fer déchiquetés et abandonnées par leurs propriétaires, plus les traces de sang séché qui maculaient les trottoirs assassins, plus le ciel dont le gris de janvier tissait un suaire urbain.

Et la nuit, qu'elle soit bleue, blanche ou rouge, je n'entendais plus les déflagrations des stroungas* qui scandaient, en horloge mortelle, la fuite en avant d'un temps sans bicot, melon, raton, crouille, bougnoule,

* Strounga : nom populaire donné aux explosions au plastic.

d'un temps qui rêvait de faire le vide de neuf millions d'Arabes. Un rêve d'enfant tout-puissant et barbare. Un rêve de fou nationaliste, raciste, fasciste, de tueur.

Je suis rentré chez ma grand-mère, place du Tertre. Elle m'attendait. Avec elle, j'avais toujours l'impression d'arriver de l'école. Elle se tenait, comme à son habitude, assise devant la fenêtre, mains croisées, roulant ses pouces dans un puis l'autre sens, selon une mathématique connue de ses doigts seuls. Elle tournait la tête et me demandait de manière rituelle "Tu as passé une bonne journée, mon fils ?", et, sans attendre la réponse, m'apportait la kémia : des bliblis, des tramousses, des petites fèves à la vapeur, des olives noires, des olives vertes cassées et des cacahuètes.

Je sortais les bouteilles d'anisette et de Cinzano rouge, puis je nous servais. Elle trempait les lèvres dans son verre en picorant des fèves qu'elle mastiquait lentement de sa bouche édentée. Son chignon de cheveux blancs était toujours impeccable, ses seins, sans soutien, pendaient tristement sur son ventre, sa blouse qu'elle portait noire depuis la mort de son fils-ce-héros l'habillait depuis des décennies.

J'ai allumé la radio, sans illusion sur les informations que j'allais entendre et je sirotais mon anisette. Radio Alger a débité des nouvelles sur l'arrestation de quelques sous-fifres OAS, sur quelques attentats à la bombe, évidemment odieux, perpétrés par des terroristes sans foi ni loi. Le journaliste a développé abondamment la popularité du Mouvement pour la coopération, qui prônait la paix en Algérie et l'auto-détermination…

J'ai tourné le bouton pour capter bientôt la radio pirate de l'OAS qui ouvrait à la manière de Radio Londres, "Poum-poum-poum---pom----les-Français-parlent-aux-Français", et, à l'inverse de la radio d'Etat, dénonçait le MPC comme une grossière manipulation de l'Etat-traître de la Grande Zohra, annonçait l'élimination de divers "collaborateurs" et le recrutement de centaines de patriotes. Des mélodies de sombres conneries pour deux voix et langues de bois. Rien sur l'exécution d'un couple "mixte" sur la plage de Padovani. Mon histoire n'intéressait personne. Tant mieux. J'ai changé de station et suis tombé sur une chanson de Gloria Lasso, *Les Lavandières du Portugal*, que ma grand-mère adorait.

"J'ai acheté tes journaux.

— Merci, mon fils, mais tu sais, je vois de moins en moins clair. J'ai préparé un fricot pour ce soir…

— Mémé ! Je t'ai dit, ce matin, que je dînais chez Irène.

— Et pourquoi tu l'as pas invitée ici, celle-là ?

— Elle veut pas déranger…"

Elle a soupiré. Elle n'en pensait pas moins. Ma grand-mère n'avait jamais aimé Irène, et encore moins depuis son amputation. Cette femme était impardonnable puisqu'elle lui volait son petit-fils. Et malgré mes dénégations, Irène en était affectée.

Ces deux femmes me tenaient : l'une par sa vieillesse et son amour, l'autre, par ma culpabilité tachée de compassion et son amour.

J'ai enfilé mon imperméable et ajusté mon feutre gris.

"Comme tu ressembles à ton père comme ça !" a dit ma grand-mère. Elle le confondait avec Jean Moulin et Irène se racontait qu'elle était la compagne et partenaire de Bogart…

Je suis passé prendre Irène à sa boutique, rue Montaigne. Elle était modiste par goût et célibataire par choix. Elle avait toujours tenu à son indépendance malgré la réputation de "putaine" que les mégères et les machos lui avaient attribuée. "Le bon Dieu l'a punie", comme disait sa garce de voisine.

A travers la vitrine, sa silhouette élancée, sa magnifique chevelure rousse et bouclée, son élégance naturelle effaçaient la claudication imperceptible qu'elle s'échinait à masquer en s'efforçant de transformer sa canne en accessoire coquet. Elle avait une beauté de films américains d'avant-guerre. Son sourire, d'un rouge vif, à chaque fois, me réconciliait avec la vie.

Je l'avais rencontrée, six ans plus tôt, un jour de permanence. Un yaouled* lui avait volé son porte-monnaie, pendant qu'elle choisissait des

* Yaouled : enfant arabe qui traîne dans les marchés pour proposer aux ménagères de porter leurs cabas en échange de quelques pièces.

roses au marché des Trois-Horloges. Elle venait de piquer mon cœur au comptoir du commissariat. Sa déposition m'avait donné les informations nécessaires : son adresse et son célibat. Je lui avais envoyé un bouquet et une invitation à dîner. Le jour suivant, je recevais à mon bureau un Borsalino gris accompagné d'une ravissante carte de visite sur laquelle était écrit : "J'aime les hommes à chapeau, qu'on se le dise…"

Une semaine plus tard, nous étions amants.

Après six ans de relation, la charcuterie avait remplacé les fleurs, les baisers passionnés étaient devenus des lèvres effleurées. La guerre nous avait vieillis prématurément. Depuis quelque temps, elle semblait me demander du regard "Pourquoi restes-tu avec moi ?", à moins que ce ne fût moi qui lisais mon interrogation dans ses yeux.

Elle habitait l'immeuble mitoyen de sa boutique.

"Mon appartement est au cinquième", m'avait annoncé Irène lors de sa première invitation, "mais l'ascenseur est en panne…"

J'avais eu un mal fou à grimper les cinq étages à cause d'un Sidi Brahim* meurtrier. Sur les cinq niveaux, la découpe d'une porte à chaque palier évoquait la place de l'engin. Enfin arrivé à son palier, j'avais compris qu'il s'agissait d'un fantôme d'ascenseur.

* Sidi Brahim : vin rouge algérien, épais et lourd.

Le propriétaire avait commencé les travaux puis y avait renoncé.

Son territoire était à son image, sobre et de bon goût. Son seul excès en matière de décoration, les microsillons. Des centaines, alignés sur les murs.

D'ailleurs, ce soir-là, elle avait enrichi sa collection du 45 tours d'un jeune chanteur inconnu, Claude Nougaro.

On l'a écouté en mangeant la charcuterie sur du pain frit à l'huile d'olive et frotté avec de la tomate et de l'ail.

Nougaro aimait le jazz et jouait avec les mots : ses textes d'*Une petite fille en pleurs*, *Le Jazz et la Java*, *Le Cinéma*, *Les Dons Juans* nous ressemblaient.

Alors que je l'aidais à débarrasser les reliefs de notre repas, elle a disparu dans la salle de bain. Nous avions pour habitude de laisser nos verres pour terminer la bouteille entamée, en l'occurrence, un bon Mascara.

Je me suis installé dans le fauteuil du petit salon art déco et j'ai attendu en dégustant le vin. La lumière s'est éteinte. J'allais me lever pour rétablir le courant quand elle est apparue dans l'encadrement de la porte, un candélabre à trois bougies à la main droite, la gauche appuyée au chambranle. Plus de canne, ni de vêtements, un long déshabillé noir qui avait la délicatesse de masquer sa prothèse. Les silhouettes hoolywoodiennes d'une Lauren Bacall ou d'une Gene Tierney. Je savais qu'en l'état, elle ne pouvait pas faire un pas de plus. Je me suis déplacé, j'ai posé le chandelier sur une console, soulevé Irène dans mes bras et l'ai entraînée dans la chambre. Une bombe a explosé sans nous surprendre, sans interrompre notre étreinte.

Une voix d'homme au balcon de l'immeuble s'est exclamée : "C'est le magasin du marchand de meubles. Encore un qui voulait partir en douce !"

Irène, entre deux soupirs, a commenté : "J'espère que ça… n'a pas endommagé ma vitrine…"

Quelques secondes après un orgasme partagé, une deuxième explosion a retenti au loin.

"Ils sont fatigants, ces types de l'OAS, à nous gâcher l'amour toutes les nuits ! a dit Irène.

— L'amour et parfois la vie."

Elle a allumé une maïs qu'elle m'a tendue. Elle ne fumait pas, mais aimait à m'allumer les cigarettes et le reste.

Je lui ai raconté la découverte du double meurtre sur la plage, le sexe dans la bouche et l'inscription au couteau.

"OAS… C'était peut-être Oraison d'un Amour Secret…"

J'ai ricané, mais son jeu de mots s'est calé quelque part dans les archives professionnelles de ma mémoire.

J'allais m'endormir quand elle m'a bousculé. Elle refusait que je passe la nuit chez elle. Il n'était pas bon, disait-elle, que des amants s'entendent respirer, ronfler, rêver, se touchent sans raison, par le hasard des mouvements du sommeil. L'amour se perdait dans la cohabitation nocturne. Elle était pour la séparation des corps jusqu'au jour où je ne l'aimerai plus… Alors, je pourrai dormir à ses côtés, comme un frère, un ami.

A chaque visite, je vérifiais qu'elle était hors du commun et qu'elle méritait mieux qu'un petit inspecteur de Bâb-el-Oued.

En descendant les étages, j'ai maudit, au quatrième, le propriétaire et son ascenseur inachevé, au troisième, le FLN, l'OAS, de Gaulle et leur goût du pouvoir, au deuxième, ma grand-mère pour m'avoir trop aimé, au premier, mon père, pour m'avoir trop tôt quitté, au rez-de-chaussée, ce quartier, cette ville, ce pays qui n'en avait jamais été un.

Dehors, au coin de la rue Barra, j'ai croisé une patrouille qui m'a, aussitôt, interpellé. Quand j'ai sorti ma carte, j'ai failli me prendre une bastos d'un petit con du contingent qui a paniqué en voyant mon holster.

Le chef s'est excusé de la nervosité de ses gars, mais ça pétait dans tous les sens, ce soir. J'ai maudit l'armée régulière et je suis allé coucher mon insomnie.

2
AVIS DE RECHERCHE

Tout le monde cherchait tout le monde.

Les soldats traquaient les fellaghas dans les djebels ; les barbouzes, en s'aidant du pouvoir en place
et du FLN, tentaient de localiser et de neutraliser les
chefs de l'OAS dans les villes ; les gars de l'OAS,
notamment les réseaux Delta de Degueldre, rensei-
gnés par les douaniers de Maison-Blanche*, par les
flics et les soldats loyalistes mais complices de leurs
anciens camarades, s'étaient fixé comme objectif prio-
ritaire d'éliminer les barbouzes fraîchement débar-
qués.

Tous voulaient tuer leurs ennemis du moment,
leurs amis d'hier ou de demain. Mais personne ne
se préoccupait de retrouver les assassins d'un couple
de jeunes gens. Sauf moi. Même Choukroun traînait
la patte.

Le 24, j'ai obtenu la publication des photos des
victimes en page deux, dans la *Dépêche*. Le *Journal*

* Maison-Blanche : aéroport d'Alger.

n'a accepté de diffuser que la photo de la fille, un bougnoule ne méritait l'image que s'il avait été exécuté pour avoir tué par bombe ou grenade interposées.

A 10 heures, le téléphone a sonné. J'ai relevé le bras du Teppaz pour imposer silence à Lili et décroché. Un homme s'est présenté comme étant le père du "bougnoule".

La langue était d'un français impeccable, la voix, émue, l'intonation tremblante. Nous avons pris rendez-vous dans l'heure. Il n'a pas posé de question. Moi non plus. Il s'appelait Mustapha Abbas et son fils Mouloud.

Le père devait être un notable pour parler un français aussi limpide. Un de ces fils qui avaient cru à l'intégration et encouragé leurs propres enfants à poursuivre des études. Cette affaire continuait de me surprendre. C'est ce que j'ai dit à Choukroun quand il est revenu des toilettes. Le pauvre gars pissait dix fois par jour, depuis que sa prostate lui rappelait son âge. Un vrai handicap que nos collègues s'amusaient à faire passer pour une chaude-pisse, mais qui l'humiliait chaque fois un peu plus.

"Et alors ? s'est-il exclamé de mauvaise humeur. Quelle affure* j'en ai, que le père, il soit cultivé, ça m'empêche pas de pisser.

— A mon avis, la fille ne niquait pas avec le premier venu.

— Réveille-toi, Paco ! Tu sais ce qui arrive en ce moment ? Alger, elle part en couilles. On est au

---

* Affure : en pataouète, intérêt, importance.

bord de la guerre civile. Les commandos Delta, ils tuent des soldats, des flics venus de Paris, des gendarmes, des maires socialistes et même le secrétaire général de la SFIO, William Lévy. Une balle dans la tête, comme ton petit Arabe sur la plage !

— D'abord ce n'est pas mon petit Arabe et en plus il y avait une Européenne sur la plage, je te signale !

— Et son père à celle-là, il a pas encore appelé !"

Le téléphone a sonné, Choukroun a décroché :

"Oui… C'est exact… Oui, monsieur, désolé. Vous pouvez venir identifier le corps ?… Ah ! je vois… Votre fils vient… Oui, très bien… On passera quand même vous voir… Je note… Merci et toutes mes condoléances.

— Elle s'appelait comment ?

— Estelle Thévenot. Il nous envoie le frère. Le vieux, il est en fauteuil roulant…

— Son père ?

— Non, le pape ! Tu es content. Ton enquête, elle avance.

— Notre enquête… Nous interroger sur le mobile de crimes, une fois n'est pas coutume…

— En tout cas, ça ne va pas nous tuer de travailler un peu…"

Parfois, on dit des trucs, sans savoir.

M. Abbas, vêtu d'un complet sombre, les traits tirés, les yeux rougis, est entré dans notre bureau. Il avait une poignée de main franche et solide et n'avait pas toujours été voûté. Son fils lui ressemblait et, s'il avait vécu, aurait été sa réplique au même âge. Survivre à un fils devait être une chose épouvantable. Ma grand-mère avait vécu cette épreuve et elle ne s'en était jamais remise. Souvent elle me disait que j'étais sa seule raison de vivre. Et j'y croyais sinon, à trente et un ans, je ne serais plus chez elle. Avait-il d'autres enfants pour partager sa souffrance et son deuil ?

D'une voix éteinte et grave, il a annoncé :

"C'était notre fils unique. Il était étudiant en médecine… En quatrième année… Je suis moi-même médecin à l'hôpital Mustapha. En médecine interne… Sa mère, ma femme, est infirmière en dispensaire au Climat-de-France*… Je ne comprends pas ce qui est arrivé… Ce qu'il faisait là, sur cette plage, avec cette fille… Qui est-elle ?

— Vous ne l'aviez jamais vue ? Vous ne la connaissiez pas ? j'ai demandé.

— Non. Il n'avait ni copain ni copine à la fac. D'ailleurs depuis que les étudiants de Jeune Nation ont pris le pouvoir à l'université, ça devenait invivable pour lui. Il n'allait plus en cours et travaillait sur mes bouquins. Il préparait l'internat… Tout cela me semble absurde à présent. Nous aurions dû partir en Métropole, il aurait pu continuer ses études à Paris ou ailleurs… Il serait toujours en vie. Ma femme est d'origine bretonne et milite activement

* Climat-de-France : quartier d'Alger, populaire et musulman.

pour la paix. Malgré son courage, elle avait peur pour lui, pour moi et même pour elle.

— Elle non plus ne connaissait pas l'autre victime ?

— Pas que je sache. Il se confiait peu. Depuis quelque temps, il travaillait moins, semblait préoccupé… Je mettais ça sur le compte des événements…

— Vous souvenez-vous de la dernière fois que vous avez vu votre fils ?

— Oui… Au petit-déjeuner, le 21 au matin. Il semblait de bonne humeur.

— Vous a-t-il donné son programme de la journée ?

— Pas précisément. Il nous a simplement annoncé qu'il avait besoin de souffler, qu'il irait peut-être au cinéma… Il a appelé ma femme vers 19 heures pour l'informer qu'il ne rentrerait pas dîner. Il s'est amusé de son inquiétude… Nous n'avons plus eu de nouvelles jusqu'à la parution des photos dans le journal ce matin.

— Vous n'avez pas imaginé un accident, une maladie… ?

— Bien sûr. J'ai fait le tour des hôpitaux. Sans le dire à ma femme, j'ai même appelé l'institut médicolégal. Mais comme il avait toujours ses papiers sur lui à cause des contrôles de police, je n'ai pas songé un seul instant que j'aurais à identifier un cadavre anonyme.

— Et la police ?"

Il a souri tristement.

"La police ? Sans vouloir vous offenser, je doute qu'elle montre de l'empressement à ouvrir une enquête sur la disparition d'un Arabe…

— C'est pourtant le cas…

— Au temps pour moi. Avez-vous une piste ?"

Je lui ai raconté les circonstances apparentes de la mort des deux jeunes gens, sans le détail de l'inscription au couteau. Il a écouté en silence.

"Qu'en pensez-vous ? a demandé Choukroun.

— C'est absurde. Mon fils n'était pas un cavaleur. Un père, déshonoré par cette liaison, aurait tué l'amant mais pas sa fille. Il l'aurait envoyée en Métropole ou bouclée à la maison.

— C'est ce que vous auriez fait ?

— Non. Je vous rappelle que nous sommes un couple mixte et la famille de ma femme a eu du mal à m'accepter. Mon statut professionnel a fait pencher la balance comme souvent. J'étais leur bon Arabe… Mon fils connaissait nos difficultés, je l'aurais mis en garde, mais j'aurais respecté son choix… (Il s'est mis à pleurer.) … Et pourquoi avoir dérobé les vêtements ? Pensez-vous que ça puisse être le crime d'un rôdeur ou d'un pervers ?

— Peut-être… Où est votre femme ?

— Dans la voiture. Elle a tenu à m'accompagner, mais elle est trop bouleversée pour répondre à vos questions.

— Pouvez-vous la convaincre de venir ? Elle a peut-être partagé un secret, des confidences…

— Je vais lui demander."

Je l'ai raccompagné jusqu'à la porte. Dans le couloir, un jeune type attendait. Un zazou. Costume, cravate à petit nœud. Un garçon qui m'a été, d'emblée, antipathique.

"Monsieur Thévenot ? j'ai demandé.

— Exact, a répondu la petite frappe.

— Je termine dans quelques minutes et je suis à vous.

— Pas de problème."

Mais à cet instant, il y en a eu un, et de taille. Deux coups de feu ont claqué. Je me suis précipité dehors pendant qu'un long cri, déchirant, de femme, a retenti dans la rue.

Près d'une 203 grise, gisait le corps de M. Abbas, deux balles dans le dos.

Sa femme, à genoux, à ses côtés, sanglotait en hurlant : "Pourquoi ? Pourquoi ?"

Le gardien de la paix, posté devant le commissariat, était resté aussi impassible qu'un garde républicain devant l'Elysée.

"Qu'est-ce qui s'est passé ? j'ai demandé.

— Je sais pas…

— Tu te fous de moi ?

— Un melon qui a été descendu par l'OAS…

— Et tu n'as pas bougé ?

— Y en a cinquante par jour ! Tu veux que je me fasse buter pour un melon ?! J'ai une femme et deux enfants, moi !"

J'ai arraché Mme Abbas au corps de son mari. Choukroun est arrivé avec une couverture qu'il a jetée sur le cadavre encore chaud. J'étais profondément écœuré. La police était devenue une figurante passive et impuissante. Une portion négligeable. Sans poids ni loi. Le droit se décomposait sous nos yeux que, par lâcheté, nous gardions fermés.

Je ne me suis senti ni le courage ni l'envie d'interroger l'épouse désormais veuve. On pouvait être veuve, orpheline mais il n'y avait pas de mot pour la perte d'un enfant.

J'ai prévenu Choukroun que je la raccompagnais chez elle. J'ai pris discrètement les clefs de la 203 dans les poches du défunt et installé la femme côté passager. J'ai conduit, sans dire un mot. Une fois sorti de Bâb-el-Oued, je lui ai demandé l'adresse de son domicile.

"Nous habitons à El Biar*."

Elle s'est mise à pleurer en silence comme si le "nous" avait amplifié la douleur de la perte car le "je", à cet instant, était impossible à énoncer.

J'ai eu la certitude qu'en laissant cette femme avec son "je", elle se suiciderait pour être à nouveau "nous" dans la mort.

Elle a lu dans mes pensées.

"Je n'ai plus peur, mon fils et mon mari sont morts, assassinés. Je ne leur survivrai pas…

— Ne dites pas ça… La vie…

— Que savez-vous de la douleur d'une mère ?

— Beaucoup plus que vous ne croyez !

— Votre femme a perdu un enfant ?

* El Biar : banlieue d'Alger.

— Non, ma grand-mère a perdu son fils, mon père.

— Dans quel camp était-il ?

— Dans celui des gentils, liquidés par des gentils, et c'est les méchants qui ont gagné cette guerre civile, c'était en Espagne.

— Et votre mère ?

— Ma mère ? Elle était du côté des méchants. Un bon père éloigne ses enfants des méchants. Ma grand-mère a survécu et moi aussi. On est vraiment mort quand plus personne ne pense à vous. Si vous vous suicidez, qui cultivera le souvenir de votre fils et de votre mari ?"

Elle s'est mise à sangloter longuement, doucement et n'a plus rien dit. Le deuil était en marche et en être témoin me donnait envie de pleurer. Mais peut-être que je me servais d'elle pour m'autoriser à verser des larmes sur mon histoire.

J'ai laissé la dame à son chagrin, la voiture à son garage. J'ai promis de l'appeler sous peu. J'ai marché jusqu'à un arrêt de trolleybus où j'ai attendu trois maïs l'arrivée du suivant.

Dans l'avenue de Bouzaréa*, j'ai croisé le marchand de calentita** et je lui ai acheté deux parts.

* Avenue de Bouzaréa : artère principale de Bâb-el-Oued.
** Calentita : flan à base de farine de pois chiches, d'huile et de sel.

Au commissariat, le jeune zazou antipathique avait disparu et Lili entonnait ses complaintes. Donc Choukroun était dans notre bureau.

*

Le Paco, il tourne pas rond. Qu'est-ce qui lui a pris de partir comme ça, avec la femme du mort ? C'est pas son travail de consoler la veuve. Il veut une enquête, il me tanne pour qu'on s'y mette et il me laisse en plan comme une vieille chaussette. Je l'aime bien mais là, il abuse. En attendant, j'ai été obligé de me farcir l'interrogatoire du frère de la fille et, du coup, j'ai raté le marchand de calentita. Labassi à l'oreille, le goût des pois chiches à la bouche, pour moi, c'est le bonheur. Interroger un petit merdeux alors que l'envie de pisser, elle me monte à la gorge, c'est l'horreur.

J'aurais dû écouter mon père, apprendre le métier de bijoutier avec lui et reprendre sa boutique à Maison-Carrée*. Mais voilà, je supporte pas l'odeur de l'Harrach**. Surtout l'été, quand elle est sèche et qu'on dirait un égout à ciel ouvert.

A l'armée, j'étais dans la police militaire ; de retour dans le civil, j'ai continué. En bas de l'échelle. Et puis j'ai rencontré ma femme, une fille Benchemoul. Elle avait de l'ambition pour deux. Elle m'a fait travailler

* Maison-Carrée : banlieue d'Alger.
** L'Harrach : rivière qui passe à Maison-Carrée.

tous les soirs pour que je passe l'examen d'inspecteur. La première fois, je l'ai raté à cause de l'orthographe. J'ai eu 0 à la dictée, mais, j'te jure, si y avait eu des notes négatives, j'aurais eu – 30 !

Elle a demandé à notre voisin, M. Vallier, un instituteur frangao, mais sympa, de me donner un coup de main. La honte ! Avec lui, j'ai tout repris à zéro, la grammaire, la lecture. Comme j'aimais les films d'aventures, il m'a prêté tous ses Jules Verne. La deuxième fois, j'ai réussi l'examen. Elle a eu raison, ma femme. J'aurais pas supporté d'être toute ma vie à la circulation ou à rafler dans les cafés et dans les bordels. Grâce à M. Vallier, j'ai passé le goût de la lecture à notre fils. Il suit des études de lettres à Aix-en-Provence. Il est en propédeutique. J'ai pas voulu qu'il reste en Algérie. Ce pays n'a plus d'avenir. En tout cas, nous, on en a plus pour longtemps ici. A moins que ma prostate me liquide avant l'indépendance. De toute façon, on a jamais été à notre place. Même si la loi Crémieux*, elle nous a sauvé la mise, on reste demi-métèque pour les Français, et demi-Français pour les Arabes.

Y a qu'à voir le fils Thévenot quand il a répété mon nom. Sûr qu'il se demandait comment un juif pouvait être inspecteur dans la police française. Remarque, il a rien perdu pour attendre. Je lui ai fait la totale. Il s'en souviendra de son premier interrogatoire à la police de Bâb-el-Oued !

* Adolphe Crémieux (1796-1880) : ministre de la Justice, qui obtint la qualité de citoyens français pour les juifs d'Algérie.

Question : Votre identité ?

Réponse : Paul Thévenot.

Q : Age, adresse, profession ?

R : Vingt-trois ans, 16 rue d'Isly. Etudiant en deuxième année de droit à Alger.

Q : En deuxième année à vingt-trois ans ?

R : Quel rapport avec votre enquête ?… J'ai eu mon deuxième bac à vingt et un ans et j'ai redoublé ma première année de droit.

Q : Votre sœur Estelle était étudiante aussi ?

R : Ouais. En quatrième année de pharmacie.

Q : Quel âge avait-elle ?

R : Vingt et un ans. Elle avait un an d'avance. Elle a toujours été bonne élève.

Q : Vous semblez pas trop affecté par sa mort…

R : Pourquoi vous dites ça ?

Q : C'est moi qui pose les questions.

R : C'était ma sœur. C'est tout. On a pas été élevé ensemble. Moi, j'étais en pension à Notre-Dame-d'Afrique, chez les jésuites.

Q : Pourquoi ?

R : Une idée de mon père. Il disait que j'étais une forte tête.

Q : C'est vrai ?

R : Pour mon père, tout ce qui lui résiste est une forte tête.

Q : Pas votre sœur ?

R : Ma sœur était jolie, intelligente, sage, travailleuse, parfaite quoi !

Q : Et votre mère ?

R : Elle vit à Paris depuis dix ans.

Q : Vos parents sont divorcés ?

R : Non ! Ils sont catholiques, apostoliques et chrétiens. C'était un mariage programmé par deux familles bourgeoises et bien pensantes.

Q : Que fait votre père ?

R : Il vend des balances. Des balances, encore des balances, des petites, des moyennes, des grosses.

Q : Pourquoi il est pas venu ?

R : Il vous l'a dit au téléphone. Il est cloué sur un fauteuil roulant. Il a pris une balle dans le dos pendant les barricades.

Q : Celles de Lagaillarde ?

R : Ouais.

Q : Qu'est-ce qu'il faisait là ?

R : Il me cherchait…

Q : Vous y étiez ?

R : Un peu que j'y étais. Un grand souvenir !

Q : Pas pour votre père…

R : Il n'avait pas à s'en mêler. Quel rapport avec votre enquête ?

Q : Je sais pas. Elle connaissait vos copains de Jeune Nation, votre sœur ?

R : Ma sœur ? Vous rigolez ? Elle fréquentait les intellos collabos. Les types pour la paix et l'amitié franco-algérienne. Voilà où ça l'a menée ! Un bicot reste un bicot. Il sourit par-devant et, par-derrière, il te prépare le sourire berbère*…

Q : Vous les aimez pas, hein ?

---

* Sourire berbère : égorgement.

R : Vous, oui ? Avec le nom que vous portez, vos parents ne devaient pas être normands. On donne la nationalité à n'importe qui de nos jours.

Q : Vous trouvez que Hitler, il a pas fini le travail, c'est ça ?

R : J'ai pas dit ça. Je suis français, pas nazi.

Q : On dirait pas…

R : Quand ils auront leur putain d'indépendance, on verra qui sont les vrais Français : ceux qui choisiront Israël et ceux qui iront en Métropole. On verra si tous les bicots de France vont revenir dans leur pays. Moi, ça m'étonnerait. Ils vont pleurer toutes les larmes de leur corps quand on sera parti. Et après, ils viendront en France pour nous manger dans la main et boire notre vin. Ils aiment autant l'Islam que j'aime les curés. Putain de leur race !

Q : On peut revenir à votre sœur ? Connaissiez-vous M. Abbas ?

R : Non. Jamais entendu parler.

Q : Pouvez-vous me donner le nom de quelques-uns de ses amis ?

R : Les amis de ma sœur sont mes ennemis, mais si vous voulez les rencontrer, ils sont tout le temps fourrés au bar de la Marine. Si vous entendez un groupe de coulos* toujours prêts à sucer Mendès** et Camus, c'est eux.

* Coulo : homosexuel.
** Pierre Mendès France, détesté par une partie des Français d'Algérie pour sa politique de décolonisation.

Q : Avant d'aller identifier le corps de votre sœur, vous avez aucune idée sur son assassin ?

R : Elle a péri par là où elle a péché…

Q : Je vois qu'il vous reste des souvenirs de pension…

R : Si sa mort pouvait tuer mon père de chagrin, ça ferait d'une pierre deux coups.

Q : Ah l'esprit de famille ! Vous voyez pas d'inconvénient à ce qu'on en reparle un de ces jours ?

R : Quand vous voulez, inspecteur Chou-crouille.

slap

Je l'ai giflé. Ses yeux, c'étaient des couteaux qui s'enfonçaient dans ma tête. Sans lui laisser le temps de protester, je l'ai levé par l'oreille et jeté dehors. Heureusement, Labassi a chanté *Ya la habiba aalach* pour me calmer. Et puis je suis allé pisser.

Quand je suis revenu, une portion de *calentita* encore chaude m'attendait.

Paco, il lisait l'interrogatoire du petit Thévenot que je venais de taper.

"Que Dieu te bénisse, Paco", j'ai dit en m'emparant de la calentita. Il a souri sans lever les yeux du rapport. Quand il a terminé, il a demandé :

"Tu me donnes la version non expurgée, à présent ?"

Je lui ai raconté en détail.

"Demain, on ira rendre une visite au père.

— S'il est toujours vivant, parce qu'au rythme où ça va…"

J'ai laissé Paco rédiger le rapport sur les rebondissements de notre enquête. J'adorais son style : clair, concis, sans fautes. Ça rendait malade notre commissaire. Surtout quand Paco, il utilisait l'imparfait du subjonctif. C'était pas des rapports de police qu'il devrait écrire, mais des romans policiers.

Je suis rentré chez moi à pied. On habite un petit trois-pièces rue Vasco-de-Gama. Au deuxième étage. Tous les soirs, ma femme, elle m'attend sur le balcon. Elle a peur que je me fasse buter parce que, paraît-il, de loin, on pourrait me prendre pour un Arabe. Je l'ai rassurée par un signe de la main et je suis monté.

L'escalier, il sentait le barbouche*, donc on avait reçu une lettre du petit. A chaque fois qu'il écrit, elle cuisine mon plat préféré. C'est une sorte de code culinaire pour m'annoncer la bonne nouvelle. Des fois, j'ai attendu un mois avant de manger du barbouche parce que le petit avait pas eu le temps d'envoyer un mot. Soi-disant il travaillait comme un malade. J'ai jamais été étudiant mais à les voir se pavaner sur les terrasses des cafés de la rue d'Isly, j'ai du mal à croire qu'à Aix-en-Provence, ça soit le bagne.

* Barbouche : recette de couscous.

"Alors qu'est-ce qu'il raconte, le p'tit ? j'ai demandé à Marthe.

— Que le mistral, c'est un vent glacé, que la vie est chère… Peut-être on devrait lui donner plus ?

— Qu'est-ce qu'il croit ? Que l'argent, il tombe du ciel ? S'il a besoin de plus, il a qu'à trouver du travail.

— Il en a trouvé. Il est pion d'internat dans un lycée. Le lycée Vauvenargues.

— C'est qui encore, celui-là ? Et ses études ? Où il va avoir le temps d'étudier s'il est pion ?

— Tu viens de dire qu'il devrait travailler !

— Ah ! ne m'énerve pas, toi ! Montre !

Elle m'a tendu la lettre. J'ai lu, un peu triste. Même s'il commençait toujours par "Chers parents", je voyais bien qu'il s'adressait surtout à sa mère. On s'était jamais beaucoup parlé de nous. Il était trop intelligent pour moi et il devait me trouver trop con. Il me manquait. Nos engueulades sur la politique rendaient plus sa mère malade. Il nous avait laissés dans un face-à-face, avec le silence entre nous. Marthe, elle m'en voulait de pas avoir demandé ma mutation pour la Métropole. Elle disait qu'on avait qu'un fils et que c'était pas bien de le laisser livré à lui-même. Je vais finir par lui donner raison. Le boulot, il a plus de sens et je commence à avoir peur de tout ce qui se passe. Tout ça va mal se terminer. Vallier, il m'avait expliqué la différence entre une enquête de police et une tragédie : dans l'enquête, le drame il a déjà eu lieu, alors que dans la tragédie, quoi qu'ils fassent, les héros, ils finissent mal. L'Algérie, c'est tragique et j'espère que je serai qu'un petit figurant dans cette histoire.

Je me suis mis à table et j'ai commencé à manger en marmonnant : "Il est bon, ton barbouche. Tu en veux pas ?

— J'ai pas faim", elle a répondu, et elle a monté le son de la radio pour écouter *Domino* chanté par André Claveau. Je hais André Claveau.

Quand j'ai terminé mon dîner, je suis allé fumer une Bastos sur le balcon. On aurait dit une fin de journée comme les autres, une soirée de janvier ennuyeuse. C'était peut-être mon dernier janvier à Alger. La Grande Zohra, il nous avait mis dans la merde avec son autodétermination, et Salan, il nous y enfonçait chaque jour un peu plus. Un moment, j'ai cru qu'on pourrait rester et oublier toutes ces horreurs. Après tout, les Anglais, ils avaient été des ennemis pendant des siècles, les Allemands, aussi. Et malgré ça, tout le monde avait fait semblant d'oublier. Sauf nous, les juifs, mais on avait des excuses. Alors pourquoi pas cohabiter ? Mais quand j'ai vu mes copains espagnols passer à l'OAS alors qu'ils avaient fui Franco, j'ai compris que ça dépassait largement des histoires de pognon, de gaz, de pétrole ou de grands propriétaires terriens. On pataugeait dans la haine et dans le sang. Seul Paco, il

54

était différent. Heureusement qu'il y avait Paco. Je l'aimais comme un petit frère et je crois que j'étais pour lui un mélange du grand frère et du père qu'il avait pas eus. Un de ces jours, je vais essayer de le convaincre de nous tirer de là avant qu'il soit trop tard. Mais allez savoir quand il est trop tard ? Il est peut-être déjà trop tard…

3

INHUMATIONS

J'ai retrouvé Paco au cimetière Saint-Eugène. Il voulait assister aux obsèques de la petite Estelle. Il avait mauvaise mine. Une tête d'enterrement.

"Qu'est-ce qui t'arrive ? je lui ai demandé.

— Rien, c'est ma grand-mère. Elle n'a pas le moral. Elle a fait un mauvais rêve…

— Ah, les bonnes femmes ! Et c'était quoi son rêve ?

— Elle m'a vu mort.

— Ah ! elle pensait que tu étais immortel ?

— Tu es con. Non, mais depuis elle n'arrête pas de pleurer. Elle me conjure de partir, de la laisser…

— C'est ça ! Elle deviendrait pas un peu gâteuse, ta grand-mère… ? Tiens, le cortège, il arrive. Y a du flouss, des Chambord, des DS. Il a pas chipoté, le vieux, et ses amis non plus. Regarde les couronnes, on croirait qu'ils enterrent un ministre !

— Il devait l'aimer, sa fille.

— Ou bien c'est tout pour la devanture, ce tcecklala* !… Chouffe** le petit con, il porte son paternel

* Tcecklala : en arabe, mise en scène spectaculaire.
** Chouffe : en arabe, "regarde".

dans les bras. Ça doit faire drôle de trimbaler son père comme un enfant. Le vieux, il a l'air brisé. Comme mon oncle Albert quand il a enterré son fils, tu sais, Reinette yeux bleus, celui qui est mort dans l'attentat du Marignan. Le cimetière, il était plein des morts et des vivants. Il est loin le temps où tout le monde, il tremblait devant le FLN. Et pourtant c'était hier.

— C'est ça, l'histoire, ça va, ça vient, ça s'emballe. Mais c'était avant-hier. Avant-hier, le FLN semait la terreur dans la population et chez les gars du contingent. Et puis Massu a nettoyé la Casbah. Hier de Gaulle proclamait "l'Algérie française". Aujourd'hui, l'Algérie va être algérienne et l'OAS règne sur les villes…

— Alors pourquoi on est encore là ? Faut se tirer, Paco !

— On ne peut pas. On a une enquête à boucler.

— Tu me fatigues !

— Je sais.

— Le vieux, il pleure comme une madeleine. Le fils, il est sec comme un bout de bois.

— La femme en retrait, ça doit être la mère. Belle plante. Un peu vulgaire peut-être. Attends ! C'est pas le maire, derrière ?

— Ouais."

Ailleurs, du côté d'El Kettar, la famille Abbas, elle devait enterrer ses hommes.

Ici, les notables, ils finissaient de présenter leurs condoléances. Paco, il est allé parler à la mère ; moi, j'ai fumé ma Bastos et j'ai regardé le ciel à la recherche de mon père que j'avais inhumé quelques années plus tôt dans le Carré Juif. Mais mon père, il devait être occupé à fabriquer des bijoux en or quatorze carats pour les femmes de ses copains.

Et puis j'ai vu arriver deux mômes, de l'âge de mon fils, qui sont restés à l'écart de la cérémonie. J'ai fait mine de quitter les lieux et je me suis approché. Amis ou ennemis ? J'ai passé la main droite sous le tissu de mon veston pour dégrafer mon holster et sentir le froid de mon arme de service. A première vue, ils semblaient inoffensifs, mais, de nos jours, on pouvait plus se fier à personne. Des hommes de main du vieux ou des jeunes barbouzes ? Des tueurs de l'OAS venus pour buter des bourgeois ou des copains de la fille ? J'ai ralenti à leur hauteur. Ils ont pas bronché. J'ai demandé :

"Qu'est-ce qui vous amène, les enfants ?

— On est là pour Estelle, le plus grand des deux il a répondu.

— D'où vous la connaissiez ?

— C'est… C'était une copine de fac.

— Inspecteur Choukroun, je suis chargé de l'enquête. Vous pouvez m'aider, peut-être ?

— En quoi ? il a dit, le plus petit.

— Vous avez une idée sur l'assassin ?

— Non. Mais c'est sûr, un salaud. Un sacré salaud. C'était une gentille fille, pas bêcheuse.

— Et Abbas ?

— Qui ça ?

— Le mec qui a été tué avec elle.

— Jamais entendu parler."

58

Ils mentaient pas, ils savaient rien. Ils avaient rencontré Estelle en première année de pharmacie. Elle était secrète, travailleuse et timide. En quatre ans, ils lui avaient connu aucun flirt. Pourtant elle en avait fait bander plus d'un. Le seul garçon qui rôdait autour d'elle, c'était son frère. Un vrai chien de garde. Même si elle parlait jamais de lui, ils savaient qu'elle le détestait à la façon dont elle le regardait par en dessous. Un jour, il avait même cassé la gueule à un copain qui avait essayé de la bécoter. Si elle était pas intervenue, il l'aurait tué. Il aimait fanfaronner avec un flingue à la ceinture. Depuis les barricades, il se prenait pour un caïd. Pour eux, c'était un malade.

Quand le frère, il a regardé dans notre direction, les deux étudiants en pharmacie, ils ont pris peur et ils ont préféré se tailler. Une petite terreur le frérot. Je lui ai souri et je me suis tiré l'oreille pour me rappeler à son bon souvenir. Il a pointé deux doigts dans ma direction pour me tuer. Il se la jouait, ce petit. Il valait mieux que Paco, il s'occupe de son prochain interrogatoire sinon j'allais le massacrer.

J'ai rejoint Paco qui en avait fini avec la mère.

*

J'étais encore ébloui par les seins de Mme Théve-not, quand Choukroun est arrivé. Il n'y a rien de mieux qu'une belle paire de seins pour vous récon-cilier avec la vie surtout quand ils sont portés haut, soulevés par des sanglots hypocrites, enserrés dans un chemisier de soie noire pour marquer encore plus la rondeur de leur galbe et laisser deviner la raideur des mamelons. Et je ne vous parle pas du cul emprisonné dans une jupe de crêpe noire ni des jambes gainées de bas sombres à baguette, chaussées d'escarpins à talons aiguilles. Avec ses cheveux platine, c'était un mélange de Jayne Mansfield et de Marilyn Monroe. Tout sauf une mère. Une épouse de cauchemar. Une maîtresse de rêve. Elle devait avoir à peine quarante ans.

"Quand Irène va savoir ça, elle sera pas contente !" a commenté Choukroun.

J'ai haussé les épaules, mais il n'avait pas tort. J'ai raconté à Choukroun mon entrevue avec la garce.

Je ne croyais pas que l'assassin fût venu aux obsèques. Pourquoi ? Je l'ignorais. Une intuition. J'avais peut-être besoin d'une enquête complexe, difficile. L'hypothèse OAS ne me semblait pas plus crédible que celle d'un membre de la famille, assassin. Bien sûr, après les propos des camarades d'Estelle, rapportés par Choukroun, tout désignait le frère comme suspect. Trop à mon goût, sans doute.

Moi qui n'avais pas eu de vraie famille et qui avais longtemps rêvé d'une histoire normale, avec les Thévenot, j'étais servi. Une machine à bousiller les rêves, à vous dégoûter du modèle archétype. Une fille morte, un fils psychopathe, une mère reine des garces et un père cloué sur un fauteuil roulant. Cette affaire donnait envie d'être orphelin !

La cérémonie terminée, tout le monde est rentré chez soi. Pas moi.

J'ai suivi, seul, à distance, la mère qui est montée à bord d'une Chambord bleue.

Cette femme n'avait manifestement pas prévu de passer la soirée avec son fils et son mari. Ou elle n'en avait pas le droit. Elle m'avait raconté une histoire, pas son histoire. Un mariage arrangé entre deux familles, l'une, bourgeoise, les Thévenot, grosse fortune, l'autre, aristocrate, les de Mazières, ruinée. Leur couple, gangrené par un époux âgé et tyran domestique, deux enfants nés d'une sexualité du devoir, sa fuite à Paris pour échapper à l'emprise d'un mari qui lui interdisait tout plaisir, d'un père qui la privait de ses enfants pour les éduquer à sa façon. La souffrance et la culpabilité d'une mère sans ses petits, mais la liberté enfin reconquise. Un roman-feuilleton digne des lectures de ma grand-mère.

Elle s'est rangée devant l'hôtel Aletty où elle avait pris ses quartiers et a rejoint un homme au bar. De loin, à travers la baie vitrée du hall, il semblait avoir une belle gueule, une quarantaine d'années, un corps musclé. Un frère, un ami, un amant ? Il a passé la main à sa taille d'une façon telle que l'ambiguïté s'est envolée. Voilà qui était plus cohérent. J'ai abandonné la filature de Madame pour enfin m'occuper de Monsieur.

Il habitait avec son fils rue d'Isly. Quelques minutes plus tard, je me suis garé à proximité de leur domicile en espérant qu'il n'avait pas quitté la ville pour une résidence secondaire à l'abri des intrus. Dans le hall de l'immeuble bourgeois, la concierge passait une serpillière.

"A quel étage, l'appartement des Thévenot ?

— Au cinquième, mais n'essayez pas de prendre l'ascenseur, il est fermé à clef…

— Pourquoi ça ?

— Parce que tout l'immeuble est au vieux et il l'a fait installer juste pour lui depuis son accident. Il est spécial, le père Thévenot.

— Et le fils ?

— Oh le fils… Bon excusez-moi mais j'ai du travail.

— Moi aussi, j'ai dit en exhibant ma carte.

— Vous venez pour la mort de la petite ? Quel malheur ! Elle était si mignonne. La seule qui était gentille. C'est toujours les meilleurs qui s'en vont. Et pourquoi qu'on l'a tuée, celle-là ? Vous savez, monsieur le commissaire ?

— Non je ne sais pas, mais je vais essayer de le découvrir. Qu'est-ce que vous pouvez m'apprendre pour m'aider ?

— C'est que… J'ai pas envie de perdre mon travail, moi. Si le vieux apprend que je raconte des choses sur lui, il va me renvoyer. C'est pas que je veux pas vous aider, commissaire, mais les temps sont durs. Allez ! Vous comprendrez vite quand vous l'aurez vu. L'argent, ça tue l'amour et…

Le moteur de l'ascenseur s'est mis en marche. La concierge a fui dans sa loge comme si un vampire allait surgir de la cage.

Le fils Thévenot est sorti de la cabine et, quand il m'a aperçu, a laissé la porte ouverte en m'interpellant :

"Inspecteur ! Je suppose que vous rendez visite à mon père. Profitez de l'ascenseur." Il s'est effacé pour me laisser entrer et l'a verrouillé. "Vous pouvez pas vous tromper, y a qu'une porte sur le palier du cinquième mais vous devrez descendre à pied, je vais pas attendre la fin de votre interrogatoire pour vous ouvrir. Ciao !" Et il s'est éloigné en ricanant.

Je suis monté en espérant que le petit con ne m'avait pas joué un tour et que la porte de l'ascenseur n'était pas bouclée au cinquième.

Arrivé à destination, j'ai pu sortir sans encombre et j'ai sonné à la seule porte de l'étage.

"Qui c'est ?" a demandé la voix d'un vieil homme.

J'ai donné mon nom en levant ma carte à hauteur du judas. Un vieil Arabe m'a ouvert. J'ai pensé qu'il ne devait pas avoir peur de la mort pour s'aventurer en plein centre ville. J'ai appris plus tard qu'il vivait dans une chambre de bonne au sixième depuis quarante ans et qu'il n'était plus sorti de l'immeuble depuis un an. C'était une maison de fous, mais je ne le savais pas encore.

Il m'a introduit dans un vestibule grand comme l'appartement de ma grand-mère en s'excusant :

"…tendez l'instant… Missiou, il est trrrès fatigué par le terrement, c'i dur pourr lui."

Le vieil Arabe est revenu et m'a invité à le suivre dans un salon, encombré de meubles Louis-Philippe, dont les murs exposaient une multitude d'œuvres orientalistes représentant des femmes aux formes généreuses et partiellement dénudées, dans des positions lascives. L'une d'elles était différente : elle occupait, seule, le pan de mur entre les deux portes-fenêtres, avait un éclairage individuel et figurait une jeune fille allongée sur un sofa, l'air alangui, nimbée d'une lumière pâle. Le jeune âge du modèle donnait une impression trouble. Je me suis approché de la toile. Le peintre s'appelait Balthus.

La double porte opposée s'est ouverte sur un fauteuil roulant transportant un vieillard en robe de chambre de laine bordeaux, au visage dur et sillonné de rides profondes, aux paupières tombantes, mais aux petits yeux noirs, vifs, enfoncés dans les orbites. Il ressemblait un peu à Charles Vanel dans *Le Salaire de la peur*. Un dur à cuire. Un homme apparemment affaibli mais qui devait mener son monde à la baguette.

"Que me voulez-vous ? il a attaqué, sans un bonjour, comme s'il était pressé d'en finir.

— Je suis désolé de vous importuner en ce…

— Au fait, jeune homme ! Ne perdons pas de temps en salamalecs. Vous voulez savoir si je connais l'assassin de ma fille ? Non. Si je connaissais le jeune Abbas ? Non plus. Si j'ai une idée du mobile ? Pas la moindre. Si je savais que ma fille avait un amant indigène ? Je n'y crois pas. Tout cela est une mise en scène destinée à égarer la police. Si je vous fais confiance ? En aucune façon, et j'ai d'ailleurs engagé un détective privé pour effectuer votre travail. Ma fille n'était l'objet d'aucune haine en dehors de celle de son frère. Mais, bien sûr, il n'y est pour rien, il est trop idiot pour avoir imaginé ce double meurtre. Quant à sa haine, elle lui passera avec l'âge. Amour et haine sont des sentiments qu'on explore sans risque dans sa famille. Les circonstances finissent toujours par favoriser les liens du sang. Dans une famille, on n'est pas obligé de s'aimer, mais, quoi qu'on prétende, on est lié par l'histoire et la généalogie. Autre chose ?

— Oui, j'ai répondu avec un sourire rageur. Pourquoi votre femme vit-elle à Paris ? Pourquoi vous a-t-elle abandonné ses enfants ? Pourquoi votre fils vous hait-il alors qu'il se dit responsable de votre handicap ? Quel secret de famille protégez-vous en essayant de me déstabiliser ?"

Il a souri et ordonné :

"Asseyez-vous. Vous prendrez bien un petit porto ? Il est excellent. J'aime trinquer avec des gens intelligents, c'est si rare de nos jours. Vous vous êtes fourvoyé en entrant dans la police. C'est un univers de brutes et d'imbéciles. Ahmed ! Sers-nous un porto de ma réserve personnelle."

Le vieil Arabe s'est éclipsé.

"Ne croyez pas que cette diversion va éluder mes questions."

Il a ricané :

"Ah ! mais je n'en doute pas, jeune homme ! Vous avez tout d'un individu obstiné, comme la plupart des Espagnols d'ailleurs. J'ai vu, pendant les obsèques, que vous parliez à ma femme. Que vous a-t-elle dit ?

— Pour un Français, vous ne manquez pas, non plus, d'obstination ! C'est moi qui pose les questions. Vous voulez bien ? j'ai insisté d'une voix douce. Je vous écoute.

— Ah, Hélène ! La bien nommée. J'avais quarante ans, elle n'en avait pas encore seize quand je l'ai rencontrée chez ses parents. Les de Mazières. La rencontre de la glace et du feu. Je suis le descendant d'un communard déporté en 71. A Paris, mon père était étudiant en sciences physiques. Il a échappé au peloton grâce à un ami versaillais, étudiant comme lui, qui lui a obtenu l'exil à la place de la mort. Mon père était un homme intelligent, aussi il a su s'entourer des notables influents et a réussi à monter son entreprise de poids et mesures, de balances, si vous préférez. A cette époque, tout était possible en Algérie, un peu comme en Amérique. Il suffisait d'avoir du talent, des idées et des amitiés solides dans la finance. Il s'est marié tard, à quarante-cinq ans, avec la fille d'un ancien communard et il est mort tôt, à cinquante-sept ans, d'une mauvaise grippe. J'avais dix ans. Je suis son fils unique. Ma mère a continué à gérer l'entreprise et, naturellement, j'ai repris le flambeau après avoir terminé des études d'ingénieur. Contrairement à mes parents, j'ai baigné dans une culture loyaliste. A la mort de ma mère, j'ai enfin pris connaissance des mésaventures de mon père et du sien. Hélène est issue d'une noblesse d'opérette, de ces aristocrates fabriqués par Napoléon, tous officiers. Ils ont participé à la conquête de l'Algérie, à la colonisation et à sa répression, mais quand ils ont voulu faire des affaires, ils ont constaté qu'ils auraient été mieux inspirés de rester militaires. Une catastrophe. Ils font partie de cette gente qui s'imagine pouvoir vivre de ses rentes en réalisant de bons placements. Ils en ont opéré de nombreux et mauvais : emprunt russe, Suez et j'en passe. Ça les a ruinés. Ils géraient leurs affaires comme on joue à la roulette. Endettés jusqu'au cou, ils organisaient des bals pour emprunter quelques subsides à leurs invités ou vendre leurs trois filles. A quarante ans, je n'avais eu que des maîtresses, et ma mère pour seule compagne. Elle était morte l'année précédente, et, le deuil accompli, la présence au quotidien d'une femme me manquait. Je savais qu'ils avaient une fille de vingt-cinq ans, une autre de vingt-deux, et une troisième de quinze. De l'aînée, on disait que c'était un garçon manqué, de la cadette qu'elle était mignonne, de la dernière, que c'était une petite peste. Bien évidemment, j'étais allé à ce bal sans illusion mais curieux de la deuxième."

Ahmed nous a apporté les verres emplis de porto et la bouteille sur un plateau d'argent ciselé ~~ciselé~~ qu'il a posé entre nous. Puis il s'est retiré dans les profondeurs de l'appartement. Après avoir trempé les lèvres dans son verre, le vieux, les yeux dans le vague, a repris :

"Il y avait là tout le gratin algérois. L'aînée, Clotilde, avait tout l'air d'une homosexuelle, ce qu'elle est d'ailleurs malgré un mariage de façade, la cadette, Joséphine, était insignifiante, Hélène, déjà une belle femme. Physiquement, j'entends. Vous avez remarqué l'opulence de ses formes. Hormis son visage adolescent, elle n'avait rien à envier à une adulte ou plutôt la plupart des femmes devaient lui envier son allure. L'espièglerie, la nonchalance, la vivacité d'esprit, alliées à un corps rose et frais chargé d'attributs généreux lui assuraient un succès incontestable. Devant la kyrielle de jeunes hommes qui lui tournaient autour, j'étais resté à l'écart, me contentant d'observer ces jeux de séduction. Pour une raison que j'ignore toujours, elle a porté son dévolu sur moi…

— Vous ne semblez pas être un homme à vous laisser manipuler.

— C'est juste. Elle n'avait pas apprécié mon peu d'intérêt apparent et s'était mis dans la tête de m'aguicher comme les autres. Je lui ai signifié que j'avais passé l'âge de flirter avec des gamines. Elle m'a invité à danser et s'est frottée contre moi avec la plus grande obscénité pour me prouver qu'elle n'était plus une enfant. Huit jours plus tard j'ai demandé sa main à ses parents qui se sont empressés d'accepter…

— Vous me racontez une histoire d'amour, mais vous n'avez toujours pas répondu à mes…

— Patience ! Jeune homme, j'y viens. Rien n'est simple dans la vie. Tout est affaire de contexte. Je me suis donc retrouvé avec une épouse qui, malgré ses seize ans, n'était déjà plus vierge et une belle famille qui feignait de m'apprécier parce que j'avais éponqé ses dettes. J'ai voulu jouer les Pygmalion avec Hélène, mais, hélas, j'ai vite compris qu'elle était de ces juments qu'on ne peut ni dompter ni dresser. Le sexe, les toilettes, les belles voitures, les soirées au casino, les soupirants, voilà tout ce qui l'intéressait. Le mariage l'a très vite ennuyée. Quant aux enfants qu'elle a eus à dix-huit et vingt ans, elle ne leur a jamais pardonné de lui avoir abîmé son corps. Aussitôt après la naissance d'Estelle, qu'elle a aussi refusé d'allaiter, elle a tenu à vérifier la puissance de sa séduction en multipliant les aventures. Je suis sans doute le plus grand cocu d'Alger.

— Pourquoi ne pas avoir divorcé ?

— Parce que j'ai longtemps cru qu'elle finirait par me revenir… Mon fils a mis fin à ce rêve…

— Comment cela ?

— Ceci est une autre histoire."

A la fin de la Seconde Guerre mondiale, Hélène avait rencontré un gigolo qui lui avait proposé une escapade sur la Riviera. Elle était donc partie en vacances, abandonnant Paul, âgé alors de sept ans et

Estelle de cinq, à la garde de Fatima, la femme d'Ahmed, au service comme son mari de la famille Thévenot. Les vacances s'étaient prolongées jusqu'en décembre quand, faute d'argent, elle avait réintégré le domicile conjugal. Thévenot lui avait, dit-il, pardonné mais la vie des enfants s'était organisée sans elle. Paul n'avait jamais excusé sa mère et l'avait punie en la rejetant. Il avait détesté aussi Fatima qui, pourtant, l'avait nourri, choyé, aimé comme son fils. Mais il l'avait trouvée laide et bête. Très tôt, il l'avait humiliée, lui reprochant de ne pas être aussi belle que sa mère et de parler un français approximatif.

Au contraire, Estelle s'était attachée à Fatima dont elle appréciait la tendresse et les bons soins. C'est sans doute la mort de Fatima, à la suite d'une septicémie provoquée par un abcès dentaire, qui avait déterminé Estelle à s'engager dans des études de pharmacie. Elle voulait, disait-elle, empêcher les gens de mourir bêtement. Et elle était morte aussi, bêtement ou pas.

Hélène était restée trois années pendant lesquelles elle avait fait chambre à part et s'était réfugiée dans une dépression arrosée d'alcool. Puis, sans crier gare, elle était repartie de nouveau, à Paris. Elle était la maîtresse d'un jeune industriel, héritier d'une famille dont la fortune, disait-on, s'était construite grâce au marché noir et à la collaboration avec les nazis.

Paul ne s'était jamais remis de ce nouveau départ. Devenu infernal, il avait été placé en pension alors qu'Estelle était restée en compagnie de son père et d'Ahmed. La vie en internat chez les jésuites avait décuplé l'agressivité de Paul qui, adolescent, avait accumulé les bêtises : vol à l'étalage, fugue, activité de bande, ivresse et esclandres, toutes choses que son père avait épongées au nom de la réputation et de la culpabilité de n'avoir pas su lui garder sa mère. Jusqu'au fameux jour des barricades.

Le dimanche 24 janvier 1960, son fils rejoint la bande armée du député Lagaillarde, chef de file des étudiants d'extrême droite, qui décide l'occupation de la faculté. Le père Thévenot, redoutant le pire, tente de dissuader son fils, se mêle à la foule des Algérois venue soutenir les insurgés. Quand, vers 15 heures, il parvient enfin à repérer son rejeton, il n'en croit pas ses yeux : son fils, l'indiscipliné, le rebelle, l'irrespectueux, est là, en treillis, l'arme en bandoulière, obéissant en militaire aux ordres qui lui sont donnés. Le dialogue est impossible car cet enfant, à cet instant, n'a plus de père, mais seulement une cause à défendre, désespérée. Comme son aïeul communard.

Avec d'autres jeunes gens, il se met à dépaver la rue Charles-Péguy. Bientôt, les insurgés montent un camp retranché derrière lequel ils sont armés jusqu'aux dents. Pendant ce temps, sur le plateau des Glières, des milliers de manifestants s'amassent pour soutenir leurs nouveaux héros et fraternisent avec les régiments de parachutistes supposés les contenir. Tout cela pour obliger de Gaulle à renoncer à son projet d'autodétermination.

Vers 18 heures, conscient que son fils est décidé à vivre cette aventure jusqu'à son terme, M. Thévenot, exaspéré par la foule hystérique qui s'est glissée entre les insurgés et les forces de l'ordre, rebrousse chemin pour s'en retourner chez lui quand les gendarmes ordonnent la dispersion et chargent.

Des coups de feu claquent, la fusillade éclate. Qui a tiré en premier ? Les insurgés accuseront les gendarmes, le lourd bilan dans les rangs de la gendarmerie désignera les insurgés comme responsables du carnage.

Quand les tirs cessent enfin, des dizaines de civils, pris entre deux feux, ont été blessés ou tués. Le père Thévenot a pris une balle dans le dos. Peut-être tirée par son fils…

Paul ne découvrira la blessure et la paralysie qu'une semaine plus tard, à la reddition du camp retranché. Mais il est plus préoccupé par l'incarcération de Lagaillarde que par l'état de son père, qui, après tout, l'a bien cherché.

Thévenot prend alors conscience que son fils continue de le haïr presque autant qu'il déteste de Gaulle. Son handicap lui interdit, désormais, l'espoir de reconquérir sa femme.

Le vieil homme, dans la pénombre du salon, s'est tu.

Le verre à la main, il m'observait. Son absence d'émotion m'a glacé. J'ai avalé le reste de porto pour me réveiller de la torpeur dans laquelle son récit m'avait plongé. J'ai eu la désagréable impression d'avoir été endormi par un conteur exceptionnel, tel un enfant par son père. Le récit d'une légende familiale pour mieux neutraliser les questions que j'aurais pu poser. Confus, j'ai décidé de quitter les lieux afin d'y voir plus clair. Je me suis levé avec peine, plus ivre de ses paroles que de l'excellent porto qu'il m'avait invité à boire pour me faire avaler son histoire. J'avais, moi-même, une certaine expérience des légendes puisque ma grand-mère n'avait cessé de m'en gaver au sujet de son fils, mon père-ce-héros, et de sa belle-fille, ma mère-la-sorcière. J'y avais cru longtemps, comme, enfant, on peut croire en Dieu. Et puis, quand, adolescent, je me suis intéressé à la guerre d'Espagne, j'ai assez vite compris que ma grand-mère avait refait l'histoire, façon cyclope, de son seul point de vue.

J'ai dévalé à pied les cinq étages sans croiser personne.

Dehors, la nuit était tombée et la rue d'Isly s'était vidée des humains. En ce début d'année 62, les Algérois n'avaient pas le cœur à traîner dans les bars ou dans les restaus. J'avais besoin de me retrouver seul. Après avoir hésité à m'engouffrer dans un cinéma du centre-ville, j'ai préféré me réfugier dans une salle de mon quartier.

Au Lynx, il repassait un western, *La Rivière rouge* de Howard Hawks. C'était l'histoire qu'il me fallait.

A la fin du film, John Wayne voulait battre à mort son fils adoptif, Monty Clift, pour lui avoir désobéi et, pour la première fois, le fils rendait coup pour coup. Evidemment, la bagarre se terminait dans la réconciliation et le respect réciproque.

Une fois de plus, j'avais vérifié que la mort de mon père m'avait privé de cette rivalité complice. Thévenot, contrairement à John Wayne, y avait laissé ses jambes et peut-être sa fille.

Quand je suis entré chez moi, ma grand-mère ne dormait toujours pas, redoutant la réalisation de son cauchemar, la mort de son seul petit-fils.

"Pourquoi tu rentres si tard, mon fils ?

— Le travail, mémé", j'ai menti comme un adolescent coupable.

Je me suis endormi en songeant que Paul avait trouvé en Lagaillarde le John Wayne que son père n'avait jamais été. Les barricades avaient été son Alamo*, la gendarmerie, son armée mexicaine, l'Algérie française, son Texas.

* *Alamo* : western de et avec John Wayne, Richard Widmark et Laurence Harvey.

4

JOURNAUX INTIMES

Quand Paco, il est arrivé, enfin, à joindre Mme Abbas au téléphone, elle était en plein déménagement. Il l'avait persuadée de nous attendre avant de quitter sa maison et le pays. Des amis médecins qui retournaient en Métropole l'avaient poussée à partir avec eux. Je l'approuvais d'autant plus que je crevais d'envie de suivre le même chemin. Elle avait de la famille en France, moi, j'avais que mon fils à Aix-en-Provence. Bien sûr, j'aurais pu demander ma mutation dans les Bouches-du-Rhône, mais, à tous les coups, on l'aurait refusée ou on m'aurait proposé Clermont-Ferrand. Dans un an. D'ici là, les carottes seraient cuites et même carbonisées. Le référendum du 8 janvier, il avait signé la fin de l'Algérie française. En votant massivement pour la politique algérienne de la Grande Zohra, les Métropolitains, ils nous disaient clairement quelle affure ils avaient de nous. La seule chose qui les intéressait, c'était de récupérer leurs fils qui risquaient leur peau pour ces pieds-noirs. Je pouvais les comprendre, mais je suis pas arrivé à pardonner à ces Français qui nous laissaient dans la merde, pas plus qu'à de Gaulle qui nous avait fait prendre des vessies pour des lanternes.

Les gars de l'OAS, depuis le putsch manqué, ils étaient pas mieux que les Arabes du FLN. Comme ils disaient sur leurs affiches, ils pouvaient frapper où ils voulaient, quand ils voulaient, qui ils voulaient. Y avait de tout là-dedans, des fachos, des aristos, des sincères, des calculateurs, des opportunistes, des soldats perdus, des policiers, des voyous, des politiques. Quand, le 20 septembre, le commissaire Goldenberg, il a été assassiné par eux parce que, soi-disant, il luttait contre les "patriotes", ça m'a donné envie de vomir. Goldenberg, il s'occupait du contrôle des boissons et des nomades. Ils l'ont tué parce qu'il était juif et PSU. C'est après ça que j'ai pensé sérieusement à tout laisser tomber. Ma tête, c'est devenu un sac de nœuds. D'un côté, ma femme, elle me poussait à partir surtout pour retrouver le petit, de l'autre, la France, ça me disait rien du tout.

Mon père était devenu français grâce au décret Crémieux de 1870, avant, il était un fils de Ghardaïa, un enfant des territoires du Sud. Mon grand-père était émailleur. On dit qu'il est venu de Djerba. Quand l'oasis de Ghardaïa a manqué d'artisans, les mozabites ont lancé, comme qui dirait, un appel d'offre. Mon grand-père, il était fabricant de casseroles, de couscoussiers, de poêles et de marmites. Il s'est installé avec femme et enfants. Mon père, son fils aîné, à la fin de son apprentissage en bijouterie chez un oncle, il a ouvert sa première boutique, là-bas, aux portes du désert. Un jour qu'il est

76

venu à Alger pour une foire à l'outillage, il a rencontré mon grand-père maternel, un horloger de la rue Porte-Neuve, un Benayoun, qui l'a invité à prendre l'apéritif à la maison. Ma mère, elle lui a tapé dans l'œil. Quand il l'a vue, il en est devenu babao*. C'est vrai qu'elle était belle, ma mère, sur les photos. Il a quitté Ghardaïa pour s'installer dans la Casbah, à la rue de la Lyre, près du marché couvert. Un bon emplacement.

Ils se sont mariés et ils ont pris un petit appartement, rue Pompée, une ruelle de la Casbah, entre la rue Randon et la rue Porte-Neuve. C'est là qu'on est nés, ma sœur et moi. Moi en 1906, Albertine en 1909. J'ai passé mon enfance dans cet appartement. Ou plutôt dans cette communauté. Les portes à tous les paliers restaient ouvertes. Y avait un point d'eau et un cabinet turc dans l'escalier. L'eau, c'était juste pour se laver parce qu'elle était pas potable et, pour boire, y avait un marchand d'eau douce qui passait dans les rues. On avait deux pièces, une où on dormait tous les quatre et une où on mangeait. On était les seuls juifs de l'immeuble, mais y a jamais eu aucun problème. Le propriétaire, un Arabe, il a toujours été correct avec nous et son fils Rachid, il était mon meilleur copain. On en a fait, des conneries ensemble.

Y avait quatre synagogues dans la Casbah. Mon père, il priait à celle de la rue Randon. Je sais pas ce qu'elle est devenue, depuis que les juifs, ils ont quitté

* Babao : l'air débile.

le quartier au début des événements en 54. C'est là que j'ai fait ma bar-mitzva, au printemps 1920 et le propriétaire, il nous a laissé la terrasse pour la fête. Mon père, il avait fait venir un orchestre de musique judéo-arabe. C'est de cette époque, que je tiens mon goût pour ces mélodies. En plus de la famille, tous les Arabes de l'immeuble, ils sont venus. J'ai jamais eu autant de cadeaux de ma vie.

La Casbah, c'était une ville dans la ville. En fait, c'était Alger avant les invasions et les occupations. Y avait une vie, là-dedans. Des commerces dans toutes les ruelles, tous les corps de métier, tout le petit peuple, ils se retrouvaient dans ce labyrinthe. On y croisait aussi les voyous et les putes des bordels.

L'année après ma communion, ma sœur, elle a attrapé la fièvre typhoïde. Elle est morte huit jours plus tard à force de se vider de son eau.

C'est le premier enterrement que j'ai vu. Le premier d'une longue série mais je le savais pas encore. Toute la famille, elle était là et tous les voisins arabes aussi. Chez les juifs, pour dire la prière des morts, il faut dix hommes, adultes religieusement, ce que j'étais depuis ma communion. C'était bizarre parce que j'étais à la fois triste et fier de porter mon taleth* pour une circonstance exceptionnelle.

Comme je pensais qu'un homme, ça pleurait pas, j'ai serré les dents pour pas que les larmes, elles sortent. Mais quand j'ai vu mon père réciter le

* Taleth : châle de prière.

kaddish, la prière des morts, et pleurer comme une fontaine, j'ai compris que, y a des moments, dans la vie, où même les grands, ils ont le droit de se lâcher.

En revenant du cimetière, mon père a décidé qu'il fallait partir pour un logement avec l'eau courante. Quelque temps plus tard, il a trouvé une petite maison à Maison-Carrée avec une boutique au rez-de-chaussée et une grande terrasse au premier qui avait la vue sur l'Harrach, la rivière qui pue la merde dès qu'il fait chaud et que toutes les pourritures apparaissent au fur et à mesure que le niveau baisse. Une infection.

Ma sœur, elle me manquait, mais je vivais comme si elle avait jamais existé pour pas ajouter de la peine à ma mère, la pauvre. Depuis la perte de sa fille, je l'ai plus jamais vue sourire. Même pour mon mariage, elle avait l'air triste comme si elle voyait, dans sa tête, celui d'Albertine. Mme Abbas non plus, elle verra jamais le mariage de son fils…

El Biar, c'est dans la banlieue d'Alger, sur les hauteurs. Paco, il a trouvé la maison sans forcer puisqu'il avait conduit Mme Abbas après la mort de son mari.

Y avait un camion de déménagement et des hommes en bleu de chauffe qui trimbalaient des cartons et des meubles.

La veuve, elle nous a accueillis dans un salon désert.

Les traces de la vie, elles marquaient les murs et le parterre. Celles de la mort, sur un petit guéridon, c'était un livre noir de condoléances et des télégrammes empilés. Mme Abbas, elle avait pris dix ans. Elle avait les yeux tellement gonflés par le chagrin qu'elle me crevait le cœur. J'avais presque honte d'être là. Qu'est-ce qu'on fabriquait, nous, à lui casser les pieds, alors qu'elle était en plein deuil. Je crois que Paco, il devient maboul. Comme tout le monde. A quoi ça rimait de chercher un assassin quand y en avait des milliers, en uniforme ou pas, dans les rues d'Alger mais aussi dans toute l'Algérie, plus quelques-uns en Métropole ? Le sang, il coulait à flot comme le mousseux pendant un mariage.

Puisque Paco, il connaissait la veuve, je l'ai laissé se démerder avec elle.

"Merci de nous recevoir", il a commencé. Elle a répondu avec la voix d'une morte-vivante. On l'aurait pincée jusqu'au sang, elle aurait rien senti.

"J'ai eu aussi la visite d'un détective privé. C'est M. Thévenot qui l'a engagé. Il est venu spécialement de Paris. Je ne sais pas combien coûte un détective mais le père de la jeune fille doit avoir les moyens.

— Il vous a dit son nom ?

— Il m'a laissé sa carte au cas où me reviendraient des informations que j'aurais oublié de lui donner."

Elle a cherché dans son sac et a remis la carte à Paco.

"Tenez, je n'ai pas l'intention de l'appeler après mon départ. Il ne m'inspire pas confiance et je crois que cette affaire ne sera jamais éclaircie. Il y aura un meurtrier de plus dans la nature…

— Vous êtes pessimiste.

— Pas vous ? Nous ne vivons pas sur la même planète, alors !

— Vous n'avez rien trouvé dans la chambre de votre fils qui pourrait nous éclairer ?

— Si. Son journal intime et… celui d'Estelle.

— Celui d'Estelle !

— Oui. J'ai été étonnée aussi de cette découverte.

— Pourrions-nous les voir ?

— Pas celui de mon fils. Mais j'ai recopié pour vous les passages où il parle d'Estelle. A la lumière de ses propos, vous comprendrez pourquoi elle lui a confié son journal."

Elle a sorti de son sac un gros cahier et quelques feuilles qu'elle a remises à Paco.

"Tenez. Je n'ai rien dit de ces documents au détective.

— Pourquoi ?

— Parce que vous avez été gentil avec moi. J'ai pensé que le détective voudrait peut-être détruire le journal d'Estelle. Vous comprendrez pourquoi en le lisant.

— Y avez-vous découvert des informations importantes ou compromettantes ?

— Des horreurs ! Pauvre petite…

— En rapport avec leur mort ?

— Peut-être. Je ne sais pas, je ne sais plus… Je suis trop épuisée pour réfléchir…

— Et dans les écrits de votre fils ?

— Des confidences importantes, oui, pour moi. Il nous aimait, mais il nous en voulait d'être le fils d'un couple mixte dans un pays aussi intolérant. Il était pessimiste pour son avenir et pour le nôtre. Il avait peur… (elle s'est mise à sangloter) que ses parents soient exécutés par le FLN ou l'OAS.

— Et sur Estelle ?

— Vous lirez. Elle comptait beaucoup pour lui. Comme il le dit : «Dans une autre vie et dans un autre pays, j'aurais pu tomber amoureux d'elle…», mais il se l'était interdit. Au moment où il a écrit ces lignes, quelques jours avant leur mort, ils n'étaient pas amants.

— On a fini, a annoncé un des manutention-naires.

— Moi aussi", elle a répondu pour mettre un terme à notre visite.

J'ai pas pu m'empêcher de lui dire en lui serrant la main :

"Vous avez raison de partir. La mort, elle va continuer son travail et vous l'avez assez vue à l'œuvre."

Elle m'a souri avec, dans les yeux, cette tristesse complice que les gens, ils peuvent partager sans trop savoir pourquoi.

Et comme pour nous donner raison, une énorme strounga a pété pas loin. La guerre, elle reprenait ses droits et nous, on a repris le chemin du commissariat de Bâb-el-Oued.

J'ai laissé conduire Paco et je me suis endormi en chemin. J'ai rêvé que je visitais Ghardaïa avec mon fils. Tout le monde il me reconnaissait parce que j'étais le portrait craché de mon père. Il faisait un temps magnifique dans l'oasis et on s'installait à la terrasse d'un café maure. Les mozabites, ils étaient gentils avec nous et je disais à mon fils : "Tu vois, y a rien à craindre. Dès qu'on sort d'Alger, la guerre, elle existe plus." A ce moment, on a crié dans mon dos : "Chou-crouille !" Je me suis retourné, et le fils Thévenot, il a lancé une grenade défensive. J'ai plongé sur le petit pour le protéger de l'explosion… et je me suis réveillé en sursaut.

"Putain ! j'ai failli faire un accident ! a crié Paco.

— …scuse-moi. Un cauchemar.

— Comme ma grand-mère ?

— C'est bizarre les rêves. J'étais à Ghardaïa et je pourrais te décrire la ville alors que j'y ai jamais mis les pieds !

— Tu as envie de te retirer dans le désert ?

— Même les déserts, ils sont mal fréquentés. Surtout dans les rêves… J'ai soif. Je t'invite à prendre une kémia… Mais pas en terrasse.

— D'accord, au bar des Arènes.

— C'est en face chez Irène, non ?

— Ah bon ?" il a rigolé.

Le bar des Arènes, c'est quelque chose. Les peintures grand format, avec des scènes de corrida, y en avait sur tous les murs.

Les patrons, les frères Escobedo, espagnols évidemment, ils se ressemblaient comme deux gouttes d'eau. L'aîné, un calme, le cadet, un déconneur de première. Paco, il aimait ce bar parce que ça lui rappelait ce qu'il avait jamais connu. Comme la plupart des gens de ce pays, il avait jamais refoutu les pieds dans sa terre d'origine.

Les Algérois, en dehors des hommes d'affaires et des Frangaouis, ils sortaient plus trop d'Alger depuis 54. Ceux qui avaient de la famille en Métropole, ils partaient en vacances, l'été. Les autres, ils s'y aventuraient pas parce qu'ils auraient été mal vus à cause de la guerre. Aller à Oran, à Blida, à Bougie, Mostaganem ou Sidi-Bel-Abbès, c'était une expédition aventureuse. Quand la mort, elle rôde, on aime bien savoir que les siens, ils sont proches. Jusqu'en 58, à chaque attentat en ville, tous on pouvait se précipiter dans la demi-heure sur le lieu du massacre si l'un des nôtres avait prévu de traîner dans ce coin-là. Moi, par exemple, mon cœur, il s'était arrêté de battre quand j'avais entendu aux informations qu'une bombe du FLN avait explosé au Marignan. Ce dimanche-là, notre fils, il nous avait dit qu'il allait avec des copains à la séance de l'après-midi. Ma femme, elle s'est mise à pleurer, sûr que le petit, il était mort ou blessé. Le temps que je m'habille pour foncer là-bas, il est rentré sans comprendre pourquoi sa mère, en larmes, lui avait sauté au cou. Y avait plus de place, alors ils étaient allés voir un autre film au Plazza. Deux copains à moi, ils avaient été blessés dans l'attentat, et un cousin, il était mort…

Quand on a eu nos anisettes et nos tramousses, Paco, il a sorti la carte du détective privé. Il s'appelait Claude Rolland et il avait son officine 24 avenue de l'Opéra à Paris. Griffonné à la main, un numéro de téléphone à Alger.

"Tu connais ce type ? il a demandé.

— J'ai jamais mis les pieds à Paris de ma vie.

— Pourquoi il n'a pas engagé un privé local ?

— Tu en connais, toi, des privés à Alger ?

— Oui, Chevrier, un retraité de la PM*. Il faudrait que je lui demande si ce Rolland est connu dans la profession.

— Sur quoi il enquête, ton Chevrier, habituellement ?

— Des adultères et des employés qui piquent dans la caisse.

— C'est la classe !

— Autant que nous. Si on ne suivait pas cette affaire, on n'aurait rien à branler !

— Alors on les lit ces journaux intimes ou tu veux les garder pour toi tout seul ?

— Comment on procède ? On ne peut pas lire en même temps…

— On va au bureau et tu me fais la lecture."

Il a sorti le cahier de la poche de son imper et il l'a regardé.

"J'ai l'impression qu'on est des profanateurs de sépulture.

* PM : police militaire.

— Bon, eh ben, on les met à la poubelle. Après, on prépare nos valises, et on part pour visiter la France avec Irène et Marthe. C'est pas une bonne idée, ça ?

— Tu me tues avec ton comique de répétition. Quand tu vas au cinéma, tu ne pars jamais avant la fin, surtout si c'est un film policier, non ?

— J'aime pas les films policiers, j'aime que les films d'aventures justement parce que le héros, il va toujours niquer les salauds et s'en sortir avec la gloire.

— Bon, j'arrête. On finit l'anisette et je vais lire à haute voix mais tu me promets de ne pas me saouler avec la musique de Lili Labassi. J'embrasse Irène et on se retrouve à la voiture dans dix minutes.

— Prends ton temps, je vais pisser."

*

J'ai quitté le bar des Arènes et traversé la rue pour retrouver ma belle. Elle était en compagnie d'une femme d'une cinquantaine d'années qui choisissait un chapeau pour le baptême de son petit-fils. En observant les essayages de la cliente, j'ai imaginé que ma mère s'était remariée, avait eu d'autres enfants et se préoccupait de la tenue qu'elle porterait pour le baptême d'un de ses petits-enfants. Lui arrivait-elle de penser à moi ? Etait-elle toujours en vie ? Est-ce que je la hantais, comme, elle-même, m'envahissait parfois ?

"Au revoir madame, a dit Irène en ouvrant la porte à sa cliente. Qu'est-ce qui se passe ? Tu n'es pas libre, ce soir ?

— Si, si. Choukroun m'a invité à boire un coup en face alors j'en ai profité, c'est tout.

— C'est quoi, ce cahier dans ta poche ?

— Le journal intime d'une jeune fille.

— Apparemment, violer son intimité ne te pose pas de problème…

— Elle est morte, tu sais.

— Et ça justifie une telle intrusion ?

— Mais qu'est-ce qui te prend ? Pourquoi es-tu si agressive ?

— Un journal, ça n'est pas fait pour être lu par des étrangers, c'est écrit pour être relu, plus tard, par celui qui l'a rédigé.

— Je t'ai connue plus fine… Dans mon boulot, on ne fait pas dans la dentelle. On ne passe pas notre temps à bichonner des dames mûres qui s'apprêtent pour un bal d'*Autant en emporte le vent* en ignorant la guerre civile…

— J'ai un métier futile, c'est ça ? Il te faudrait une compagne plus impliquée, gaulliste ou partisane de Salan. Désolée, ça n'est pas dans mes compétences…

— Si tu ne veux pas d'une soirée avec un fouille-merde, dis-le-moi ! J'irai au cinéma et tu pourras…"

Je me suis arrêté, pétrifié par mes dernières paroles qui avaient embué les yeux d'Irène. Nous avions joué un remake de la soirée fatale à sa jambe. La même montée de mayonnaise, les mêmes mots dans ma bouche. Je l'ai prise dans mes bras et je

lui ai caressé sa tignasse rousse en murmurant :
"Excuse-moi."

Elle m'a serré très fort. On s'est embrassés dans
une étreinte chargée de douleur. Puis elle m'a repoussé, m'a souri et m'a dit :

"Tu sais, moi aussi, je tenais un journal... Ma
mère l'a lu pour savoir si je couchais avec mon
flirt du moment. Je ne lui ai jamais pardonné...
J'aime bien que tu sois voyeur à condition que tu
reluques mon intimité et non celle des autres...
Allez ! File et à ce soir."

Quand je suis sorti de la boutique, Choukroun
était mort de rire sur le trottoir d'en face.

"Tu es un vrai exhibitionniste ! Peloter sa copine comme ça, dans la vitrine, c'est un attentat à
la pudeur !"

Décidément, on ne me passait rien. Voyeur,
exhibitionniste, traître pour mes collègues pro-
OAS et petit-fils indigne pour ma grand-mère qui
allait encore oublier que je ne passerai pas la soirée avec elle.

De retour au commissariat, on s'est installés dans
notre bureau pour plonger dans les confidences
d'Estelle. Ma lecture a duré plus de deux heures.

Un drôle d'exercice, un journal intime. Elle
s'était contentée, dans un premier temps, de noter
des anecdotes futiles, le travail scolaire, les petites

joies et peines, des dates avec quelques mots, façon agenda, *ne pas oublier de… penser à… Machine n'a pas été sympa… Chose m'a fait rire…*, comme si elle s'était méfiée d'elle-même. Ensuite, la rédaction s'est enhardie sur les problèmes existentiels d'une pré-pubère : Qui suis-je ? D'où viens-je ? Où vais-je ? La vie, l'amour, la mort. Enfin la confiance établie entre la page et la plume, la sincérité s'est installée, par petites touches, encore pudiques, des allusions floues à des émois, à des troubles.

La douleur et la colère à la mort de Fatima, la rage après le départ de la mère, le mépris aussi et parfois la haine.

L'angoisse et la solitude des premières règles, l'incompréhension envers son frère qu'elle avait perçu comme un étranger un peu fou. Rien sur le père. Rien jusqu'à la page datée de mars 57. Les notes précédentes s'étaient arrêtées le 11 septembre 56, la date anniversaire de ses quinze ans. Un blanc, à la façon d'une censure. Comme les censeurs politiques, elle protégeait un secret. Un secret qui ne pouvait pas se dire, s'avouer. Un secret terrible.

L'écriture reprenait ainsi :

Pourquoi a-t-il fait ça ? Comment lui pardonner ? Je ne sais plus où j'en suis. Quand je lui ai dit que je ne voulais plus qu'il me touche sinon je le dénoncerais à la police, il avait l'air si malheureux. Il répétait sans cesse : "Excuse-moi, tu ressembles tellement à ta mère." J'aurais préféré ne pas lui ressembler, être laide et boutonneuse, être bossue, ne pas être. J'aurais voulu qu'elle n'existe pas, qu'elle n'ait jamais existé. Il aurait épousé une autre femme, gentille, fidèle et bonne mère et je ne serais pas là pour vivre ça.

Le jour de mes quinze ans, il m'a offert une robe de femme, une vraie. J'étais fière de la porter malgré les moqueries de mon frère qui me trouvait ridicule. Il ne m'a pas quittée des yeux de la soirée. J'ai cru naïvement qu'il était gêné de découvrir que sa fille n'était plus une enfant. On a bu du champagne en mon honneur. La tête me tournait, mais j'ai aimé ça. Je riais pour un rien comme une midinette. *pale girl* Quand la fête s'est terminée, je suis allée me coucher, mais le mélange d'excitation et d'alcool m'a empêchée de dormir. J'ai entendu le bruit de sanglots. J'ai cru, d'abord, que mon frère pleurait. Une première. Il est tellement dur ! Mais non, les sanglots venaient de la chambre des parents. Je me suis levée et, en titubant, je suis allée frapper à la porte. Il m'a invitée à entrer. Il ne pleurait plus, mais j'ai tout de suite vu les larmes sur ses joues. Je me suis jetée dans ses bras pour le consoler. Il a caressé mon dos avec affection. Je ne me souviens plus de la dernière fois où il m'a prise dans ses bras. Je me sentais bien et lui aussi. J'étais, à nouveau, une petite fille dans les bras de son papa. Une petite fille qui, soudain, a eu peur de grandir. Il a embrassé mon front, puis ma joue. Il m'a serrée plus fort contre lui et j'ai été mal à l'aise de sentir son sexe dur contre mon ventre. J'ai essayé de m'écarter, mais il a dit : "Reste, mon petit, reste encore un

90

peu, j'ai tellement besoin de toi." Alors je suis restée blottie, en essayant d'oublier son ventre et le
mien. Il a éteint la lumière de la lampe de chevet.
J'ai cru qu'il voulait s'endormir contre moi pour
ne pas être seul. A ce moment, je me souviens
d'avoir pensé que cette place n'était pas la mienne
mais celle de sa femme, cette mère qui avait déserté.
Et je l'ai haïe pour son absence. Sa bouche a
effleuré le coin de mes lèvres et j'ai cru qu'il avait
perdu ses repères à cause de l'obscurité. Puis ses
mains ont commencé à caresser ma poitrine. J'étais
à la fois honteuse et troublée. Personne n'y avait
jamais touché ! Ça faisait bizarre de sentir des
mains d'homme, étrangères et pourtant si proches
me tripoter les seins. Il a déboutonné le col de ma
chemise de nuit et a commencé à me téter comme
un bébé. L'obscurité et le champagne m'ont plongée dans une rêverie où j'imaginais que mon futur
mari me caressait pendant que mon futur bébé se
nourrissait de moi. Prise d'un vertige inconnu et le
corps en feu, je n'ai pas résisté à ses caresses. J'ai
honte de le dire, je me déteste même, mais j'aimais
ça. J'aimais l'amour et le désir de cet homme.
Mais c'était mon père. Je me suis demandé si tous
les pères agissaient comme ça avec leurs filles, si
c'était normal. Je me suis même rassurée en me
disant que ça devait l'être et que ce n'était rien
d'autre qu'une preuve d'amour. Un père avait tous
les droits sur sa fille. Un père savait ce qui était
bien pour ses enfants. Si ma mère avait été là ou
si Fatima était encore vivante, elles m'auraient

expliqué ça. Ce qu'était le sang qui sortait de mon
ventre chaque mois, comment faire des enfants et
comment faire l'amour. Malheureusement, mon
père s'était retrouvé seul pour tout ça. Soudain, j'ai
eu envie de vomir et je me suis dégagée. J'ai quitté
la chambre en courant et me suis précipitée aux toi-
lettes. Quand j'ai fini de vider mon estomac, je me
suis sentie mieux et suis allée me coucher. Mon frère
a dit quand je suis passée devant sa chambre :
"Voilà ce qui arrive aux petites filles qui boivent de
l'alcool."

Il ne savait pas que je venais de vieillir de dix ans.
Au matin, je me suis persuadée que j'avais rêvé.
Rien de tout ça n'était arrivé.

Mon frère est reparti en pension et mon père est
venu régulièrement dans ma chambre…

S'ensuivait un long calvaire qu'elle rapportait
avec ses mots en évitant les détails sordides, que je
pouvais néanmoins décoder. Ce salopard avait expliqué à sa fille l'importance de rester vierge afin
d'offrir son pucelage à son futur mari. Un cadeau
que ce dernier, comme tous les hommes, saurait apprécier à sa juste valeur. C'est pourquoi, avec des
mots choisis, il l'avait convaincue d'accepter la so-
domie, qui présentait un double intérêt : la garantie
de la virginité et l'absence de risque de grossesse. Il
se présentait comme l'initiateur naturel et obligé
de sa sexualité et des plaisirs de la chair. Quand
elle avait eu la certitude que tout ceci n'avait rien
de naturel, elle avait résisté puis l'avait menacé.

La peur du scandale avait fait renoncer son père. Elle avait pris l'habitude de bloquer la porte de sa chambre avec une chaise et de se coucher, un couteau de cuisine sous son oreiller. Elle passait ses journées sur les bancs de la faculté ou à la bibliothèque universitaire et ne rentrait que tard le soir, sans partager le dîner avec son père.

Un soir, elle avait croisé une jeune prostituée qui sortait de chez elle et s'en était presque réjouie.

Elle avait été définitivement soulagée quand son père s'était retrouvé paralysé après sa blessure au cours des barricades. Elle avait même espéré que son frère, pour la venger, lui avait tiré dans le dos. Elle aussi s'était arrangée avec l'histoire.

Plus tard, elle avait sympathisé avec Mouloud qui, pour échapper à ses propres démons, hantait les rayonnages de la bibliothèque universitaire.

… Aujourd'hui, j'ai rencontré un étudiant. Il prépare l'internat. Il est mignon et timide. Je l'ai remarqué parce qu'il ne parle à personne et travaille sans cesse. Par curiosité, je lui ai demandé s'il suivait une "écurie" pour le concours. Il m'a répondu que non. Il a du mal à en trouver une, compte tenu de ses origines. Son père est arabe, médecin et supervise ses révisions. Son prénom est Mouloud. J'ai été surprise parce qu'il a les yeux clairs et le teint moins mat que la plupart des Algériens. En fait, sa mère est bretonne. Il m'a proposé d'aller boire un verre à la cafétéria en rougissant. Nous avons passé un long moment ensemble à

discuter de nous, de l'avenir, de nos études. Il est plutôt pessimiste et rêve de terminer sa médecine à l'étranger, en Angleterre ou aux Etats-Unis, mais il garde ce projet secret parce qu'il aime trop ses parents et craint de les blesser. J'aimerais bien partir aussi, mais je n'en ai pas le courage. Je ne me sens pas capable de me débrouiller toute seule loin d'Alger. L'idée de faire comme ma mère m'est insupportable. J'aurais l'impression de trahir les miens. Je me sentirais coupable d'abandonner mon père, malgré ce qu'il m'a infligé. Quant à mon frère, j'espère toujours qu'on finira par se rapprocher...

Leur camaraderie s'est transformée, peu à peu, en amitié. Il l'a initiée au cinéma et lui a offert de partager une séance à chaque fois que le travail accompli méritait, selon lui, une récompense. Elle le soupçonnait d'aimer aussi cela parce qu'ils pouvaient prendre du plaisir loin des regards d'autrui. A plusieurs reprises, elle avait été choquée des injures lancées par quelques étudiants d'extrême droite. A l'usage des jugements persécuteurs et de la montée de l'OAS, ils avaient choisi de se retrouver dans des endroits peu fréquentés. Seules les salles obscures, les plages désertes ou le Jardin d'essai* leur semblaient propices aux confidences.

Parfois, elle se demandait s'il était homosexuel parce qu'il n'avait jamais tenté la moindre approche. Puis elle s'interrogeait sur sa propre séduction.

* Jardin d'essai : parc zoologique d'Alger.

Depuis l'expérience désastreuse avec son père, peut-être avait-elle, à son insu, une attitude dissuasive avec les hommes ?

Quelques semaines avant leur mort, elle avait surpris son père en train de fouiller sa chambre. Elle s'était mise en colère et il s'était justifié : il craignait qu'elle eût de mauvaises fréquentations.

"Tu es l'unique personne dangereuse pour moi !" avait-elle hurlé en poussant son fauteuil hors de la chambre.

Le lendemain, elle avait décidé de confier son journal à Mouloud parce qu'il était le seul à la respecter et saurait s'interdire de le lire.

Ainsi se terminait son journal :

… Voilà, cher journal, je vais te quitter pendant quelque temps. Peut-être que, plus tard, je te récupérerai et je continuerai à noircir tes pages de mes confidences et de mes secrets. Je te laisse à la garde de la seule personne digne de ma confiance. J'espère qu'il ne la trahira pas. A bientôt…

"Quelle pourriture, ce Thévenot ! avait scandé Choukroun tout au long de ma lecture.

— On est loin de la jeune femme délurée qui s'envoie en l'air avec un Arabe. Tu veux bien lire les quelques pages du journal de Mouloud, cette histoire m'a crevé."

Et il a lu avec une voix et un débit que je ne lui connaissais pas les quelques feuillets recopiés par Mme Abbas. Comme s'il était pressé d'en finir. Pour ne pas nuire à la mémoire de son garçon, elle ne nous avait confié que les passages jugés utiles, selon elle, pour notre enquête. Il parlait d'Estelle comme d'une princesse inaccessible. Seul son journal savait qu'il la désirait, qu'il en rêvait. A quoi servait-il de se déclarer puisqu'elle serait, encore plus que sa mère, condamnée à l'infamie ? Il valait mieux qu'elle reste son amie le temps que la vie les sépare…

"Sauf que c'est la mort qui les a séparés, ou réunis si on croit en Dieu et au paradis des amoureux", a commenté Choukroun.

… Quand elle m'a confié son journal, j'ai eu les larmes aux yeux. C'était la plus grande preuve de confiance qu'elle pouvait me donner. Peut-être que je devrais lui déclarer mes sentiments ? Il faudrait que je demande conseil…

Sur ces mots s'achevait le journal de Mouloud.

A qui allait-il demander conseil ? A son père, à sa mère ? A un ami ?

"Cette histoire m'a mis la tête comme une pastèque et ça nous a pas avancés bézef.

— On laisse reposer. On y verra plus clair demain", j'ai suggéré.

Quand nous sommes sortis du bureau, une partie de nos collègues trinquaient en l'honneur de l'OAS. Une villa d'El Biar avait explosé, tuant dix-neuf barbouzes. Probablement l'explosion que nous avions entendue quelques heures plus tôt chez Mme Abbas. La guerre entre OAS et police parallèle tournait à l'avantage des premiers. La population accueillerait la nouvelle comme une victoire des partisans contre des membres de la Gestapo. Il fallait des "gentils" emblématiques et des méchants à leur mesure puisque l'OAS s'était emparée de la liturgie gaulliste de la Seconde Guerre mondiale. Les quotidiens du lendemain allaient afficher des unes blanchies par la censure…

Choukroun est rentré chez lui. Moi, j'ai retrouvé Irène sans pouvoir lui faire l'amour. Les horreurs que j'avais lues, additionnées du viol du journal intime, avaient tué mon désir.

Ce soir, je n'avais l'envie ni d'une femme ni d'une grand-mère. Ce soir, j'avais besoin d'une mère…

5

AFFAIRES PRIVÉES

J'avais voulu interroger, à nouveau, Hélène Thévenot. Elle avait quitté l'hôtel Aletty. Sa fille enterrée, elle était retournée, aussitôt, à ses amours.

De son côté, Choukroun avait bien travaillé. Grâce au numéro de téléphone écrit sur la carte de visite, il avait retrouvé l'adresse algéroise du détective privé. Un appartement de la rue Berthelot, propriété de M. Thévenot qui avait pour habitude de loger ses employés. Une manière de les avoir toujours sous la main.

Depuis la lecture du journal intime, Monsieur me semblait beaucoup plus dangereux que je ne l'imaginais. Un homme de pouvoir mais aussi un pervers. Avait-il pu être l'instigateur des meurtres de sa fille et de son soupirant pour empêcher un scandale ? Cette hypothèse m'apparaissait désormais crédible. Choukroun l'aurait bien trucidé pour le punir de l'inceste.

Nous avons décidé de débarquer à l'improviste à l'appartement de la rue Berthelot et de cueillir le détective à froid.

En fait nous l'avons surpris à chaud. En pleine action.

Quand il a ouvert la porte en maillot de corps et en caleçon, j'ai cru que nous l'avions réveillé. En réalité, il était en compagnie d'une jolie jeune femme, une professionnelle. Elle avait choisi comme pseudonyme Brigitte, un prénom de scène pour exciter les mâles à l'évocation de B. B. D'ailleurs, elle avait poussé le plagiat jusqu'à coiffer sa chevelure, blondie à l'eau oxygénée, en choucroute.

L'appartement avait tous les attributs d'une garçonnière. Petit, fonctionnel. Une cuisine minuscule, encombrée d'un réfrigérateur et d'une gazinière, dont les seuls ustensiles visibles se limitaient à une cafetière italienne et deux tasses. Un salon meublé de deux fauteuils clubs en cuir sombre et d'un guéridon. Aux fenêtres, des tentures épaisses tirées pour garantir l'intimité. Aux murs, deux huiles de petit format du XIXe siècle représentant des femmes nues et alanguies, la touche personnelle de M. Thévenot. Une chambre occupée par un lit à deux places, deux tables de nuit Louis-Philippe et deux grands miroirs aux cadres dorés, l'un au-dessus de la tête de lit, l'autre sur sa gauche, façon lupanar. Une salle de bain avec douche, lavabo, W.-C. et bidet.

Après nous avoir révélé sa véritable identité et son adresse d'une voix chargée d'un accent méridional, Gisèle Guérini a quitté les lieux sans demander son reste. Elle avait peur d'être embarquée pour flagrant délit de prostitution.

"Le repos du guerrier…, s'est justifié Rolland, en enfilant ses pantalons.

— Vous êtes en guerre ? j'ai demandé avec un sourire narquois.

— Non, pas moi. Je suis un pacifiste. Je suis à Alger pour des raisons professionnelles. Vous devez savoir qu'on fait un peu le même métier…

— Pour quelle affaire ?

— Mon client n'apprécierait pas… La discrétion est un impératif dans notre…

— Ça va ! Arrête ton char, Ben Hur ! a grogné Choukroun qui semblait de fort mauvaise humeur. On sait que tu travailles pour Thévenot, qu'il te loge et que, sans doute, tu profites de ses putes, alors déballe !

— Vous n'avez pas le dr…

— On a tous les droits puisqu'il y a plus de droit. On fait ce qu'on veut. Plus besoin de juge ni de mandat. Tiens, même si on te passait à tabac, tout le monde s'en foutrait. Tu sais, grâce aux paras, on a maintenant des méthodes infaillibles. Ne nous oblige pas à être méchants. Alors, c'est quoi ton boulot, le parigot ?"

Il a frissonné et a lâché facilement le morceau.

"Ben, je travaille pour lui depuis quelques années. J'ai commencé par la filature de sa femme en France, quand elle s'est tirée, la première fois. Ça date pas d'hier…

— Et qu'est-ce que vous avez découvert ? j'ai demandé.

— Le truc classique, la chatte en chaleur…

— Les Algéroises, c'est la figue, pas la chatte…", a coupé Choukroun qui, décidément, était remonté.

Il a haussé les épaules :

"Si vous voulez. Enfin, un beau morceau de fille qui collectionnait les play-boys de bistrots sur toute la Côte d'Azur. Je livrais des photos, des rapports, mais j'avais ordre de ne pas intervenir. Habituellement, dès qu'ils ont la preuve de l'infidélité, les maris jaloux me demandent un constat d'huissier et entament une procédure de divorce. Là, juste des comptes rendus détaillés de ses parties de jambes en l'air. A croire que ça l'excitait, le vieux, de savoir qu'elle s'envoyait tout ce qu'elle croisait. Mais comme il payait sans râler, moi…

— Ensuite ?

— Ensuite, elle est retournée au bercail. Fin de la vache à lait… Et puis elle est repartie. Cette fois-ci, à Paris. Fini pour moi, les frais de déplacements et autres provisions. Elle était tombée amoureuse d'un fils de riche, un dénommé Bonnefoy. J'ai enquêté sur cette famille. Une fortune amassée grâce à des trafics divers avec les Allemands et autant avec les Américains. A présent, une grosse entreprise de travaux publics qui a emporté la plupart des marchés de la reconstruction. Un des fils Bonnefoy est même député gaulliste. De l'art de prendre les trains en marche… Faut dire qu'avec leur nom, ça aide…

— Et Mme Thévenot ?

— Mal vue par les Bonnefoy. Ils avaient d'autres projets pour le fiston, mais il est amoureux fou d'elle. Comme elle n'a pas divorcé, ils ont conclu une sorte de contrat. Elle doit rester une maîtresse et rien d'autre. Elle n'est jamais invitée dans la famille, mais c'est pas bien grave, son jules a un hôtel particulier dans le 16e à Paris. Soit dit en passant, il appartenait à une riche famille juive déportée et le père Bonnefoy l'a acheté aux Allemands pour quelques centaines de caisses de champagne. Là aussi, comptes rendus, photos, rapports sur la famille, basta.

— Et qu'est-ce que tu fous en Algérie, alors ? a demandé Choukroun.

— C'est la deuxième fois que je viens et je vous avoue que ça m'enchante pas, tout ce merdier. C'est un coup à se prendre une balle perdue avec tous ces cinglés qui se baladent, armés jusqu'aux dents...

— Accouche, chochotte !

— Il m'a engagé pour filer ses enfants. D'abord son fils. Il était inquiet au sujet de ses fréquentations. Il avait pas tort. Tous des fachos, des allumés de l'Algérie française, la clique d'Ortiz et de Lagaillarde. Je l'ai tenu informé des faits et gestes du petit. Ça a pas été facile, j'aurais pas aimé tomber entre les mains de ses copains. Réunions secrètes, entraînements paramilitaires, distributions de tracts, manifs, ratonnades. Ah ! il chômait pas, le môme ! Quand le vieux a su qu'il était aux premières loges pendant les barricades de 60, pour la première fois, il m'a ordonné d'intervenir pour le convaincre de renoncer. Evidemment, j'ai refusé, une histoire à me prendre une balle dans la nuque. Malgré mes mises en garde, il a décidé d'y aller. Vous connaissez la suite, je suppose...

— Continue !

— Je suis rentré à Paris, trop content de quitter ce bordel. Comme je m'étais défilé et qu'il y avait laissé ses jambes, j'étais persuadé de ne plus entendre parler de lui. A ma grande surprise, il m'a contacté, il y a quelques mois, pour enquêter sur sa fille. J'ai encore refusé, ça sentait vraiment le roussi de ce côté de la Méditerranée, mais les honoraires qu'il m'a proposés m'ont finalement convaincu. Il aurait eu droit aux mêmes services par un de mes collègues locaux et pour dix fois moins cher, mais il pensait qu'un étranger serait plus discret et l'argent ne semblait avoir aucune importance.

— Qu'est-ce que tu as trouvé sur la fille ?

— Estelle avait une vie réglée comme du papier à musique. La maison, les cours, la bibliothèque. Travail, famille, travail. Pas de flirt, pas de copines, des camarades de fac. Peu de loisirs. Quelques cafés ou sodas en terrasse. Je me suis dit que le père Thévenot était un paranoïaque. Et puis, il y a eu la rencontre avec Mouloud. Ils se voyaient beaucoup mais jamais un baiser, jamais une étreinte, encore moins de baises. Ni ensemble, ni séparément. Deux enfants sages.

— Malgré cette filature, vous n'avez pas assisté aux meurtres ?

— J'étais sûr que vous alliez me poser cette question. Mais non. Huit jours avant les crimes, M. Thévenot m'a donné l'ordre d'arrêter tout. Il en savait assez.

— Et pourquoi tu es resté ici ?

— A cause de Brigitte. Elle veut rentrer avec moi et m'a supplié de négocier son départ…

— Avec qui ?

— Son mac, bien sûr. C'est en bonne voie…

— Et elle te paie en nature… bien sûr…

— J'ai de la tendresse pour cette petite…

— C'est ça. Fous-toi de nous… Pourquoi tu es allé voir la mère Abbas si tu travailles plus pour Thévenot ?

— Il m'a demandé un dernier service et comme c'est un bon client… Quelques jours avant les meurtres, le journal intime de sa fille avait disparu. Il voulait que je le récupère, certain que c'était en rapport avec l'affaire. La mère Abbas l'avait peut-être, mais, en tout cas, elle a nié et refusé de répondre à mes questions. De toute façon, elle est partie… Moi aussi, je pars. Je quitte Alger demain.

— Ça, j'en doute, a assené Choukroun.

— Pourquoi ? Vous avez pas le droit, j'ai rien à voir avec ces morts.

— C'est à nous d'en juger. Qu'est-ce que tu en penses, Paco ?

— S'il nous dit tout, mais vraiment tout. Peut-être qu'on fera un effort…"

Choukroun est allé pisser. On a interrompu l'interrogatoire. Dans le silence du petit appartement, on a entendu son jet urinaire résonner dans la cuvette. Un jet discontinu, lent, usé comme les eaux, qu'il mettait un temps infini à expulser. Pathétique. De retour dans la pièce, il aurait bien pu casser la gueule du détective pour avoir été témoin de son handicap. Comme s'il avait senti la menace, Rolland nous a donné toutes les informations collectées pendant ses années d'enquête. Sous ses airs de petite frappe, c'était un professionnel consciencieux et efficace.

Il ne s'était pas contenté d'enquêter sur les enfants et la mère. Il avait aussi voulu en savoir plus sur le père. Ce dernier avait opéré pendant des années un droit de cuissage sur son personnel féminin. On lui prêtait quelques grossesses illégitimes avant le mariage, suivies de quelques avortements. Toujours avec de très jeunes filles. Il fréquentait aussi beaucoup les maisons closes d'Alger depuis le départ de sa femme. Il y avait ses habitudes et ses habituées. Son jeu préféré consistait à se faire appeler papa par les nouvelles recrues de la traite des blanches et de fesser les demoiselles à l'arrière-train le plus dodu. Il aimait aussi payer pour voir d'autres clients, en général des bourgeois connus et détestés, qui appréciaient les lavements intestinaux. Ça l'amusait beaucoup. L'une des prostituées lui avait raconté qu'à une occasion père et fils s'étaient croisés dans le bordel. Le père avait fui en bredouillant des explications confuses concernant un client qu'il avait accompagné. Le fils avait voulu la pute préférée de son père, l'avait sodomisée sans ménagement, scandant ses assauts de "Prends ça de la part d'Estelle". Puis, sans jouir, l'avait battue à coups de pied et de poing en sanglotant… Les hommes de main l'avaient éjecté sans le corriger à cause de la notoriété du père. Ce dernier, ayant eu vent de l'incident, avait grassement dédommagé la fille pour qu'elle lui raconte l'incident en détail.

Rolland avait aussi découvert que Paul filait sa sœur depuis qu'elle avait rencontré Mouloud. Il passait ses journées à la surveiller. A une ou deux reprises, il avait fait un esclandre à la terrasse d'un café, injuriant ses camarades. Elle s'était mise à pleurer, consolée par les autres.

Enfin, Mouloud avait un ami un peu plus âgé, arabe comme lui, d'origine modeste, Farid Mekloufi, fils de la femme de ménage de la famille Abbas. Enfants, ils étaient compagnons de jeux. Mais, à l'adolescence, leurs chemins s'étaient écartés. Mouloud était brillant, Farid, un cancre, au désespoir de sa mère. Après l'échec d'un apprentissage chez un cordonnier, il avait brutalement disparu pour rejoindre les rangs du FLN. Par trois fois, Rolland l'avait surpris en grande discussion avec Mouloud dans un jardin public. Pourtant, il n'avait pas eu l'impression que le fils Abbas était impliqué en quoi que ce fût dans les actions terroristes du FLN. Son ami, semblait-il, avait tenté de l'embrigader. En vain.

Il nous a donné les adresses de Mme Mekloufi et du cordonnier. C'est par ce dernier qu'il avait eu ces informations. Il n'avait pas osé s'aventurer dans le quartier du Climat-de-France où habitait la famille de Farid. Trop dangereux à son goût. Quand je l'ai interrogé sur le ou les assassins hypothétiques. Il a répondu :

"Ce n'est pas le frère d'Estelle, parce qu'il était parti à Oran pour le compte de l'OAS. Mais il a peut-être demandé à ses copains de corriger le couple. Ils auraient poussé la correction un peu loin... De même, le père a suffisamment de relations pour s'offrir des hommes de main spécialisés dans les basses besognes...

Côté Abbas, vous en savez probablement plus que moi. Est-ce que la mort du père Abbas a un rapport avec l'exécution du couple ?

— Nous n'en savons rien", j'ai avoué modestement.

Le lendemain, on allait retrouver Rolland égorgé dans le caniveau de la rue Berthelot. Il était resté un jour de trop.

Le maquereau n'avait pas vraiment été d'accord avec lui sur les conditions du départ de Brigitte. Même les proxénètes avaient du mal à se séparer de leurs filles. Guerre ou pas, la vie continuait, avec ses embrouilles et ses drames. Brigitte avait balancé son mac à nos collègues du centre-ville, qui l'avaient coincé sans peine. Elle s'était présentée au commissariat, non comme une pute voulant échapper à l'emprise d'un proxénète mais comme une maîtresse éplorée par la mort de son amant lâchement assassiné par un ex-soupirant jaloux.

Au final, malgré l'incrédulité de mes collègues, elle avait fait d'une pierre deux coups en se débarrassant de son souteneur et de son créancier.

Grâce à l'interrogatoire de Rolland, nous croulions sous les informations concernant les Thévenot, mais nous n'avions pas grand-chose côté Abbas : fils et père assassinés, mère partie en Métropole. Restaient la femme de ménage et le cordonnier pour explorer la piste de l'ami, qui, si nous le retrouvions, pourrait peut-être nous renseigner. Mais, s'il était, comme le disait Rolland, un membre actif du FLN, il n'allait pas se présenter spontanément dans nos locaux. A moins que le fils Thévenot en ait appris plus au cours de la filature de sa sœur...

*

"On a toujours pas reçu le rapport d'autopsie ? Paco il m'a demandé.

— Non, j'ai répondu, mais il doit être terminé depuis longtemps puisque le permis d'inhumer, il a été délivré.

— Ce n'est pas normal ! Plus personne ne bosse, dans cette ville !

— Si. Nous. Et on est bien les seuls dans notre catégorie. Tu vois, Paco, si je m'écoutais, j'irais couper les claouis* au père Thévenot et je m'excuserais

* Claouis : en arabe, testicules.

108

auprès du fils. Parce qu'avec un père comme ça, la putain ! tu es forcément mal barré dans la vie. Quand tu penses que même en faisant au mieux que je peux avec mon fils, c'est pas toujours facile, alors tu imagines ! Entre une mère à la figue en folie et un père qui nique sa fille, comment tu peux croire à la famille et avoir confiance dans les adultes ?"

Il m'a donné raison, mais il pensait que punir le père, c'était aller au-devant des emmerdements. Il croyait qu'on se gourait peut-être avec ces histoires tordues et qu'il fallait revenir aux fondamentaux. Le mobile de ce double meurtre.

On est passés à l'institut médico-légal, et Paco, il s'est plaint de la lenteur administrative ; le préposé, il a ouvert un cahier et il l'a tendu à Paco en disant :

"Ça, c'est le nombre de meurtres pour le mois de janvier : 553.

Vous trouverez, en vrac, pour l'essentiel, des victimes du FLN, de l'OAS, quelques règlements de compte privés et des drames passionnels. Sans compter les barbouzes qui sont rapatriés, direct, à Paris sans passer par notre case. Y a des Arabes, des Européens, des civils, des militaires, des gendarmes, des responsables politiques, des inconnus qui se trouvaient aux mauvais endroits et aux mauvais moments. Alors votre rapport d'autopsie, vous pouvez vous asseoir dessus."

Paco, il a poussé une gueulante et il a exigé de voir le médecin légiste. Il est pas venu, mais le préposé, il est revenu avec des notes manuscrites, une sorte de brouillon du rapport qui nous parviendrait sans doute jamais.

Estelle, elle était vierge côté figue, mais pas côté cul. Ça, on s'en doutait un peu.

Le zeb de Mouloud, il avait été coupé après sa mort. Il valait mieux pour lui.

Et, la surprise du chef, il avait eu des "rapports anaux antérieurs et répétés". Un kaoued* !

Paco, il en croyait pas ses yeux. Tout tournait autour du cul dans cette histoire. Vraiment. Mouloud comme Estelle, ils devaient être puceaux. Sûre qu'avec lui, elle risquait pas d'être violée ou tripotée. Elle avait choisi la sécurité. Pour son malheur.

Dans un pays où le macho, il était roi, comment imaginer qu'un double meurtre, il pouvait être en rapport avec une histoire de pédés ? C'est, pourtant, ce que Paco, il s'est mis à penser tout haut :

"L'amant de Mouloud, éconduit, exécute son amoureux et sa petite amie, par jalousie…

Il faut interroger la mère et le cordonnier pour retrouver Farid Mekloufi…

Je comprends mieux pourquoi la mère Abbas n'a pas voulu nous confier le journal de son fils. Elle avait deviné, entre les lignes, son secret…

A moins qu'il l'ait écrit clairement…

De plus, elle a recopié des pages…

Elle a inventé les passages sur l'amour supposé de Mouloud pour Estelle afin de protéger la mémoire de son fils…

* Kaoued : de l'arabe *qawwad*, homosexuel.

110

— Et alors ?

— On commence par le cordonnier.

— Demain. Moi, d'abord, je vais pisser et, après, j'ai un rendez-vous chez le médecin.

— Moi, je passe au bureau. J'ai besoin de faire le point. Cette enquête part dans tous les sens. Je n'ai plus vraiment les idées claires.

— Comment tu fais pour croire que tu peux enquêter tranquille dans ce foutoir ?

— J'y crois pas, j'en ai besoin."

Je l'ai laissé se prendre la tête avec ses questions et je suis allé chez le toubib.

Après une heure d'attente, le docteur Tordjman, il m'a reçu. On l'avait recommandé à ma femme.

J'ai déballé mes ennuis urinaires. Il m'a pris la tension, il m'a écouté le cœur. De temps en temps, il lâchait des "bien, bien" comme des guems*. Quand il est passé à mes poumons, c'est devenu des "hum, hum". Il m'a questionné sur la cigarette. J'ai menti comme tout le monde : "Un paquet de Bastos sans filtre, des fois plus, des fois moins." La vérité, depuis le départ du petit et le référendum, je me tapais mes deux paquets par jour.

Après, "baissez votre caleçon", il a dit. Il m'a regardé les claouis et le zeb sans commentaires. Et pour finir, la honte, il m'a ordonné :

"Mettez-vous à quatre pattes sur la table d'examen.

* Guem : pet.

111

— A quatre pattes ?

— Je sais, c'est humiliant et ça ne va pas être très agréable mais je suis obligé de passer par là pour examiner votre prostate.

— Par là ?

— Oui, par l'anus. Désolé, c'est indispensable."

Il a mis un gant en plastique, a trempé le majeur dans un pot de crème et me l'a glissé dans le cul.

En rougissant, j'ai pensé que de zitouns* en enculades, ça n'en finissait plus en ce moment. Il a baladé son doigt dans mon trou de balle un temps qui m'a paru très long. Quel plaisir elles avaient, les tapettes, à se faire enfiler ? Mystère ! Pour ma part, j'aimais pas du tout, mais alors pas du tout ça.

Il m'a dit de me relever et de me rhabiller. Il faisait une drôle de gueule. J'avais un mauvais pressentiment.

"Alors, docteur ?

— Vous avez un gros adénome prostatique qu'il faut opérer rapidement. Je vais vous adresser à un confrère chirurgien…

— Un instant, docteur. Y a pas d'autres solutions, des médicaments…

— Hélas, cher monsieur, vous venez me consulter un peu tard. Si vous voulez, je peux vous orienter vers un spécialiste à Marseille ou Paris. Il est toujours bon d'avoir deux avis. Et puis nous vivons des temps incertains. Il serait peut-être plus

* Zitoun : obscénité, mettre un doigt dans l'anus.

raisonnable d'envisager une opération en Métropole. D'autant qu'il y a un risque de dégénérescence
cancéreuse…

— Il faut que j'en parle d'abord à ma femme.''

Je suis ressorti, le cul graisseux et la tête à l'envers.

Quand je suis arrivé chez moi, j'ai même pas
senti l'odeur de barbouche. Ma femme a tout de
suite compris que j'apportais pas de bonnes nouvelles. Je lui ai raconté comme j'ai pu ce que
m'avait dit le médecin.

''C'est un signe. On a une bonne raison pour
aller en Métropole. Personne t'en voudra si tu pars
pour te soigner. Même Paco, il comprendra, et s'il
comprend pas, c'est un grand égoïste.''

Elle avait raison. Avec une femme et un fils à
charge, j'avais pas le droit de mettre ma vie en danger. J'ai préféré ne rien dire sur l'histoire du cancer,
mais j'avais le trouillomètre à zéro. J'ai pas dormi
de la nuit. J'ai eu tort parce que c'était la dernière
que je passais dans mon lit. Mais j'avais des excuses, je le savais pas.

*

Aux environs de 20 heures, j'ai appelé Choukroun. Bien qu'il ait tenté de prendre un ton léger, j'ai compris que ça n'allait pas. Il n'avait manifestement pas envie de parler, prétextant un barbouche qui l'attendait. Je connaissais ce code, aussi je me suis enquis du fils prodige.

"Très bien. Il a eu de bonnes notes. Allez, je te laisse, j'ai une faim de loup."

Mon Choukroun avait un sérieux problème et je ne pouvais rien pour lui.

Ma grand-mère aussi, et j'étais tout aussi impuissant. Elle s'enfonçait dans la mélancolie. A présent, elle ne parlait plus de ma mort mais de la sienne. Elle refusait de prendre l'apéritif avec moi, avouant avoir trop grignoté pendant la journée. Je n'en croyais rien. Elle avait les traits tirés d'une vieille qui dormait mal et peu, le teint cireux et la lippe pendante. J'étais inquiet.

Je craignais qu'elle rejoigne, à son tour, le bataillon des Algérois tristes à mourir de devoir quitter leur terre, leur pays, leurs amis, leurs habitudes. Malgré ses communiqués arrogants et victorieux, l'OAS ne parvenait pas à convaincre une population qui pressentait la défaite de l'Algérie française sans pour autant s'y résoudre. L'espoir tuait les gens, pas le désespoir. Lorsque l'on était désespéré, la vie pouvait continuer parce qu'on l'acceptait telle qu'elle était. Alors que l'espoir laissait croire que les choses s'arrangeraient, et tout ce qui allait démontrer le

contraire était, à chaque fois, un peu plus doulou-
reux.

Moi-même j'étais piégé dans ce processus,
espérant que l'enquête me ferait oublier la folie
environnante. Et ça marchait le temps qu'un drame
me rappelle la guerre et la mort avec lesquelles je
cohabitais depuis ma petite enfance. *Viva la muerte !*
comme disaient les Espagnols.

J'ai passé la nuit à l'écoute des soupirs de ma
grand-mère, tel un père attentif à la respiration d'un
nouveau-né. Je l'entendais, par moments, solilo-
quer ou marmonner entre ses mâchoires édentées.
Et je luttais contre la tristesse, grillant maïs sur
maïs, tout en "voyageant au bout de la nuit" avec
Céline. Un autre cinglé, d'une autre guerre.

6
CARRÉ JUIF

Une kippa sur la tête, je pleurais à gros sanglots.
Maurice Choukroun était nu, enveloppé dans un
drap blanc, invisible dans sa boîte au fond du trou.
En retrait, les femmes se lamentaient, se giflant le
visage et se griffant les joues. En avant-scène, une
dizaine d'hommes récitaient la prière des morts en
hébreu. Bien que je ne sois pas juif, ils avaient
accepté que je me recueille parmi eux. La litanie
de mots inintelligibles, l'oscillation des corps, les
voix basses et graves me secouaient de frissons,
me nouaient un peu plus la gorge et les larmes gi-
claient de mes yeux comme celles d'un enfant au
chagrin incoercible.

Puis les hommes se sont tus. Le rabbin s'est
approché du fils Choukroun et lui a lacéré la chemise avec une lame de rasoir. Le jeune homme s'est
effondré en sanglots pendant que les lamentations
des femmes ont redoublé.

Le ciel était bleu, le soleil tiède et j'étais glacé.

La cérémonie terminée, je suis allé présenter mes
condoléances à sa femme. Je l'ai serrée dans mes
bras et nous avons mêlé nos pleurs scandés par

des "Pourquoi, Paco ? Pourquoi ?", auxquels je ne pouvais pas répondre. Puis j'ai embrassé son fils, de nouveau barricadé dans une pudeur toute paternelle.

J'ai retrouvé Irène, elle aussi, le visage sillonné de larmes sous son chapeau à voilette noire. Avec son tailleur sombre, elle était splendide. Elle ferait une veuve magnifique. Dans une illusion morbide, je l'ai imaginée à mes obsèques, digne et belle, s'appuyant sur sa canne pour ne pas s'écrouler, jetant une pelletée de terre sur mon cercueil en chuchotant une épitaphe à sa façon :

> *Tu n'aimais pas la vie,*
> *Moi, je t'aimais, en vie.*
> *Je n'aime pas la mort,*
> *Tu l'as aimée trop fort.*

Ensuite nous avons quitté le Carré Juif du cimetière Saint-Eugène et nous sommes rendus chez Choukroun pour boire un café, manger quelques gâteaux avec la famille. Aucun collègue du commissariat n'était venu aux obsèques. La peste. La peur d'être dénoncé et assassiné. L'infamie du fuyard. La connerie sans borne. La terreur à tous les étages, sous toutes ses formes :

> *Je te tue, tu me tues à la mitraillette,*
> *le premier qui fuira sera une tapette.*

Un résumé assassin du message de l'OAS pour tout pied-noir qui décidait d'abandonner le combat de l'Algérie française.

117

Au matin du 1er février, on avait retrouvé Chou-kroun, une balle dans la nuque, affaissé sur le vo-lant d'une DS 19 volée. Lui qui n'avait jamais eu qu'une quatre-chevaux...

Le 31 janvier, je l'avais retrouvé au commissa-riat. Lili Labassi ne chantait plus. Le Teppaz était fermé, son bureau, rangé.

J'ai compris que sa décision était prise sans en saisir la brutalité.

"Tu peux m'expliquer ?

— Ça se voit pas ? J'arrête les frais.

— Comme ça ?"

Il m'a regardé avec une expression grave :

"Non pas comme ça ! Je suis malade. C'est la goutte de pisse qui a fait déborder le vase ! Je vais me soigner en Métropole. Y en a marre de toute cette mer-de ! Il faut que je pense un peu à moi. Et à ma famille.

— Tu as informé le commissaire ?

— J'ai laissé une lettre sur son bureau où je lui dis que je dois m'arrêter pour raison de santé. Je m'occuperai de ma mutation plus tard. De là-bas.

— Là-bas, c'est où ?

— D'abord à Marseille, après on verra.

— Et moi ?

— Toi, tu es grand. Je pars en éclaireur. Quand tu viendras, à ton tour, je t'apprendrai les nouvelles règles du jeu. Ça sera facile pour personne de s'habi-tuer à la France et aux Français. Ils vont pas nous accueillir à bras ouverts. C'est sûr.

— Avant de me quitter, tu veux bien interroger le cordonnier avec moi ?

— A quoi ça sert, Paco ?

— Tu sais, les gens partagent toujours un dernier truc avant de se quitter. Moi, ce que j'aimerais, c'est un dernier bout d'enquête ensemble. Un dernier, pour la route.

— D'accord. Mais n'essaye pas de me baratiner pour que je change d'avis…"

J'ai promis. Je n'aurais pas dû.

Chat up

On a pris la Dauphine de service pour aller interroger le cordonnier d'El Biar. Au passage, on a vu la maison des Abbas qui avait été partiellement détruite. L'OAS n'avait pas traîné. Dès qu'une famille, poussée par la peur, abandonnait son domicile, l'organisation secrète le plastiquait en signe de punition. Ce type de représailles avait commencé l'été précédent quand des Français avaient fui Alger en simulant un départ en vacances. Parfois c'était vrai, parfois pas. L'OAS ne faisait pas de différence ; celui qui abandonnait, même provisoirement, le territoire, était aussitôt sanctionné. Les informations circulaient vite et la délation n'était pas la spécialité des seuls Français sous l'occupation allemande. Il y avait toujours des individus qui, par devoir, par jalousie ou par conviction, désignaient les supposés lâches. Anticiper la défaite de l'Algérie française était considéré comme une désertion. Dans un premier temps, on détruisait les biens, dans un second, les personnes. Une stratégie de dissuasion qui prendrait plus tard le nom pompeux de "politique de la terre brûlée".

Le cordonnier avait une échoppe dans une rue commerçante d'El Biar. C'était un petit juif d'une quarantaine d'années, chauve au visage doux. Quand nous nous sommes présentés, des gouttes de sueur ont perlé sur son front. Plus personne ne faisait confiance à la police. Je l'ai rassuré sur les raisons de notre visite.

"J'ai déjà tout dit au détective sur Farid.

— Je sais, mais si vous pouviez nous raconter encore une fois.

Sans cesser de ressemeler des chaussures de femme, il a raconté ce qu'il savait.

A la fin de 56, Mme Mekloufi, la femme de ménage de la famille Abbas, était venue chercher les chaussures de son patron et lui avait demandé de prendre son fils en apprentissage. Comme il la trouvait gentille et que son fils la désespérait, il avait accepté de l'embaucher à l'essai. Après tout, lui-même adolescent avait été un enfant fugueur. Un soir qu'il avait faim, passant devant la boutique d'un vieux cordonnier, il était entré et lui avait proposé ses services. Le vieil artisan avait compris qu'il était au bout du rouleau, l'avait accueilli et lui avait appris le métier. En acceptant de prendre le jeune Farid, il remboursait sa dette. Malheureusement, l'histoire ne s'était pas répétée. L'apprenti s'était révélé maladroit et peu motivé. Un garçon replié sur lui-même et mal dans sa peau, couvé par une mère trop inquiète. Il ne parvenait ni à clouer, ni à coller, ni à piquer correctement. Au bout de quelques semaines, il avait cessé de venir. La mère était réapparue avec lui pour plaider sa cause. Il avait compris qu'on ne pouvait pas quitter un travail comme cela et promettait de ne plus recommencer. Elle l'avait supplié de le reprendre même sans le payer. Chez lui, il serait à l'abri des mauvaises fréquentations. Au Climat-de-France, soit il restait seul et oisif pendant qu'elle travaillait, soit il traînait dans le quartier.

Le cordonnier, sans trop y croire, avait accepté, mais, cette fois-ci, s'était contenté de lui donner quelques courses à faire. Il lui avait, aussi, demandé d'aller chercher ses deux enfants à l'école et de les accompagner au magasin où sa femme venait les récupérer. Si Farid n'avait aucune disposition pour la cordonnerie, il se débrouillait bien avec les petits. Il passait des heures à coiffer la fille et à jouer à la poupée en sa compagnie. Il s'amusait aussi à valser avec elle sur le trottoir. Il rêvait d'être danseur de salon. Un drôle de gamin.

A nouveau, il avait disparu sans prévenir et quitté sa mère sans une explication. Elle était venue s'excuser, le lendemain, effondrée. Selon elle, il avait été embrigadé par le FLN.

"C'était quand ?

— Attendez… Je me souviens que c'était deux ou trois jours avant l'attentat du Casino. En juin ou juillet 57."

J'ai blêmi.

"Vous l'avez revu ?

121

— Non, jamais. Sa mère a continué à m'apporter les chaussures de ses patrons, mais elle m'a plus jamais reparlé de son fils. J'ai demandé deux ou trois fois de ses nouvelles. Elle me répondait toujours avec un grand soupir : «Cet enfant, c'est un grand malheur, un grand malheur…»

— Pas de père, ni frère et sœur ?

— D'après ce que je sais, le père était ouvrier agricole en Kabylie et il est mort de maladie. C'est à ce moment-là, qu'elle est venue habiter au Climat-de-France avec son fils chez une sœur, une femme de salle à l'hôpital qui lui a trouvé le travail de fatma chez les Abbas."

Pendant toute la discussion, Choukroun n'avait rien dit, rien commenté, rien écouté. Il était déjà parti. Je me sentais abandonné, trahi, mais je ne pouvais pas lui en vouloir. Chacun avait ses limites, les siennes étaient atteintes. Il était inutile de lui reprocher de ne pas jouer le jeu jusqu'à la fin, au risque de gâcher les quelques heures que nous allions encore passer ensemble.

On a quitté El Biar et j'ai proposé sans conviction :

"Une virée au Climat-de-France pour interroger la mère ?

— Pas question. J'ai pas envie de me faire lyncher par des Arabes juste avant de partir. Des fois, tu cherches les emmerdes, hein ?

— Non, je cherche un coupable.

— Sans moi.

— Qu'est-ce qui te ferait plaisir ?

122

— Je serais bien allé à la rue Pompée dans la Casbah, c'est là où j'habitais, enfant, mais c'est aussi con qu'aller au Climat-de-France. Autant se jeter dans la gueule du loup. Emmène-moi à la pointe Pescade pour voir la mer une dernière fois.

— Pourquoi ? Vous ne partez pas en bateau ?

— Non. En Caravelle.

— Tu es si pressé ?

— Le bateau, ça sera trop dur. Voir la ville s'éloigner et disparaître lentement, je préfère pas. Ça coûte plus cher, mais ma femme, elle a envie de retrouver le petit au plus vite.

— Et l'appartement ?

— On louait, tu sais, et ça nous coûtera plus cher de payer un cadre* que d'acheter du neuf. Les prix des cadres, ils ont flambé. Y en a toujours pour profiter du malheur des gens.

— La valise ou le cercueil, c'est ça ?

— J'ai plus le choix."

J'ai conduit lentement pour lui laisser le temps d'incruster ses rétines des images de sa ville. Une ville qu'il ne reverrait plus.

On a pris le boulevard Clemenceau, longé le quartier arabe du Climat-de-France qui surplombait la Casbah, continué par le boulevard de Verdun, la rampe Vallée et on a descendu le boulevard Guillemin pour retrouver la mer, la plage de Padovani où cette

* Cadre : container.

histoire avait commencé. Puis j'ai suivi la côte à l'ouest de Bâb-el-Oued : le stade Cerdan où des Alouettes et des "Bananes" au repos attendaient de s'envoler pour de sinistres missions, Saint-Eugène et le cimetière dont je ne savais pas encore qu'il serait son avant-dernière demeure, les Deux-Moulins, le téléphérique de la Cimenterie qui montait à Notre-Dame-d'Afrique. Enfin, la pointe Pescade. Je me suis garé. La mer était constellée de moutons, la plage, comme toujours à cette période de l'année, totalement déserte. Au loin deux récifs trônaient comme les bornes d'un territoire, tels des navires immobiles et gigantesques qui mouillaient pour l'éternité au large de la baie.

Choukroun a regardé longuement vers la mer par la vitre baissée, a allumé une Bastos :

"Quand j'étais petit, mes parents et moi, on venait en bus ici. Avec le parasol, les sandwiches à la sou-bressade ou au saucisson, la bouteille de limonade et les serviettes. On s'installait sur le sable. Ma mère, elle restait en robe. Je l'ai jamais vue en maillot. Ah ! j'oubliais. La bouée. Enfin, le pneu de camion couvert de rustines orange que mon père, il gon-flait au garage et qu'il portait en bandoulière.

Il m'installait assis dessus, le cul dans l'eau et il me poussait vers le large en nageant. J'ai jamais su s'il était mauvais nageur ou si c'était pour partager un moment avec moi. J'adorais ça, sauf quand y avait des <u>méduses.</u> Après manger, ma mère, elle m'interdisait de me baigner jusqu'à trois heures, sinon j'allais attraper une "électrocution". J'ai mis longtemps à comprendre que le mélange digestion et eau de mer, il produisait pas de l'électricité.

Mon père et ma mère, ils faisaient la sieste sous le parasol et moi j'allais me promener sur la jetée voir les Arabes, les claouis à l'air avec leurs caleçons qui pendouillaient, plonger du haut des blocs. Ça m'en bouchait un coin de les voir sauter de si haut et je me disais que j'aurais jamais le courage de faire pareil. D'ailleurs, je l'ai jamais eu. Vers cinq heures, on pliait bagage et sur le chemin de la plage au bus, ma mère, elle m'offrait un cornet de frites chez le marchand de merguez. Même si j'avais faim, j'avais pas droit aux merguez parce qu'elles étaient pas cachir…

Quand mon oncle Albert il a eu sa Juva 4, il nous emmenait parfois passer la journée à Sidi Ferruch. Là, dans la pinède, c'était le luxe, table de camping et chaises pliantes pour les adultes, thermos de café, vin, citronnade, sable fin sur la plage. J'aimais bien parce qu'on avait pied loin, un peu comme à Zéralda. Ma femme, elle préfère La Madrague, c'est moins populaire. Moi, j'aime pas La Madrague. Y a que des zazous et des bourgeois. Et la moindre consommation aux cafés de la plage, ça coûte les yeux de la tête.

— Tu veux qu'on descende y faire un tour ?

— Non. Ça va me retourner les boyaux."

Il est resté un moment silencieux puis, en remontant sa vitre comme on tire le rideau, il m'a demandé :

"Emmène-moi au Carré Juif pour que j'aille dire adieu à mes parents et à ma sœur."

Le cimetière tournait à plein régime. Comme les années d'épidémie. C'en était une. Une épidémie meurtrière qui avait commencé en 54 et qui s'achèverait bientôt dans un dernier baroud d'horreur. Les microbes étaient faits de métal brûlant et résistaient à tous les antibiotiques. Ils étaient transmis par des porteurs sains, à distance, au lancer, par minuterie ou à la gâchette. Certains parvenaient à échapper à la mort. En y laissant une jambe.

Un mouchoir sur la tête parce qu'il n'avait pas pris sa kippa, il est resté un long moment à marmonner devant la tombe de ses parents. Peut-être les informait-il de son départ ou leur demandait-il conseil ? Son dialogue avec l'au-delà terminé, il a nettoyé les tombes des mauvaises herbes, a caressé les noms gravés, une dernière fois, puis est revenu vers moi.

"Ça me crève le cœur de les laisser là…

— Je comprends…"

Pendant des décennies, j'avais eu droit à la culpabilité de ma grand-mère pour avoir abandonné les dépouilles de son mari et de son fils en terre fasciste.

Je lui ai proposé d'aller manger des fruits de mer quelque part sur la côte. Il a décliné mon invitation, préférant grignoter une kémia.

"Où ?

— On retourne aux Trois-Horloges, je récupère mon Teppaz, mes disques, deux ou trois bricoles et on va aux Arènes. Comme ça, Irène, elle pourra te consoler après mon départ."

Dans les locaux du commissariat, l'information avait circulé. Nous étions des pestiférés. Regards fuyants des plus timorés, sourires méprisants des plus arrogants, commentaires agressifs des plus sarcastiques :

"Tu pars aussi, Paco ? Tu peux. Ici on a pas besoin de couilles molles !

— Choukroun, tu lui glisses une olive dans le cul, il te fait de l'huile", a craché Servera.

Sans m'y attendre, j'ai vu mon Choukroun se retourner et donner un coup de boule. Servera s'est écroulé en jurant : "Coulo !"

Je me suis interposé pour éviter un pugilat général. Mon ami était déchaîné. Pour la première fois, j'ai lu dans ses yeux une envie de meurtre. J'ai eu beaucoup de mal à le traîner vers notre bureau.

J'ai pris le Teppaz et les disques.

"La putain de sa mère ! Fallait me laisser lui mettre la tête au carré, à cet ivrogne !"

Tremblant de rage, il a rempli de papiers en vrac son cartable en cuir délavé qu'il traînait depuis l'école primaire, a retiré de son holster son arme qu'il a jetée dans le tiroir du bureau.

— Tu devrais la garder, j'ai conseillé.

— C'est une arme de service...

— Qu'est-ce que ça peut foutre ? Des milliers de flingues ont été volés dans les commissariats ou dans des casernes. Alors un de plus ou de moins...

— Je préfère pas, je serais peut-être tenté de m'en servir avant de partir. J'ai jamais tué personne, ça serait con de commencer maintenant."

Il avait raison, tuer était devenu d'un commun… Mais il avait tort parce qu'il aurait pu se défendre contre ses agresseurs. Ils auraient peut-être fini par l'avoir ou, mieux, il serait devenu un héros de ses films d'aventures, ceux où les gentils s'en sortent toujours.

J'ai jeté un œil dans le couloir pour vérifier que la voie était libre et nous avons quitté le commissariat comme des fugitifs profitant d'un moment d'inattention pour échapper à leurs gardiens.

Il voulait aller aux Arènes, à pied, parcourir une dernière fois l'avenue de Bouzaréa, la tête haute, traverser Bâb-el-Oued tel un shérif justicier affrontant le chef des bandits dans un duel final. Un western dont les dialogues auraient été écrits en pataouète*.

Malgré la noblesse de ses intentions, j'ai insisté pour qu'il monte dans la Dauphine. Je craignais qu'il cède à une provocation ou qu'il ait un coup de sang, comme disait sa femme les rares fois où il se mettait en colère.

Au bar des Arènes, la salle était déserte. Il était 15 heures. J'ai convaincu le patron de nous servir une kémia royale. Des cacahuètes, des olives cassées au piment, des variantes, des petites fèves au cumin, des tramousses, des bliblis, du chorizo, de la soubressade, des sardines en escabèche et la bouteille d'anisette Phénix.

* Pataouète : langage populaire de Bâb-el-Oued.

"Ça va ? j'ai demandé.

— Ça va, ça va !" il a grogné, en regardant loin, derrière la glace du comptoir.

Puis ses yeux ont fixé longuement le taureau noir prêt à être transpercé par l'épée du toréador, sur l'immense tableau qui décorait l'un des murs.

"Tu m'as jamais raconté comment ton père, il est mort ?

— Il était anarchiste et il a été exécuté par les communistes.

— Pourtant ils étaient dans le même camp, contre Franco, non ?

— Oui. En terme historique, on appelle ça «des luttes intestines». D'une part, le POUM, des trotskistes et les anarchistes du CNT, d'autre part les communistes. Staline a donné l'ordre au PC espagnol de liquider les anars et les trotskistes comme il l'avait déjà fait en Russie. Ils étaient trop nombreux et trop bien organisés pour le Parti.

— Ils se sont pas défendus ?

— Bien sûr. A Barcelone, en mai 37, les gars ont monté des barricades. Combats de rue, exécutions sommaires…

— Ils devaient bien rigoler, les franquistes !

— De leur côté, c'était kif-kif. Ils nettoyaient l'armée des officiers sympathisants républicains…

— Les hommes n'apprennent jamais rien ! il a soupiré. Même les militaires, ils sont tous plus ou moins fachos, mais ils se bouffent le nez entre eux parce que les uns sont loyalistes, les autres pour l'Algérie française. Quelle affure, ils en ont de nous !

Ça parle d'honneur, de patrie. Ils rêvent tous du pouvoir, de faire partie de la Grande Histoire. La vérité, ils en ont rien à branler de nos petites histoires et de nos petites vies. En plus, ils sont même pas pieds-noirs.

— Oublie tout ça, c'est fini pour toi. Pense à l'avenir.

— L'avenir ? Ma femme le sait pas, mais le docteur il a parlé de cancer.

— Merde ! C'est sûr ?

— Non, pas encore, mais avec mon bol… Ça m'emmerderait de crever sur un lit d'hôpital en France.

— Arrête de voir tout en noir. Si ça se trouve, il t'a foutu les jetons pour t'obliger à te soigner.

— On la finit, cette bouteille ?"

Et on l'a terminée. Il a refusé que je le raccompagne. J'étais trop bourré, disait-il, pour conduire et il voulait dessaouler pendant les huit cents mètres qui le séparaient de chez lui.

"Tu embrasses Irène pour moi. Tu lui expliqueras que j'aime pas les adieux qui traînent. On se revoit là-bas, d'accord ?"

Une accolade d'hommes, chargée de mélancolie. Sa silhouette un peu voûtée qui remonte la rue Barra. On se reverra là-bas… Pas à Marseille mais dans ce Là-Bas auquel je ne crois pas.

En titubant, je suis entré dans la boutique d'Irène. Elle ne m'avait jamais vu ivre à 5 heures de l'après-midi. Sans me poser de questions, elle m'a proposé de m'allonger dans son arrière-boutique sur un sofa où je me suis endormi. Pendant que deux hommes armés embarquaient mon ami Choukroun dans une 403 noire. A vingt mètres de son domicile.

Sa femme ne l'attendait pas au balcon.

Le lendemain, au cours de l'émission pirate de l'OAS, Salan, lui-même, a annoncé le jugement par un tribunal "militaire" et l'exécution d'un policier traître à sa patrie.

Deuxième partie
IRÈNE

*Culpabilité bien ordonnée commence
par soi-même.*

1

RETOUR EN ENFANCE

Paco dort. Depuis trois jours. J'ai accepté ce que j'ai toujours refusé jusqu'à présent. Qu'il partage mes nuits. En réalité, nous ne les partageons pas vraiment. Il dort et je le veille. Quand il m'arrive d'être épuisée, je sombre dans un sommeil sans rêve pour être réveillée brutalement par son agitation et les mots qu'il bredouille entre deux gémissements.

Après les obsèques de Choukroun, il a eu mal à la tête. Je lui ai donné deux Aspro et lui ai suggéré de s'allonger quelques minutes. Je suis redescendue à la boutique pour livrer deux ou trois commandes. Quand je suis revenue à son chevet, une heure plus tard, il dormait, mais il était brûlant. Il n'a pas voulu que j'appelle un médecin et m'a dit :

"Ça va passer, j'ai un coup de chaud... C'est ma façon d'être en deuil."

Il a repris deux Aspro et, quelques minutes après, s'est rendormi.

A 8 heures du soir, je me suis résignée à le laisser faire sa nuit et j'ai téléphoné à sa grand-mère. Elle n'a pas apprécié que Paco découche :

"Il a mangé au moins ?

— Non.

— Dites-lui que j'ai préparé son plat préféré, des petits calamars à l'encre…"

La détresse de son petit-fils lui avait, semblait-il, redonné le moral. Une fois de plus, j'étais une garce qui la privait de l'affection de Paco.

J'ai erré dans mon appartement sans trop savoir où j'en étais.

Depuis l'arrivée de Paco, ivre, dans ma boutique, les choses s'étaient accélérées. Il avait cuvé son alcool puis m'avait transmis les adieux de Choukroun et, sans plus d'explication, s'était éclipsé.

Le lendemain matin, il m'avait téléphoné pour m'informer de la mort de son ami. Sa femme avait cherché à le joindre parce que son mari avait promis de rentrer vers 18 heures. A 20 heures, folle d'inquiétude, elle l'avait appelé au secours. Il avait passé la nuit en sa compagnie à s'interroger sur sa disparition. Après la tournée des hôpitaux et une rapide enquête auprès de ses collègues, il avait conclu que ni l'ivresse ni la maladie n'étaient en cause. Ensuite, il avait commencé à envisager les hypothèses les plus folles :

— Une longue dérive dans la ville, une dernière. Mais ça n'était pas dans le style de Choukroun de ne pas avertir sa femme.

– Une rencontre inopinée avec Servera et un deuxième round qui aurait mal tourné. Mais Servera était allé chez un médecin pour son nez que Choukroun avait sérieusement endommagé par son coup de tête.

– Et la pire, celle qui allait se confirmer, une élimination par l'OAS pour délit de fuite, ce que tous les sympathisants extrémistes semblaient croire.

A l'aube, des paras avaient trouvé la DS et, au volant, ce qu'ils pensaient être un conducteur endormi. Une fois le décès constaté, ils avaient fouillé le cadavre, trouvé ses papiers et conclu que Choukroun était un barbouze éliminé par l'OAS. Ils avaient informé le commissariat et un collègue avait appelé Paco. C'est lui qui avait annoncé à Mme Choukroun la mort de son mari.

L'OAS avait confirmé l'exécution au cours des "infos" de sa radio pirate. Depuis, Paco avait changé.

Mon homme, si placide, était habité par une fureur noire et un curieux désespoir. Loin de prendre conscience de la décomposition avancée de la situation, il s'était, dans un premier temps, transformé en justicier.

Prêt à tous les risques, il était retourné au commissariat pour découvrir qui avait balancé Choukroun à l'OAS.

Tous ses collègues ont respecté la loi du silence. Personne ne savait rien, personne n'avait osé revendiquer la délation. Le commissaire avait tenté de le calmer, lui expliquant que l'OAS avait son propre réseau de renseignements et qu'il fallait plutôt

chercher du côté du voisinage et d'une épouse trop
bavarde. Paco avait failli casser la gueule à ce salaud qui osait faire porter le soupçon sur la veuve.

Ensuite, il avait rendu visite à Servera qui s'était
fait porter pâle. Comme il avait refusé de lui ouvrir,
Paco avait défoncé sa porte. Servera, terrorisé, lui
avait avoué qu'en réalité l'OAS n'avait jamais voulu
de lui et que ses prises de position étaient plus des
fanfaronnades qu'un réel engagement. Il avait fini
par lui lâcher le nom d'un ancien légionnaire, d'origine allemande, un certain Boris, tueur de l'OAS,
avec lequel il avait sympathisé autour d'un verre
dans un bar, avenue de la Marne. Cet homme pourrait éventuellement lui donner l'identité de l'équipe
qui avait enlevé Choukroun, à condition de bien
l'arroser à la bière et au schnaps.

Paco avait passé les deux jours précédant les
obsèques à surveiller ce bar. En vain.

Il avait ensuite tenté de joindre les services qui
hébergeaient les polices parallèles. On l'avait fer-
mement remis à sa place. Il pouvait être un indicateur pour eux, mais pas question de le renseigner
sur les commandos Degueldre. Ils se méfiaient
trop de la police locale et la soupçonnaient de jouer
double jeu afin d'obtenir des informations pour le
compte de l'OAS.

Epuisé et bredouille, il avait fini par rentrer chez
sa grand-mère pour se laver, se changer et assister
aux obsèques de son ami. Pendant toute la cérémonie
qui, pourtant, n'avait rien de commun avec le rite
catholique, j'ai imaginé les obsèques orléanaises de

138

mon père. Des obsèques auxquelles je n'avais pas assisté… Et j'ai pleuré sous ma voilette, comme si j'enterrais mon père, un frère chéri ou l'homme que j'aimais. Quant à Paco, je ne l'avais jamais vu aussi fragile. Peut-être que, chez lui aussi, la perte de son ami réveillait la douleur de l'orphelin.

Et depuis, il s'était réfugié dans le sommeil. Mon compagnon devenait, peu à peu, un étranger.

Le téléphone a sonné. J'ai répondu, à contrecœur. Une fois de plus, sa grand-mère venait aux nouvelles.

*

La sonnerie m'a réveillé. Les yeux fermés, j'ai écouté parler Irène :

"Oui, il dort toujours.

— …

— Non, il ne veut pas d'un médecin.

— …

— Dès qu'il se réveille, je lui dis de vous rappeler. Entendu. Au revoir."

J'ai ouvert un œil et constaté que j'étais chez Irène. Depuis combien de temps ? Je n'en savais rien. Elle avait l'air fatigué. Elle a raccroché. J'ai demandé :

"Qui est-ce ?

— Devine !

— Ma grand-mère ?

— Gagné ! Tu la rappelles ?

— Non. Pas tout de suite… Ça fait longtemps que je roupille ?

— Très longtemps.

— Quelle heure est-il ?

— Il est 18 heures 30 et nous sommes le 8 février.

— Quelle année ?

— Toujours 62.

— Dommage. J'aurais préféré 63, 64 ou 70.

— Tu penses que nous serons toujours à Alger en 70 ?

— J'en doute. Ou en touristes alors. Histoire de voir ce qu'ils sont devenus sans nous, sans guerre.

— Je m'en fiche un peu. Et toi, que deviens-tu depuis trois jours ?

— Je suis allé en Espagne parler avec mon père juste avant son exécution…

J'ai fait une scène de jalousie à ma mère pour l'avoir laissé m'enlever à elle…

J'ai ordonné à Choukroun de ne pas quitter le pays, sinon je kidnapperais son fils…

J'ai mis ma grand-mère dans une Caravelle pour Marseille et toi dans la suivante de peur que vous ne fassiez un esclandre dans le même appareil…

J'ai coupé les couilles à Thévenot pour l'empêcher de récidiver…

J'ai retrouvé les assassins de Choukroun à la pointe Pescade et je les ai abattus…

J'ai traqué Farid Mekloufi dans les ruelles du Climat-de-France. A coups de gégène, je l'ai obligé à avouer qu'il avait tué Mouloud et Estelle…"

140

J'en étais là quand le téléphone a sonné.

"Tu ne t'ennuies pas quand tu dors, toi !

— Je vais trop au cinéma. Ça me perdra…"

Elle s'est penchée et m'a embrassé. Malgré le goût de cendre dans ma bouche, sa langue m'a envahi d'une fraîcheur exquise et mon sexe s'est mis au garde à vous. Malheureusement, l'envie de pisser a suivi illico. Et ma gorge s'est nouée. Désormais, chaque jet d'urine me ramènerait à Choukroun. Pisser serait mon supplice de Sisyphe. Depuis les toilettes, j'ai demandé :

"Quelles sont les nouvelles ?

— Ta grand-mère a appelé douze fois en trois jours et m'a posé à chaque fois les mêmes questions.

Ensuite… Mme Choukroun : elle a donné son adresse à Marseille et veut que tu t'informes sur les formalités pour rapatrier le corps de son mari…

Les bombes continuent d'exploser, les gens, d'être assassinés.

La routine quoi !

— J'ai faim.

— Bien, maître.

— Excuse-moi, c'est la voix du ventre.

— J'avais compris. Je te prépare un plateau."

Irène était vraiment formidable. Ma dette s'alourdissait un peu plus.

Quand j'ai fini d'avaler tout ce qu'elle m'avait préparé, je l'ai prise dans mes bras et nous avons fait l'amour.

Doucement. Sans bruit, sans brutalité. Comme si baiser était devenu subitement obscène. Comme si la mort rôdait dans la pièce et qu'elle pouvait nous surprendre, nous punir pour cet acte de vie.

Après l'amour, nous avons partagé un verre de vin rouge, en silence. Elle m'a allumé une maïs, je l'ai fumée avec délices. Puis j'ai pris une douche et me suis rhabillé. Il fallait que je m'occupe aussi de l'autre femme de ma vie. Je l'ai remerciée et me suis excusé d'avoir transgressé l'interdit des nuits partagées.

"Je retiendrai ça sur tes gages", elle a répondu en souriant.

En descendant les marches de son immeuble, j'ai eu le sentiment de me relever d'une longue maladie. J'avais les jambes flageolantes, la tête en vrac. Après cinq étages, les automatismes physiques étaient revenus, même si mon cerveau avait du mal à se caler sur la réalité. J'avais la sensation confuse que plus rien ne serait comme avant. L'intensité de mes rêves semblait avoir nettoyé mes neurones. J'étais loin d'imaginer que j'allais m'enfoncer dans un univers de cauchemar…

J'ai ouvert la porte d'entrée et j'ai été asphyxié par une odeur de pisse. J'ai cru, un instant, être victime d'une hallucination olfactive. Encore un coup du fantôme de Choukroun. Mais non. Le miasme était bien réel, ma grand-mère, un spectre, assis sur son fauteuil, les yeux ouverts mais éteints, baignait dans ses urines. L'appartement était à l'abandon. L'évier croulait sous la vaisselle sale. Des miettes de pain cernaient des quignons grignotés et rassis sur la toile cirée. Dans une poêle, des calamars finissaient de s'enliser dans la coagulation de leur encre.

Pour la première fois de sa vie, sa blouse était tachée, son chignon, approximatif. Un peu de bave blanchâtre perlait aux commissures des lèvres. Un tableau pitoyable. Elle ne m'a pas entendu entrer, m'approcher, lui parler :

"Mémé, ça va ? Mémé ? C'est moi, Paco…"

Je l'ai secouée doucement par l'épaule. Ses yeux m'ont dévisagé avec la perplexité de l'enfant. Ses lèvres se sont entrouvertes et ont renoncé.

"Mémé ? Réponds-moi ! C'est Paco ! Je suis de retour ! Ton petit-fils Paco.

— Paco ? elle a fini par articuler. Comme tu as grandi, mon fils !"

Je l'ai embrassée, les larmes plein les yeux. Puis je l'ai aidée à se lever et l'ai guidée jusqu'à la salle d'eau. Sans qu'elle résiste, je l'ai déshabillée. J'ai déshabillé, ma grand-mère, putain de merde ! Et je l'ai douchée. Elle a levé les bras comme une petite fille pour que je lui enfile sa chemise de nuit et elle s'est laissé coucher dans sa chambre. Je lui ai fredonné un air qu'elle chantait en espagnol au petit Paco, terrifié par les bombardements :

> Pimpinico, gorgorico,
> saca la fava de vinticinco
> la pollera, la madeja,
> saca la tuya qu'es las mas vieja…

Elle s'est endormie, les sourcils froncés, la main serrée dans la mienne. Je suis resté assis un long moment au bord du lit à surveiller son sommeil. Puis j'ai détaché mon regard de son visage dont les traits étaient, à nouveau, paisibles, pour le promener sur les volumes de sa chambre.

Sur la table de nuit, une photo sépia, un portrait de mon père qui souriait de toutes ses dents à l'objectif côtoyait celle d'un gros nourrisson aux cheveux noirs et bouclés, en tricot de corps, assis sur une chaise en bois posée sur le sable d'une plage catalane. Paco, bébé. Paco dans une autre vie, avec père, mère et patrie. Au-dessus du lit, dans un cadre doré, mon grand-père, le cheveu dru, la moustache bien taillée, le torse bombé sous son tablier blanc, posait fièrement devant sa charcuterie.

Afficherais-je les images de mon histoire dans ma prochaine terre d'exil ? J'en doutais. Je n'avais pas de photo récente de ma grand-mère, jamais on ne m'avait photographié devant le commissariat, aucun de mes spermatozoïdes n'avait eu le goût de l'aventure paternelle. J'étais seul et sans trace visuelle de mon histoire algéroise.

J'ai quitté la chambre et je me suis attelé à redonner un semblant d'ordre à notre espace. J'ai aéré le salon-salle à manger-cusine, balayé le sol, passé une serpillière, fait la vaisselle puis un café serré. L'arôme de la mouture s'est substitué à celui de la vieillesse. Je l'ai dégusté, accoudé à la fenêtre, en fumant une maïs. Une de celles que tout fumeur peut désigner comme essentielle.

La ville, sous couvre-feu, était d'un calme inhabituel. Pas d'explosions ni de tirs d'armes automatiques. Pas de piétons, bien sûr. Les patrouilles ne s'aventuraient pas dans les ruelles de la Basseta, le ghetto espagnol de Bâb-el-Oued. Un bastion populaire totalement dévoué à la cause de l'OAS. Leur cause. Qui pouvait en vouloir à ces bougres de se battre pour garder leur territoire, de ne pas accepter un nouvel exil ? Logeant, la plupart, dans de petits appartements insalubres, ils n'avaient ni terres, ni biens immobiliers, ni entreprises. Maraîchers, petits commerçants, artisans ou employés au Gaz Lebon, à la CFRA, aux usines Bastos, dockers et petits voyous, ils n'avaient rien à voir avec ces grands propriétaires que la Métropole mettait en avant pour justifier l'autodétermination et l'abandon de cette colonie. Une poignée de grands bourgeois qui ne souffriraient pas de la perte de leurs propriétés, quoi qu'il arrive. Ils avaient déjà mis leur fortune à l'abri et, pour le reste, l'Etat français saurait les dédommager. L'argent allait toujours à l'argent.

Et le million d'autres, tous ceux qui n'avaient presque rien, recevraient… trois fois rien. Ils allaient perdre l'inestimable, leurs racines, leurs repères, les odeurs, les amis, le climat, les temples du souvenir, écoles, lycées, terrains de foot, plages, bars, mairies, églises, synagogues, cimetières, les traces de l'enfance, la possibilité de voir l'univers se transformer au fil du temps, les immeubles se détruire et se

145

construire, les enfants grandir, les parents vieillir, perdre le spectacle de la vie qui passe.

Une bombe a explosé au loin. La mort reprenait ses droits. La routine, quoi ! Comme disait Irène.

J'ai jeté mon mégot dans la nuit et refermé la fenêtre.

Je me suis allongé dans ma chambre. A cet instant, j'ai réalisé que cette pièce était celle d'un enfant. Le même lit à une place, agrémenté d'un cosy sur lequel étaient alignés des bouquins entre deux serre-livres en forme d'éléphants. Une affiche de *Quand la ville dort**, qu'une amourette de fac m'avait offerte pour mes dix-huit ans, occupait le mur face à moi. Mes collections de *L'Intrépide*, des *Pieds Nickelés* et de *Ciné Revue* empilées dans un coin. Une photo de Robert Mitchum dans *La Nuit du chasseur***, arrachée et volée dans le hall d'un cinéma du centre, était punaisée au-dessus de la table qui me servait de bureau.

De ma place, je pouvais suivre la lézarde qui sillonnait le plafond, voir les plaques de peinture écaillée sous laquelle apparaissait l'ancienne couche, plus blanche que la dernière appliquée par moi dix ans plus tôt. L'armoire en bois banal, mais pourtant du goût des termites, abritait mes trois pantalons, trois vestons et quelques chemises d'été et

* *Quand la ville dort*, film de John Huston (1950) avec Sterling Hayden.
** *La Nuit du chasseur* : drame de Charles Laughton avec Robert Mitchum et Shelley Winters (1955).

d'hiver. Le costume que j'avais sur moi depuis les obsèques de Choukroun était fripé, puait la sueur et le remords, imprégné de tristesse et de colère. Mon corps, lui, sentait encore Irène.

Et si le jeune Farid avait posé la bombe, volé la jambe d'Irène… Super Flic se retrouvait avec trois enquêtes sur les bras : le couple sur la plage, Choukroun, la jambe d'Irène… et une grand-mère qui perdait les pédales. Hélas, je n'étais pas Lemmy Caution*, mais Paco Martinez, jeune flic sans envergure d'un commissariat de quartier, incapable de grandir, d'être autonome et d'assumer ses responsabilités aussi bien face à la vie qu'à la mort. Choukroun me manquait déjà. Son bon sens, la lourdeur apparente de son esprit pour mieux maquiller sa vivacité d'analyse, son sens de la synthèse, ses intuitions fulgurantes. J'ai pris la mesure de son enseignement. Il avait eu toutes les qualités d'un bon maître. Je lui devais de résoudre ces enquêtes. Une fois de plus, il aurait pensé que j'en faisais trop.

Comme disait Cocteau, quand les choses vous échappent, faites croire que vous en êtes l'instigateur. Et les choses m'échappaient salement.

Je me suis mis en pyjama et installé à mon bureau face à Mitchum aux mains tatouées de HATE et LOVE.

Et j'ai travaillé sur les dossiers toute la nuit, en jetant, entre deux cigarettes, un regard dans la chambre

---

* Lemmy Caution : héros populaire de romans policiers de Peter Cheyney, et de films, interprété par Eddie Constantine.

de ma grand-mère. Je craignais que son état fût le signe annonciateur d'une dégradation inéluctable. L'avenir allait me donner raison. J'en avais marre d'avoir toujours raison. Pour le pire.

Quand j'ai ouvert la fenêtre pour évacuer l'odeur de tabac froid, un pigeon a traversé le ciel de gauche à droite. Une réminiscence latine a fait surface : "sinistre" venait de *sinister, tra, trum*, adjectif signifiant gauche, qui, accolé à augure, se traduisait par défavorable.

Un vol d'oiseau, venu de gauche, était interprété par les prêtres romains comme un mauvais signe pour une bataille à venir.

Les dieux m'avaient mis en garde, mais, en bon mécréant, je n'en ai pas tenu compte.

2

BARBOUZE

Je n'ai revu Paco que trois jours plus tard. Normal. Il répartissait son temps équitablement. Trois, de sommeil pour moi, autant, d'attention continue pour sa grand-mère qui a sombré dans la démence sénile. Effrayant.

J'ai failli me sentir coupable, mais j'ai résisté à la tentation. Depuis longtemps j'ai appris à composer avec la culpabilité. Depuis que j'ai "abandonné" ma famille et mes parents.

Quand on a vécu, comme moi, dans la société étriquée et bien-pensante de la province orléanaise, on pouvait se sentir soulagé d'avoir pris ses distances. Mille cinq cents kilomètres de terre et de mer. Mes parents, pharmaciens rue des Carmes à Orléans, ont cultivé leur petite-bourgeoisie avec délectation.

Ma mère voulait que je sois l'épouse d'un notable du cru, un notaire ou un avocat. De préférence le fils de l'une de ses amies. J'ai passé mon adolescence à mettre à mal son programme. De pension en pension, j'ai nourri son désespoir. Jusqu'à mes vingt et un ans. La majorité m'a donné des ailes et

149

je me suis évadée de la maison familiale nichée aux abords de la cathédrale.

Loin de Jeanne d'Arc, j'ai échappé aux messes du dimanche, aux projets familiaux, aux sarcasmes d'un frère, pharmacien comme popamoman, aux commentaires moralisateurs d'une sœur aînée, femme de chirurgien, mère d'enfants de chirurgien. J'ai osé ce que mon père n'avait jamais tenté : répondre à l'appel du dieu Liberté et fuir. Car mon père n'était pas pharmacien mais poète.

Un poète, peut-être médiocre, un homme, sans doute lâche. Bien né, il avait été l'objet de l'amour protecteur d'une mère rêveuse et de l'indifférence d'un père, petit rentier. Elle avait accepté qu'il néglige ses études pour se consacrer entièrement à son art. Quand, dans un accès de lucidité surprenante, elle avait réalisé qu'il risquait de finir indigent, elle l'avait marié à ma mère. Il n'aurait qu'à tenir l'officine avec son épouse et contrôler le travail du préparateur. Il l'a tenue en se morfondant derrière le comptoir, lisant en cachette d'autres poètes dont il masquait les ouvrages sous le livre de comptes, de peur d'être surpris. Il semblait, en permanence, malheureux. Il était malheureux, mais jamais ne l'avait avoué. Sa seule témérité avait été de me défendre timidement à chaque punition maternelle. Donc je suis partie pour lui montrer que c'était possible. Ma mère a menacé de me déshériter. Elle m'a déshéritée. Puis m'a reniée.

Je n'étais plus sa fille, je n'existais plus, je n'avais jamais existé.

Mon père et moi avons entretenu une correspondance, évidemment secrète, jusqu'à sa mort. Un matin d'automne, on l'a retrouvé pendu dans l'officine. A la relecture de ses lettres, et, *a posteriori*, j'ai décodé les éléments d'un suicide annoncé, notamment son dernier poème. J'ai toujours cru que les artistes avaient la chance de pouvoir exprimer les choses par les mots, les couleurs ou les formes, sans avoir besoin de réaliser leurs idées morbides. Je m'étais trompée, aveuglée par un optimisme qu'il n'avait jamais partagé. Il avait fui, enfin, par le biais d'un nœud coulant. Sa disparition, au-delà du chagrin terrible et immédiat, m'avait troublée, car même avec la mort, il s'était mis la corde au cou.

Jamais ma famille ne m'a rendu visite en Algérie, jamais je ne suis retournée à Orléans. J'ai appris mon travail sur le tas, chez une charmante vieille dame de la rue Michelet, excentrique et, surtout, très coquette. Stérile, elle m'avait adoptée un peu comme sa fille. Veuve d'un général mort de dysenterie pendant une campagne dans le Sud saharien et, malgré ses origines aristocrates, elle était une fervente militante des suffragettes après la Seconde Guerre mondiale. C'est elle qui m'a encouragée à vivre en femme libre, quitte à passer pour une putain. A son décès, j'ai ouvert ma propre boutique, loin des bourgeois.

A mon insu, j'avais le sentiment d'avoir choisi Paco parce qu'il était sous influence et fragile comme mon père. Une sorte de policier poète que la

réalité ennuyait. Il s'oubliait dans les salles obscures et je lui permettais de rester loyal à sa grand-
mère puisque je n'avais pas d'exigence matrimoniale.
Et si, les soirs de mélancolie, il m'est arrivée de rêver
de destins communs, d'époux, de maison avec enfants, chiens et chats, ma jambe amputée m'a définitivement fait renoncer à ces histoires à l'eau de rose.
Jamais je n'accepterai la compassion ou la pitié d'un
homme. Au fond, il a plus besoin de moi que moi de
lui. Et, tant que ce sera le cas, je resterai auprès de
lui. Sinon…

Il devait me retrouver, ce soir, après un rendez-
vous avec un médecin de l'hôpital Maillot. Il voulait savoir si les troubles de sa grand-mère étaient
irréversibles et s'il existait des traitements pour
ralentir l'évolution de la maladie. J'ai attendu. J'attends beaucoup, ces temps-ci.

*

L'entretien avec mon copain de lycée, le docteur
George, chef de clinique en neurologie à l'hôpital
Maillot, ne m'a pas vraiment rassuré sur l'avenir de
ma grand-mère. Après avoir écouté ma description
de son état, il a confirmé le diagnostic du médecin
de quartier qui l'avait examinée à domicile. Elle se
dirigeait lentement mais sûrement vers une démence sénile. Le traitement prescrit semblait adapté
mais sans effet spectaculaire. Tant qu'elle resterait dans son cadre, elle pourrait s'appuyer sur ses

repères habituels et ses rituels pour mener une vie à peu près normale. Le plus pénible pour les personnes âgées était la perte progressive de la mémoire de fixation. Ils oubliaient plus facilement les messages récents et leur vie quotidienne se compliquait inéluctablement : objets égarés, informations non retenues. Il fallait m'attendre à des épisodes confusionnels avec perte de notion du temps et de l'espace. Un tableau sinistre comme disait l'augure. Je l'ai remercié et j'ai quitté son service, le moral dans les talons.

Vingt mètres devant moi, quatre types, assez nerveux, se sont engouffrés dans une 404 beige comme s'ils étaient poursuivis par toutes les polices du monde après le hold-up du siècle. La voiture a démarré en trombe. Peu après, des tirs de mitraillette ont claqué dans sa direction. Je me suis plaqué contre un mur et j'ai sorti mon arme. La 404, devenue folle, a percuté un mur et a pris feu. Des hommes ont continué d'arroser le véhicule de rafales. Un commando de l'OAS venait de frapper. Ils se sont retirés dans une 403 noire qui a disparu dans un crissement de pneus à la façon d'un polar américain. Les habitants des immeubles voisins se sont rués sur la 404 pour empêcher l'un des occupants de s'extraire de l'habitacle. J'ai tiré un coup de feu en l'air afin de dissuader les lyncheurs. Le réservoir a explosé. J'ai eu le sentiment de voir un remake de *Fury**, made in Bâb-el-Oued. Le lynchage et la barbarie étaient universels.

* *Fury* : drame de Fritz Lang avec Spencer Tracy (1936).

Je suis retourné à l'hôpital en courant. J'ai appelé les pompiers, puis questionné l'infirmière des admissions.

"Ils ont amené un blessé par balles. A leur accent, ça devait être des barbouzes", m'a répondu l'infirmière.

Je me suis rendu dans le service de chirurgie, où l'on m'a indiqué sa chambre.

Quand j'y suis entré, un Vietnamien d'une quarantaine d'années, torse nu, l'épaule bandée, a sursauté dans son lit, l'air terrorisé. Il m'a pris pour un tueur de l'OAS venu terminer le travail.

"Si vous restez ici, vous êtes un homme mort, j'ai dit en lui montrant ma carte. Habillez-vous ! je vous emmène.

— Qu'est-ce qui me prouve que ce n'est pas un piège ?

— Vos amis viennent d'y passer. L'OAS les attendait à la sortie."

Il s'est levé et je l'ai aidé à enfiler sa veste maculée de sang et son pantalon.

Pendant que je le soutenais en progressant dans le couloir, je me suis demandé pourquoi j'agissais ainsi. Je n'avais pas plus de sympathie pour les barbouzes que pour l'OAS. Deux bandes de tueurs rivales pour deux causes aussi discutables.

Je l'ai abandonné dans le hall, le temps d'aller chercher ma voiture. Les pompiers finissaient d'éteindre l'incendie du véhicule. Je pouvais deviner les silhouettes carbonisées à l'intérieur de la carcasse marron. La foule s'était dispersée.

J'ai embarqué le gars qui s'est couché à l'arrière et je suis sorti de l'hôpital. Après quelques minutes, je lui ai demandé où il voulait que je le dépose.

"A Rocher-Noir. Une fois là-bas, je serai en sécurité et ils s'occuperont de me rapatrier.

— Comment avez-vous été blessé ?

— On était planqués dans un petit hôtel à la Redoute. Je ne sais pas qui nous a balancés, mais, pendant quarante-huit heures, l'OAS nous a donné l'assaut…

— Quarante-huit heures ? Sans que personne n'intervienne ?

— Non, personne. Ils nous ont attaqués au bazooka, au plastic et à la grenade. Un vrai siège. On a perdu beaucoup de nos gars, mais on en a eu quelques-uns. La dernière attaque, aujourd'hui, a été si violente qu'on a décroché. Les copains ont voulu m'amener à l'hosto parce que j'avais perdu beaucoup de sang.

— Ils vous ont suivi et ils les ont cueillis à la sortie.

— Ils sont tous morts ?

— Tous, oui." J'ai préféré ne pas lui raconter comment.

En chemin, il m'a demandé si j'étais gaulliste. Non, je ne l'étais pas, ni pro-FLN, ni pro-OAS, ni rien. C'était bien mon problème. Je n'étais rien dans un pays où il fallait choisir son camp. Et quand on ne le choisissait pas, on finissait comme Choukroun. Quand on le choisissait aussi, d'ailleurs. Comme ses copains, comme mon père.

"Pourquoi vous m'aidez, alors ?

— Par intérêt. Vous m'offrez l'opportunité de rencontrer vos chefs. J'ai deux ou trois tuyaux à leur demander."

Depuis le putsch manqué, le gouvernement général s'était replié à Rocher-Noir, un bâtiment fortifié à une cinquantaine de kilomètres d'Alger. L'y avait suivi la police parallèle qu'un journaliste avait surnommée "barbouze". Le nom avait été repris par tous.

J'avais tenté de les contacter par téléphone après la mort de Choukroun, en vain. Quand j'ai ramené leur copain, ils ont accepté de me recevoir. J'ai rencontré un officier, dénommé Lacoste, responsable de la chasse aux commandos Delta. Il m'a reçu, m'a écouté.

"Je ne vous comprends pas. Nous naviguons dans le chaos le plus total et vous êtes obsédé par une vendetta personnelle. Savez-vous combien d'hommes j'ai perdus depuis qu'on m'a confié cette mission ?

— Je veux seulement savoir qui, dans notre commissariat, a balancé mon collègue Choukroun...

— L'élimination de l'OAS, c'est notre boulot. Puisque vous avez protégé un de nos hommes, je veux bien vous mettre à l'essai comme informateur...

— Vous ne me comprenez pas. Je ne suis pas un tueur, seulement un inspecteur de base. Je n'ai pas l'intention de tuer ce pourri et je n'ai aucune envie de travailler pour vous. Je vous demande une information."

Il a réfléchi puis s'est absenté. Une heure plus tard, il est revenu avec des notes.

"Le sergent C était dans l'OAS, nous l'avons coincé lors d'une de nos opérations. Il avait suivi un officier auquel il était resté fidèle dans sa dérive extrémiste. Il croyait être loyal. Nous l'avons retourné. A présent, il travaille pour nous. C'était un membre de l'équipe qui a tué votre copain. Il conduisait la voiture qui l'a enlevé. Selon lui, ce n'est pas un flic mais un civil, militant de l'OAS qui aurait désigné l'inspecteur Choukroun comme une taupe de nos services. Le commissariat de Bâb-el-Oued étant acquis à leur cause, il fallait l'éliminer pour éviter qu'il ne dénonce les éléments subversifs.

— Choukroun travaillait pour vous ?

— Pas du tout. Mais, selon eux, la source était fiable. Votre ami a été victime d'un ennemi personnel qui s'est servi de l'OAS pour régler un compte. Ce qu'ils ont fait d'autant plus facilement que le pauvre bougre était sur le point de fuir l'Algérie…

— Il était malade !

— Ils ont pris ça pour un prétexte. Se sachant démasqué, il avait avancé cette raison pour échapper à une mort certaine…

— Mais c'est idiot ! S'il avait voulu fuir, il se serait montré plus discret. Il aurait disparu, sans effet d'annonce…

— Ne demandez pas à un militaire, loyal ou mercenaire, de réfléchir. Il obéit, un point c'est tout.

Votre ami n'aura pas été la première victime innocente dans cette guerre. Un nombre incalculable de civils et de militaires ont été exécutés sur simple présomption. Je suis désolé.

— Votre informateur n'a aucune idée sur l'identité du délateur ?

— Non, il pense que c'est un gars de la bande à Lagaillarde, mais rien n'est moins sûr."

J'ai pâli. J'ai compris. Paul Thévenot. Une vengeance en réponse à l'humiliation infligée par Choukroun. Incapable de l'assassiner, il avait délégué à ses camarades la sale besogne.

J'ai remercié mon interlocuteur car j'en savais assez. Mais, dans ma folie rédemptrice, j'ai ajouté :

"Une dernière chose. Vos services travaillent avec des membres du FLN pour neutraliser l'OAS, n'est-ce pas ?

— C'est possible…, il a répondu en se raidissant.

— Est-ce que vous avez dans vos contacts un certain Farid Mekloufi ?"

Il a ricané : "Vous ne manquez pas d'air ! Nous ne sommes pas l'annuaire des PTT ! Et vous n'êtes pas sans savoir que, comme tout clandestin, ils ont des noms de guerre ou des pseudonymes. Pourquoi vous intéresse-t-il ?

Je lui ai raconté sommairement l'histoire du double meurtre et mes soupçons à propos de ce garçon. Je crois qu'il m'a pris pour un fou furieux. Il m'a demandé comment un flic pouvait songer à bosser dans des conditions pareilles.

"Une histoire de conviction. Je ne sais pas si vous agissez pour la patrie, par devoir, par cynisme ou pour toute autre raison qui vous concerne, mais, paradoxalement, moi, ça me donne l'illusion de servir encore à quelque chose.

— Vous avez au moins le bon sens de rester lucide. Confidence pour confidence, certaines nuits, je m'interroge sur le sens et l'utilité de mon action.

— Et quelle réponse avez-vous trouvée ?

— Je fais ce que j'ai toujours bien fait, du renseignement. Et quel que soit le contexte, j'y ai toujours cru. Le jour où je n'y croirai plus…

— Je vous laisse mon téléphone personnel au cas où vous auriez des infos sur ce gars du FLN…

— Je ne vous promets rien. Dommage que vous ne vouliez pas travailler avec nous, vous êtes un type intelligent…

— J'ai, par nature, tendance à me méfier des gens qui me trouvent intelligent."

Il a souri et m'a reconduit à la porte.

En remontant dans ma voiture, j'ai réalisé que j'avais oublié Irène. J'avais cinquante bornes à parcourir et j'allais avoir droit au couvre-feu, barrages militaires et autres réjouissances.

Quand je suis enfin parvenu à la rue Montaigne, elle était totalement déserte. Au cinquième, l'appartement d'Irène était éclairé. Je m'attendais au pire, mais le pire, pour une fois, n'a pas été décevant.

Ce soir-là, j'ai vérifié qu'un couple est toujours vivant s'il peut fabriquer de l'imprévisible.

Tant qu'elle était surprenante, la vie méritait qu'on la continue.

Elle m'a accueilli en peignoir. J'ai tout d'abord cru qu'elle était sur le point de se coucher et qu'elle allait me jeter comme un malpropre. Elle m'a embrassé longuement et le goût de son rouge à lèvres a imprégné mes papilles. Seul le cinéma nous offrait des images de femmes parfaitement maquillées au coucher ou au réveil. Irène entretenait sa peau qu'elle avait fragile et laiteuse et rien ne justifiait qu'à dix heures du soir, elle eût le visage apprêté comme pour une soirée en ville. Donc elle l'était pour moi.

Elle m'a aidé à retirer mon imperméable et m'a installé dans le salon. Une bouteille de champagne attendait dans un bac empli de glaçons.

"Que fête-t-on ? j'ai demandé, d'un ton méfiant.

— Nos retrouvailles, mon chéri. Tu commençais vraiment à me manquer. Allonge-toi, j'ouvre la bouteille."

Sans vraiment comprendre, j'ai obéi. La lumière était tamisée et elle a mis un disque de Count Basie. Le bouchon a sauté, le champagne pétillé, les coupes se sont remplies, la mienne est parvenue à mes lèvres sans que j'aie besoin de tendre la main. Nos verres terminés, elle a ôté mes chaussures. J'étais gêné par sa sollicitude. Elle me faisait le coup de la tendre-épouse-attentive-à-son-conjoint-éreinté-par-une-rude-journée-de-labeur. Sans reproches, ni questions. Où était le piège ?

"Allez, raconte si ça peut t'aider", elle a proposé.

Et sans réticence, j'ai rapporté démarches et hypothèses comme si j'en rendais compte à Choukroun.

Ses yeux rivés aux miens, elle a laissé glisser sa robe de chambre pour m'offrir une vision de rêve. Elle portait une guêpière de dentelle noire dont les jarretelles tendaient des bas de soie suffisamment sombre pour masquer sa prothèse et révéler la toison rousse qui dessinait un cône émouvant au creux de ses cuisses. J'ai interrompu mon récit.

"Je t'écoute. Ensuite ?"

J'ai poursuivi pendant qu'elle dénouait ma ceinture et dégrafait les boutons de braguette. Elle a dégagé mon sexe et l'a pris dans sa bouche comme si cette manœuvre s'inscrivait naturellement dans notre conversation.

Elle ponctuait mon monologue de "hum ! et donc ?" tout en continuant d'explorer de sa langue mon membre et ses accessoires. J'étais au bord de l'explosion et je redoutais qu'une détonation déclenchât le claquement de ses dents. Par chance, l'OAS avait décidé d'interrompre ses activités dans les environs. J'ai voulu me retirer de sa bouche pour honorer son ventre, mais elle a maintenu d'une main ferme ma verge entre ses lèvres. J'ai joui, secoué par les frissons d'un orgasme inhabituel. Elle a dégluti, continué un instant encore son jeu de langue. J'ai soupiré. Elle nous a servi deux nouvelles coupes.

J'ai dit : "Merci…

— Ce fut un plaisir…", elle a répondu en me souriant.

Elle ne m'avait pas joué l'épouse mais la courtisane.

Elle a enfilé son peignoir, sans en nouer la ceinture et s'est assise sur le sofa en croisant les jambes. Ses seins, toujours engoncés dans le corsage, débordaient largement de leur balcon au point que je devinais le haut des aréoles roses et les mamelons durcis qui "dardaient, insolemment, à travers la fine étoffe", comme se plaisaient à répéter Jean Bruce* et Carter Brown**.

"Si je comprends bien, tu penses que Paul Thévenot a commandité l'exécution de ton ami pour se venger d'avoir été humilié. Tu ne trouves pas ça un peu court ?

— En temps normal, oui, mais ce gamin appartient à l'OAS et a des comptes à régler avec les adultes. Je le crois capable de tuer quiconque le maltraitera. N'oublie pas qu'il a participé aux barricades et qu'il a eu des parents cinglés.

— Tu penses que c'est lui qui a tué sa sœur et son copain ?

— Possible. Il a peut-être eu peur que Choukroun découvre la vérité et que ses amis le punissent d'avoir maquillé un règlement de comptes familial en une exécution de l'OAS. Tu te souviens

* Jean Bruce : auteur des multiples aventures de Hubert Bonisseur de La Bath, héros des OSS 117.
** Carter Brown : auteur de polar américain.

que Mouloud avait les lettres OAS gravées sur son dos ?

— Oui. Oraison pour un Amour Secret… Un amour fou et secret pour sa sœur. D'où la violence sadique à l'égard de la pute préférée de son père dans le bordel. Ça se tient. Il aimait sa sœur et son père la lui a volée. Il n'a pas osé s'en prendre à lui, mais il n'a pas supporté qu'un nouveau venu la lui enlève une fois encore. De plus, un Arabe, pour lui qui est pro-OAS, c'est l'infamie et le scandale. Il serait donc coupable de tout ?

— Des meurtres de sa sœur, de Mouloud et de Choukroun, peut-être même de la balle perdue dans le dos de son père, mais pas de l'attentat du Casino.

— Quoi ? Pourquoi tu parles de ça ? Quel rapport ?"

Et je lui ai raconté ce que j'avais passé sous silence jusqu'alors, l'histoire de Farid Mekloufi, de son intérêt pour le Casino, la danse et de son enrôlement dans le FLN.

Elle a refermé son peignoir et s'est mise en colère :

"Tu ne t'imagines pas que tu vas retrouver le poseur de bombe, cinq ans après et obtenir sa condamnation ?

— Si.

— Tu es fou à lier ! Tout ça parce que tu te sens coupable de ne pas m'avoir accompagnée. Tu vas le retrouver, le punir et tu pourras me quitter, sans culpabilité, parce que tu auras cru réparer quelque chose. Personne ne me rendra ma jambe et je n'ai rien à te pardonner. Pauvre Paco, tu ne me comprendras jamais. Ce soir-là, je suis allée seule au bal plutôt que de te suivre au cinéma pour te signifier que j'étais indépendante. Va-t'en !"

Ses yeux brillaient d'une agressivité inconnue, sauvage. Elle me détestait pour ma culpabilité et la façon dont je tentais de m'arranger avec elle.

Je me suis levé pour partir. Convaincu, à cet instant, que, si je lui obéissais, je ne la reverrais plus jamais. Je me suis penché pour l'embrasser. Elle a détourné le visage et m'a repoussé des deux mains.

"Va-t'en ! Laisse-moi !" elle a hurlé, les larmes aux yeux.

Elle était flamboyante avec sa colère et sa tignasse rousse. Je l'ai désirée comme jamais. Je me suis jeté sur elle tandis qu'elle me tambourinait le dos de ses poings fermés. Je lui ai dévoré le cou, les seins et l'ai renversée sur le sofa. Je l'ai pénétrée d'un coup de verge brutal avec l'impression de forcer un écrin brûlant et palpitant de rage. Elle m'a griffé, mordu, serré contre elle, asphyxié de ses lèvres. Nos bouches ont entamé un combat sans merci pour imposer leur souffle pendant que nos ventres tentaient de s'assommer à coups de pubis. Elle m'a étreint comme pour m'empêcher de sombrer dans le marécage de mon territoire mental. Je l'ai écrasée de tout mon poids afin d'imposer l'homme que je voulais lui paraître tout en lui mangeant les seins à l'image d'un nourrisson sevré depuis trop longtemps. Nous avons joui ensemble pendant que nos gorges lâchaient des cris de naufragés. La tempête s'est calmée, nous nous sommes détachés. Le ressac avait le goût salé de la sueur, nos langues, celui du champagne séché.

Nos corps éreintés avaient éteint notre désespoir. Mais pas ma culpabilité.

"Va-t'en, elle a répété d'une voix, cette fois-ci, douce et lasse.

— Non je reste.

— … Mais ta grand-mère est seule…

— Tu as raison.

— Promets-moi de laisser tomber cette histoire de Casino."

J'ai promis. Comme à ma grand-mère, la première fois qu'elle avait vu mon arme de service. J'avais juré de ne jamais m'en servir…

3

CONFUSION MENTALE

J'étais perdu. Je la regardais et ne la reconnaissais plus. Comment me sortir de cette situation ? Je ne pouvais pas tout arrêter pour m'occuper d'elle. Ne plus aller travailler, cesser de courir après des assassins, ne plus voir Irène, oublier ma vie. Mais la dette. Mon père m'avait transmis que les mères étaient toutes des salopes sauf la sienne. Et à celle-là je devais tout, le gîte, le couvert, l'éducation, l'affection. J'étais devenu, avec le temps, l'homme de sa vie, mais aussi son bâton de vieillesse. On y était.

Elle était passée du jour au lendemain de la vigueur à la sénilité. Sans transition. Et moi, de la fonction de petit-fils à celle de petit-père. Je n'avais pas été préparé à ça. Ni à perdre mon ami Choukroun d'une balle dans la tête, ni à être responsable d'une femme que j'avais toujours respectée et qui, sous mes yeux terrifiés, se transformait en une petite chose fragile et infantile. Je m'imaginais devoir lui mettre des langes, la nourrir à la petite cuiller et j'en avais la nausée. Alors, lâchement, j'ai délégué.

Je suis allé voir Mme Isabella, notre concierge. Elle était ouvreuse de remplacement au Paris, un cinéma du centre-ville, et son mari, facteur, pratiquait la coiffure au noir dans la loge. Ils étaient arrivés dans l'immeuble à mon adolescence. Lui me coupait les cheveux et elle me refilait des places de cinéma. Je les aimais bien. Ils n'avaient pas eu d'enfants sans que je sache lequel des deux était stérile. Un secret bien gardé qui les rendait d'autant plus attachants que ni l'un ni l'autre ne l'évoquaient ou ne s'en plaignaient.

Quand je lui ai expliqué la situation, elle m'a spontanément proposé son aide :

"C'est pas un travail d'homme de s'occuper de la toilette d'une vieille dame. Si vous voulez, je m'en charge…"

Je lui ai aussitôt proposé un dédommagement pour ses soins.

"On verra ça plus tard… J'ai pas pu le faire pour ma mère, la pauvre. Elle est morte à quarante ans d'une attaque au cerveau. Votre grand-mère, il faut qu'elle voie d'autres personnes que vous. Les femmes, ça a besoin de papoter ensemble."

Je lui ai laissé un double des clés et j'ai pris le chemin du centre-ville. Sans voiture de service pour ne pas sentir à mes côtés le fantôme de Choukroun. J'ai pris le tramway. Plus de gamins arabes qui s'accrochaient, quelques mois plus tôt, dix mille ans plus tôt, pour voyager gratis ou, tout simplement, jouer à l'attaque de la diligence, ou au héros qui va sauver les voyageurs d'un train fou, lancé à toute vitesse, sans conducteur. Fini de jouer. Les enfants arabes restaient dans leur quartier, dans leur gourbi, les Français traînaient dans les rues ou sur les plages polluées de cadavres…

Je suis descendu à la place du Gouvernement et j'ai marché jusqu'à la rue d'Isly. J'ai emprunté l'escalier de l'immeuble à l'ascenseur privé, celui de M. Thévenot.

J'ai sonné, et, comme une habitude, le vieux serviteur a chuchoté à travers la porte ses questions rituelles aux visiteurs. Une minute après m'être annoncé et avoir souhaité rencontrer Paul, la porte s'est ouverte lentement.

Le fauteuil, chargé de son passager, poussé par l'esclave, est arrivé peu après dans le salon. Le vieux Thévenot semblait beaucoup moins affable que lors de ma première visite. Moi aussi.

Il ne m'a pas invité à m'asseoir, pas proposé de porto. Il ne m'a pas souhaité le bonjour. Moi non plus.

"C'est Paul que je veux interroger.

— Pourquoi ?

— C'est mon affaire.

— Je ne sais pas où il est.

— Il est absent ou parti ?

— Parti.

— Où ça ?

— Je ne sais pas.

— Aucune idée ?

— Aucune.

— Au bordel peut-être ?"

Il m'a fusillé du regard.

"Ne soyez pas vulgaire !

168

— Et vous, un grand bourgeois hypocrite ! Vous avez les mêmes goûts pourtant. Vous adorez, tous les deux, enculer les jeunes filles.

— Sortez !

— Trop facile, le coup de l'indignation, je vous ai connu plus brillant. Je sais tout, monsieur Thévenot. J'ai lu le journal de votre fille…

— Salopard ! De quel droit ?!

— *Père incestueux enseignant la morale à un flic fouille-merde*, tableau allégorique du XVIIIe…, je lui ai balancé en jetant un œil sur le Balthus.

— Sortez ou j'appelle…

— La police ? Si vous ne me dites pas où est Paul, je vous arrête pour délit sexuel sur enfant par adulte ayant autorité. Et si ça ne suffit pas, je vous interpelle comme principal suspect pour le double meurtre de Mouloud Abbas et de votre fille…

— Vous dites n'importe quoi ! Pourquoi aurais-je tué ma fille et surtout comment ?

— Pour qu'elle se taise, à jamais.

— Je l'aimais…

— Et de quelle façon !

— Si elle avait voulu jeter l'opprobre sur notre famille, elle aurait pu, depuis longtemps.

— Pourtant elle vous en a menacé.

— Jamais !

— Son journal le dit.

— Son journal ment ! Elle ment !… Elle mentait…

— Tiens donc ! Tout ce qui y est écrit serait mensonge et calomnie ?

— Les enfants aiment à se raconter des histoires.

— Vous êtes un beau salaud ! Votre fille était <u>my-thomane,</u> pourquoi pas nymphomane !

— Qu'avez-vous entre vos mains ? Les propos d'une adolescente rêveuse et d'une jeune fille disparue ? Un faux, peut-être fabriqué par vos soins pour me déshonorer. Estelle n'est plus là pour qu'un juge puisse comparer les écritures. Un document sans valeur. Des mots. Me croyez-vous homme à être impressionné par les mots ? Foutaises ! Fichez le camp, je n'ai plus rien à vous dire !"

Il a mis en mouvement les roues de son fauteuil pour fuir mon agressivité puis a fait volte-face et a repris :

"Si. Allez chercher Paul du côté de ses amis de l'OAS, ils vous élimineront peut-être comme votre collègue Ch…"

Je l'ai giflé avec une telle violence qu'il en est tombé de son fauteuil.

Je suis sorti de la pièce en le laissant au sol pendant qu'il appelait son esclave d'une voix rageuse.

J'étais furieux contre lui, contre moi. Je n'avais rien appris sinon que son fils était parti sans laisser d'adresse. Vrai ou faux ? Allez savoir avec ce <u>taré !</u> Si Paul avait balancé Choukroun à l'OAS, il avait fui pour éviter un nouvel interrogatoire. C'était plausible, voire probable.

A cause de Choukroun et de ma culpabilité, j'en avais oublié le début de cette histoire, le meurtre du couple sur la plage.

A cause d'Irène et de ma culpabilité, je me suis arrêté en chemin à *La Dépêche d'Algérie* pour voir un journaliste que j'avais apprécié à l'époque où les crimes de droit commun intéressaient encore les quotidiens.

Possanpès se souvenait de moi… Et de Choukroun.

"Alors ton coéquipier était barbouze…

— Pour un journaliste, tu me parais bien crédule. Non, quelqu'un s'est débarrassé de lui parce qu'il devenait gênant…

— Tu sais qui ?

— Je crois : Paul Thévenot.

— Le Thévenot des balances.

— Non, son fils.

— Et pourquoi ?

— Nous étions sur un double meurtre, celui de la fille Thévenot et du jeune Abbas.

— Ah oui ! Celle qui a été liquidée parce qu'elle niquait avec un Arabe.

— Décidément, tu me déçois. Tu crois tout ce que la rumeur colporte.

— Calme-toi. Affranchis-moi."

J'ai résumé les épisodes précédents. En partie.

Il m'a écouté avec attention.

"Putain ! Si c'était pas la merde, je me serais régalé sur cette affaire. Y en a plus que pour les pourparlers des gaullistes avec le GPRA, l'indépendance et l'OAS… Et la rubrique nécrologique. Qu'est-ce que tu attends de moi ?

— Pas grand-chose, en vérité. J'avais besoin de parler avec quelqu'un qui ne soit pas idiot.

— Merci. Choukroun te manque, hein ?

— Beaucoup… Est-ce que tu peux consulter pour moi les archives du journal ?

— Sur quoi ?

— L'attentat du Casino en 57.

— Quel rapport avec ton enquête ?

— Aucun. Je voudrais que tu retrouves si Massu et ses paras ont chopé et obtenu les aveux d'un des types du FLN.

— Quel intérêt ? Tu sais, sous la torture, les mecs ont avoué tout ce qu'ils voulaient.

— J'ai une piste.

— Une piste ? Tu veux arrêter le gars du FLN qui a posé la bombe au Casino ? C'est ça ? Tu doutes de rien. Et après tu vas le déférer au parquet qui l'inculpera pour meurtres avec préméditation. On se retrouvera au palais pour le procès et je couvrirai l'événement. Ensuite, il sera condamné et guillotiné en 1964 après rejet de la demande de grâce présidentielle. Tu te drogues depuis longtemps ?

— Tu peux trouver ça pour moi, oui ou non ?

— Oui, mais tu devrais voir un médecin. Depuis la mort de ton copain, tu pètes les plombs. Tu veux ça pour quand ?

— Au plus vite."

Ensuite, j'ai fait une folie. Je me suis rendu au Climat-de-France pour retrouver la mère du jeune Farid. Mon sentiment de toute-puissance en a pris un coup. Une voiture piégée venait d'exploser et de provoquer un carnage. J'ai rebroussé chemin avant d'être lynché par les centaines d'Arabes qui affluaient vers le lieu du massacre. C'était au tour des Arabes d'être victimes d'attentats meurtriers. La guerre n'en avait plus pour longtemps, mais elle avait encore une petite faim. Une petite faim rabelaisienne, à la mode Gargantua.

Je me suis acheté un sandwich aux merguez et suis allé terminer ma journée au commissariat. Une mauvaise surprise m'y attendait.

Quelque chose avait changé dans l'enceinte policière. Les collègues que je croisais m'évitaient. J'ai mis ça sur le compte de la mort de Choukroun. Tous connaissaient notre complicité, mais, dix jours après, rien ne justifiait ce sentiment de malaise. Je suis entré dans mon bureau et j'en suis ressorti, pensant que, dans ma confusion, je m'étais trompé de porte. Mais non. C'était bien la mienne, mais ce n'était plus mon bureau. On y avait entassé des cartons d'archives. Furieux, j'ai foncé chez le commissaire qui m'a accueilli par un : "Ça tombe bien, je voulais te voir."

*

Dès qu'il a franchi la porte de la boutique, j'ai compris que mon Paco avait passé une sale journée.

La veille, je lui avais sorti le grand jeu de la séductrice comme il les aime au cinéma, mais ça n'a pas suffi. Un vrai tonneau des Danaïdes, mon Paco. Je le remplissais de vie d'un côté, il s'en vidait de l'autre. La mort était en train de le grignoter. Elle devenait insidieusement sa compagne favorite. Bientôt, il n'y en aurait plus que pour elle. Je serai reléguée dans le placard des amours perdues. Moi je suçais son sexe, elle, sa moelle. Je lui offrais ce que j'avais, un corps incomplet, mais tiède et vivant, elle le gavait de cadavres et, en prime, lui faisait miroiter une grand-mère moribonde. Comment rivaliser ? On perdait toujours contre la mort. Surtout si on avait pour partenaire un homme qui se découvrait un goût nécrophile.

On était vendredi soir et j'aimais sortir ce jour-là. J'ai fermé la boutique et l'ai entraîné dehors.

"Cinéma, restau, ou les deux ? j'ai demandé.

— Comme tu veux."

Je l'ai invité à grimper dans ma vieille Studebaker, une voiture américaine à transmission automatique que j'avais achetée d'occasion à un play-boy sur le retour, un ancien cavalier du Casino. C'était la seule solution pour que je puisse continuer à conduire malgré mon handicap. Il me l'avait proposée lors d'une visite à l'hôpital.

"... Ne plus conduire, c'est vous condamner aux taxis et aux transports en commun. Quelle horreur ! Permettez-moi de vous l'offrir."

J'ai refusé. Je hais la compassion. J'ai tenu à la payer, mais il a insisté pour me la vendre à un prix dérisoire. Depuis, je roule en Studebaker, une manière de peaufiner mon image de putain.

J'avais envie de manger des fruits de mer donc j'ai pris la direction de Fort de l'Eau et de ses viviers.

En chemin, j'ai invité Paco à parler de sa journée. J'avais raison : elle n'avait pas été réjouissante.

Le commissaire lui avait infligé un blâme pour horaires fantaisistes, et retiré l'enquête sur le double meurtre. En haut lieu, on avait jugé son attitude déplacée à l'égard de la famille de la victime et, désormais, il travaillerait avec Mas, dans le bureau de ce dernier.

"Comment est-il, ce Mas ?

— Aux ordres. Un lèche-cul en quête de promotion. Il rapportera le moindre de mes mouvements au commissaire. Il ne va plus me lâcher.

— Que comptes-tu faire ?

— Continuer, je n'ai pas le choix.

— On a toujours le choix. Que dois-je inventer pour que tu changes d'avis ? Une tentative de suicide ? Prendre un nouvel amant ? Partir ?

— Pourquoi dis-tu ça ?

— Parce que j'ai peur de te perdre. Je pèse une plume dans la balance et, comme chacun sait, une plume ne fait pas le poids face à des kilos de plomb.

— Ne demande pas ton chemin à quelqu'un qui le connaît, tu risquerais de ne pas t'égarer…"

J'ai réfléchi à cette sentence et admis qu'il n'avait pas tort. Il cherchait son chemin, et nul n'avait à le lui indiquer.

J'étais passée par là. J'avais tout essayé pour modifier la trajectoire de ma famille. Et puis l'évidence s'est imposée : je ne pouvais peser en rien sur les choix de ma mère, mais j'avais la possibilité d'échapper à ce qu'elle avait décidé à mon sujet. Je suis partie contre elle, mais, en fait, j'avais fui pour moi. Et peu à peu j'avais trouvé ma voie. Au nom de quoi déciderais-je pour lui ?

"Et ta grand-mère ?

— Depuis que la concierge s'en occupe, elle va mieux. Elle tient des propos à peu près cohérents… Bien qu'elle croie toujours que je suis mon père. Dans sa tête, je n'existe plus. Mme Isabella a été très impressionnée par les souvenirs qu'elle lui a confiés, des histoires de son enfance en Espagne.

— C'est une bonne nouvelle, j'ai dit sans trop y croire. Mon arrière-grand-mère, peu de temps avant de mourir, me parlait beaucoup de Célestine, la nounou qu'elle avait eue, enfant… Où en es-tu dans ton enquête sur le couple ?

— Je me suis démerdé comme un manche. Le père m'a jeté et le fils s'est tiré. J'ai du mal à penser que le vieux ait fait éliminer sa fille pour sauver sa réputation. La bourgeoisie algéroise n'en a plus pour longtemps. Quant à l'honneur, il a, désormais, en complément de nom «patrie» et ne sort que de la bouche des soldats humiliés d'abandonner une colonie de plus.

— Promets-moi d'être prudent avec le fils. A son âge, ni sa vie ni celle des autres ne comptent.

— Je sais, mais pour l'instant, je ne vois pas comment je pourrais retrouver sa piste. Je suis trop isolé. Impossible de planquer devant chez lui, jour et nuit, en espérant qu'il passe prendre de l'argent ou des vêtements propres.

— D'autant que Mas ne te laissera pas faire.

— Exact. Cette discussion m'a donné faim."

Une fois de plus, j'étais parvenue à le tirer du côté de la vie. Sans illusion. Je me suis garée devant un petit restau de La Pérouse, près du cap Matifou, où nous n'étions jamais allés car j'y avais été invitée par un ancien amant. Mais je savais que la table était bonne et le patron discret.

Il nous a installés sur une terrasse couverte, face à la mer. Une chandelle, dans ce cadre, a suffi à donner une tonalité romantique au dîner. J'ai commandé un Chablis, horriblement cher. Les vies étaient de plus en plus courtes et j'avais décidé d'en profiter.

En sirotant le vin, Paco m'observait, un sourire aux lèvres.

"A quoi penses-tu ?

— A toi.

— En quels termes ?

— Je me rappelais *L'Art d'aimer*, d'Ovide.

— Ça n'est pas dans ma culture.

— Il disait, en gros : «Ne cède jamais aux charmes d'une dame dont le visage est éclairé par une bougie. Attends de la voir au matin, sous la lumière crue du jour avant de tomber amoureux.»

— Salaud !

— Non, pourquoi ? Je sais que ton visage est aussi magnifique au réveil.

— Menteur !

— Je suis sincère. C'est une chance pour moi de t'avoir à mes côtés.

— Il faudrait te mettre sous perfusion de Chablis, tu deviendrais un vrai baratineur."

Il a ri. Enfin. Pour ce soir, la partie semblait gagnée. Pour ce soir…

*

La nuit était douce et, privilège de la fonction, nous avons passé les barrages du retour, sans problème. J'étais complètement *borracho* et heureux de me laisser conduire par Irène. Une jolie femme au volant d'un cabriolet, la côte algéroise, une nuit étoilée, la route déserte, l'air marin me donnaient l'illusion de vacances en des contrées paisibles. Pas d'explosion, ni de détonation. Les seuls morts étaient les insectes qui s'écrasaient sur le pare-brise, les seuls bruits, ceux de la gomme des pneumatiques aux flancs blancs qui frottait sur l'asphalte noir, les seules lueurs, celles des faisceaux des phares et des yeux d'Irène.

Elle s'est arrêtée aux Trois-Horloges où nous avons échangé un long baiser tels des adolescents américains dans un drive-in. Puis je suis descendu et, le pas incertain, j'ai rejoint l'appartement où ma grand-mère dormait profondément.

Mme Isabella avait laissé un petit mot truffé de fautes d'orthographe. Tout s'était bien passé : ma grand-mère avait mangé et s'était endormie sans problème.

Et, comme si je voulais jouir de ce mieux-être, je n'ai pas fermé l'œil de la nuit.

4

MON LÉGIONNAIRE

L'enfer. Au quotidien, mais ce jour-là précisément.

Mon travail avec Mas s'est très vite avéré impossible. C'était un modèle d'opportunisme et de veulerie. Aux ordres du commissaire, aux petits soins avec les collègues pro-OAS, à mes basques en permanence. Pourtant, son bureau était orné d'une photo sur laquelle il figurait en uniforme aux côtés de camarades d'armes du 2e DIM, un des régiments du maréchal Juin. La pause avait été prise à Rome, à la libération de la ville. Jeune homme, Mas avait été plus téméraire…

Malgré l'état de ma grand-mère, le commissaire m'avait collé des permanences de nuit et de week-end. Sans compter un travail ennuyeux de destruction d'archives "au cas où le commissariat passerait aux mains des melons". Heureusement pour moi, il y avait Mme Isabella…

Dans les rares espaces de liberté, j'avais pu joindre Possanpès à la *Dépêche* : il m'avait confirmé que les paras de Massu n'avaient pas mis la main sur le poseur de bombe du Casino. Il n'avait pas résisté à la tentation d'enquêter sur les Thévenot : le père avait beaucoup de relations, notamment politiques, et avait arrosé indifféremment gaullistes et OAS. Cet homme était un spécialiste de la duplicité. Grand bourgeois honorable et puritain pour la façade, libertin et amateur de jeunes filles dans le privé. Le fils, Paul, moins discret, avait revendiqué, de façon tonitruante, son appartenance à l'extrême droite. Possanpès avait cherché à rencontrer ce dernier, en vain. Il avait effectivement disparu sans laisser d'adresse et, sans doute, rejoint les clandestins de l'OAS pour le baroud d'honneur.

D'horreur, j'aurais dû corriger.

Car plus on approchait d'un accord entre le GPRA et les gaullistes, plus Salan poussait les Européens à l'insurrection armée.

Le 23 février, parvenait aux chefs de l'OAS, sa directive 29. Elle commençait par ces mots : *L'irréversible est sur le point d'être commis.* L'irréversible, c'était la signature prochaine des accords entre gouvernement français et FLN. Le texte continuait ainsi :

Dans la forme de guerre que nous menons, tout est bon pour démoraliser et neutraliser l'adversaire, consolider nos positions et améliorer nos moyens. Il faut prendre l'armement dans les dépôts de l'adversaire, il faut prendre l'argent dans les banques. Je ne dissimule pas que certaines actions peuvent porter à critiques et engendrer quelques erreurs regrettables. On ne fait la guerre, on ne descend dans la rue ni avec des enfants de chœur

ni avec des "gens de salon", mais avec des hommes
de main courageux et, il faut bien le reconnaître,
dépouillés de considérations humaines…

Le document avait traîné ostensiblement dans la salle des inspecteurs. Le soir même, notre dépôt d'armes s'était volatilisé.

Le tournage de la séquence finale de *Règlement de comptes à* OK *Corral** pouvait débuter. Avec duel à balles réelles.

Encouragé par les exactions de l'OAS et les accords imminents avec les gaullistes, le FLN avait recommencé à tuer, sans se préoccuper des conséquences pour ses congénères. Notamment, à Bâb-el-Oued où un chauffeur de taxi, prénommé Jésus, avait été assassiné. Aussitôt le lynchage avait démarré. A deux pas du commissariat, la chasse à l'homme et à la femme arabes avait été lancée. Une vingtaine de corps massacrés avait rejoint les contingents de la morgue.

Moi, pendant ce temps, j'étais parti au secours d'un cafetier de l'avenue de la Marne, débordé par un de ses clients qui, sous l'effet de l'alcool, démolissait son bistrot. Mas m'y avait envoyé seul car il n'aimait pas les querelles d'ivrognes.

C'était le bar où j'avais traîné des soirées entières à la recherche de mon légionnaire de l'OAS cité par Servera comme une piste possible des assassins de Choukroun.

* *Règlement de comptes à* OK *Corral* : western de John Sturges avec Burt Lancaster et Kirk Douglas.

L'alcoolique, c'était lui, mais je ne le savais pas encore.

Sur le trottoir de l'avenue, le patron et quelques badauds observaient, en retrait, l'intérieur du café. Craignant que la présence d'un public n'exacerbât l'agressivité du bonhomme, j'ai ordonné au cafetier :

"Dites à vos clients de s'éloigner et restez en dehors de ça."

Le bar ne ressemblait plus à rien, ou plutôt il avait l'apparence d'un lieu dévasté par une strounga. Plus de vitrines, plus de tables, seulement une chaise sur laquelle était installé placidement mon légionnaire, une bouteille de schnaps aux lèvres. Ce n'était pas Gary Cooper*. Plutôt Karl Malden**, avec son nez couperosé et sa bouille souriante. Le sol était idéal pour la représentation d'un fakir spécialisé dans la marche, pieds nus, sur débris de verre. Derrière le zinc, aucune bouteille n'avait survécu au carnage.

J'ai passé ce qu'il restait de la porte.

"Si tu veux boire un coup, va falloir partager, il ne reste plus que ça !" il a dit en me tendant le flacon.

Le crâne rasé et la vareuse tachée lui donnaient l'allure d'un déserteur de la Wehrmacht. En l'observant plus finement, deux choses m'ont intrigué : la cicatrice circulaire entre ses yeux bleus délavés et son calme apparent.

---

* Gary Cooper joue un légionnaire en Afrique du Nord dans *Cœurs brûlés*, de Joseph Von Sternberg, avec Marlène Dietrich.
** Karl Malden : acteur américain – brutalité bourrue, regard fou et nez bourgeonnant le caractérisent.

Toujours se méfier de l'alcoolo qui sommeille. J'ai accepté la bouteille dont j'ai porté le goulot à la bouche en feignant d'en avaler une rasade.

"Prends une…, il a commencé en jetant un regard périphérique. Ben… y en a plus !

— Pas grave, je suis bien debout.

— T'as raison, mon gars, dans la vie il faut savoir rester debout.

— Grosse colère, hein ?

— *Gross* colère, *ya*. Surtout quand on me comprend pas…

— La langue française, c'est parfois difficile.

— Non pas la langue, la…"

Il a tapoté de l'index sa tempe.

"Mal à la tête, hein ?

— *Nein*, elle ne marche pas bien depuis le…"

Il a désigné la cicatrice.

"L'accident…"

Il a éclaté de rire :

"*Ach !* Non, pas accident, une…"

Il a tendu index et majeur, en forme de canon, qu'il a posés sur la cicatrice et a fait mine d'appuyer sur une détente imaginaire, "boum et voilà !".

"Un suicide ?

— *Nein !*"

Il a commencé à s'agiter.

"La guerre ?

— *Ya*. La guerre, l'armée, les ordres, j'ai dit *Nein* au lieutenant, *kaputt* le lieutenant. Mais, moi toujours là. *Ach !* Mais la tête…"

Je ne comprenais pas ce qu'il racontait et ça n'avait rien à voir avec l'alcool ou la langue française. Quelque chose clochait. Dans son vocabulaire, sa manière d'éluder les mots : bouteille, chaise, tête, balle. Des mots qu'il aurait dû connaître.

"Donne-moi, une…"

Il a imité un fumeur. Je lui ai offert une maïs.

"*Danke*. Et du…"

Il a agité son pouce. Je lui ai tendu mon briquet.

"Allez, on part en patrouille."

Il s'est levé, a salué un patron ou un officier fantôme. J'ai pu voir, sous la vareuse, un Luger glissé dans sa ceinture. Je l'ai suivi, perplexe et inquiet. Si l'OAS recrutait des mecs pareils, on pouvait craindre le pire.

Le patron et les clients ont eu la sagesse de rester silencieux et à distance pendant notre sortie.

Nous avons marché jusqu'au jardin Guillemin, tout proche. Là, près du manège déserté par les enfants, il s'est allongé sur un banc et a fermé les yeux.

Je me suis assis à côté de lui. J'avais l'impression d'être un psychanalyste qui consultait en plein air. J'avais découvert ça en philo par la lecture de l'*Introduction à la psychanalyse* et vu récemment les lancements de *Freud, passions secrètes*, de John Huston avec Monty Clift dans le rôle de Sigmund. Quand il arriverait jusqu'à nous, il sortirait en version sous-titrée arabe…

"Raconte-moi ton histoire. Tu as eu une vie formidable, non ?

— *Nein*. Triste. *Spangenberg*, c'est mon nom de Légion. Le nom de la maîtresse que j'ai tuée parce qu'elle me trompait. La Légion, c'est bien pour oublier sa vie, mais il faut faire la guerre. D'abord l'Indochine. *Gross* catastrophe pour les Français. Beaucoup de camarades morts. Après Sidi-Bel-Abbès. Et encore la guerre. Les fellaghas à la place des Viêt-minh. Les embuscades. Encore des camarades tués… Un jour, on patrouille, une attaque. Le lieutenant ordonne «Tu prends la… (il a mimé une mitrailleuse) et tu arroses pour ouvrir le passage.» Il m'envoie à la mort sûre. J'ai dit «*Nein*, mon lieutenant», il sort son… (Il a mimé un pistolet.) Je tue mon lieutenant. Arrêté, jugé et condamné à mort. Les copains dans le peloton tirent aux… et à… (il a montré l'impact des balles sur ses bras et sur l'épaule gauche) et dans la… (il a tapé sur sa cuisse). Mais pas mort, *nein* ! (Il a ricané.) Et le chef du peloton donne le coup de grâce, là ! (Il a désigné la cicatrice entre les deux yeux.) Et toujours vivant ! La… traverse tout et ressort là. (Il a montré sa nuque, effectivement marquée d'une autre cicatrice.) Quand on ne meurt pas après le peloton, on a la grâce. Libéré mais fini la Légion. Fini aussi les mots. Les mots sont morts. Pas moi.

— Comment vis-tu maintenant ?

— Chut ! il a soufflé en me montrant son Luger.

— L'OAS ?

— *Nein*. Une bande, comment vous dites ? De rigolos. Non, contrat. Ça paye le… (Il a soulevé la bouteille de schnaps vide.)

— Des Arabes ?

— Des images.

— Des images ?

— *Ya*, clic, clac. Des images. On donne des images et je tue. Je sais pas si Arabes, Français. Je sais seulement homme, femme. Pas enfant, jamais enfant, où alors sans savoir dans la guerre.

— La dernière fois, c'était quoi ?

— La dernière fois ?… Je sais pas. Les mots sont morts et les souvenirs, depuis la…, ne marchent plus. Un jour et un autre. Tu t'en vas et je te revois, je te connais pas. Que des gens nouveaux. Tout reste neuf.

— Comment tu te fais payer par tes employeurs ?

— Toujours avant, comme les putes dans les bordels. Toujours avant. Pas cher. Garantie du silence. Parfait. Je suis le tueur parfait."

Il a éclaté de rire. Je le trouvais à la fois pathétique et effrayant.

"Je connais un bon médecin, peut-être qu'il saura t'aider.

— Un *doktor* ?

— Oui. Si tu veux, on y va maintenant.

— Pas d'embrouille ? il m'a demandé en se redressant et en montrant son Luger.

— Promis."

Sans que je comprenne vraiment pourquoi, il m'a suivi. J'ai préféré laisser la voiture de service et nous avons pris un bus jusqu'à l'hôpital Maillot. La carcasse calcinée des barbouzes était toujours là. Et moi, je me retrouvais à emmener en consultation de neurologie un tueur à gages déjanté et alcoolique. Choukroun, Possanpès et Irène crieraient en chœur : "Paco, tu es vraiment cinglé !"

George nous a reçus après une demi-heure d'attente.

Il l'a examiné sous toutes les coutures, lui a fait passer des radios du crâne. Plus les examens avançaient, plus George semblait fasciné. Mon légionnaire avait l'air de bien s'amuser.

Pour terminer, il l'a soumis à une série de tests psychologiques qu'un enfant de cinq ans aurait accomplis sans problème. Pas lui.

Il était incapable de nommer quelque objet que ce fût, par contre, pouvait, le dessiner ou écrire le mot sans savoir le lire. Fascinant.

"C'est bien ce que je pensais. Vous avez été victime d'un *split-brain*.

— C'est quoi ?" j'ai demandé.

Il nous a expliqué : la balle qui avait traversé son cerveau avait séparé les deux hémisphères cérébraux en lésant les passerelles entre eux. Il avait désormais deux cerveaux indépendants.

"Le dédoublement du cerveau" avait été expérimenté la première fois par deux chercheurs américains vers la fin des années cinquante, sur des chats puis sur des singes. Le premier homme avait subi cette opération en 61 pour neutraliser une épilepsie grave qui ne cédait pas au traitement. Mais on avait découvert que le patient ne pouvait pas transférer l'information d'un hémisphère à l'autre. Ainsi la perception d'un sujet ayant eu ce qu'il appelait du nom barbare de commisurotomie était très perturbée. Par exemple, on lui avait montré une fourchette, mais il était incapable de la nommer ; en revanche, il pouvait écrire "fourchette" de la main gauche sans pour autant être capable de le lire. Il savait qu'il avait écrit quelque chose puisqu'il pouvait sentir le mouvement de sa main. L'information intégrée par le cerveau droit ne pouvait pas passer au cerveau gauche. De même si on lui mettait une brosse à dents dans la main gauche, il savait reproduire l'action de se brosser les dents, mais ne pouvait nommer la brosse. George était convaincu que, même séparés, les hémisphères avaient la possibilité de compenser les défaillances de communication des messages.

Il a subitement arrêté ses explications et m'a entraîné dans le couloir.

"Ton ami est un monstre, au sens étymologique du terme. Il ne ressemble à personne. C'est un sujet d'étude passionnant. Si tu es d'accord, je l'hospitalise. Je tiens un article formidable. En France, on ne pratique pas ce genre d'opération pour l'épilepsie. On n'a que les articles de Sperry à se mettre sous la dent. Tu penses qu'il accepterait ?

— Je n'en sais rien.

— Il te fait confiance ?

— Jusqu'à présent oui, mais je ne le connais que depuis trois heures…

— Tu veux bien essayer ?"

Je suis retourné dans le bureau.

"Que dirais-tu de rester quelques jours ici, logé, nourri aux frais de la princesse… ?

— *Nein*. Trop dangereux… On sait quand on rentre, pas quand on part."

J'ai sorti de mon portefeuille quelques billets que je les lui ai tendus :

"Prends ça. Tu restes ce soir et si tu changes d'avis, ils ne peuvent pas te retenir."

Il m'a regardé avec insistance, en silence, puis a demandé :

"Pourquoi tu fais ça ? Tu veux que je tue une image pour toi ?"

J'ai ri et je lui ai montré mon holster :

"Non, j'ai ce qu'il me faut…

— Tu es un tueur de l'OAS ?

— Non, un indépendant.

— Un *kamarad* alors ?

— C'est ça.

— Achète-moi une… (il a porté à sa bouche une bouteille imaginaire) … pour fêter ça !"

Il a tendu un de mes billets. Puis il a ouvert sa vareuse et a pris son portefeuille dans sa poche intérieure pour y glisser le reste de l'argent. Une photo est tombée à mes pieds sans qu'il la remarquât car George est entré à cet instant. J'ai mis ma chaussure sur le cliché pour le masquer.

"Alors ? a demandé George.

— Il est d'accord pour essayer. Mais il part quand il veut.

— Je vous promets qu'on va vous traiter comme un coq en pâte.

— C'est quoi un *cokenpat* ?

— Un invité de luxe.

— Invité à l'hôpital ? Ça me plaît. Avec jolies infirmières ?

— Très jolies."

Pendant qu'ils échangeaient, j'ai feint de lacer ma chaussure pour récupérer la photo sans pouvoir l'examiner.

"Je te laisse. Je passerai te voir, demain.

— N'oublie pas la… !"

George m'a demandé en aparté : "Tu pourrais lui trouver une professionnelle ? Tu comprends, pas question pour moi de demander à une de mes infirmières de se sacrifier pour la science.

— Si besoin est…", j'ai répondu d'un ton laconique.

J'ai laissé le docteur et son cobaye à leur histoire d'amour.

J'ai attendu d'être à l'extérieur pour regarder la photo comme si je craignais qu'on me surprenne. J'ai écarquillé les yeux à la façon d'un type qui vient de découvrir les numéros gagnants à la loterie.

*

La photo représentait un couple. A l'excitation de mon Paco, j'ai compris qu'il s'agissait d'Estelle Thévenot et de Mouloud Abbas. Elle était très belle, lui avait le charme délicat d'un Oriental raffiné. Le cliché avait été pris au téléobjectif dans un jardin. Ils semblaient discuter, assis sur un banc public.

Un contrat ! Son légionnaire était le tueur ! Mais qui avait payé le contrat ? Il l'avait sans doute oublié, comme il avait oublié de détruire la photo. Paco, en ne me racontant que sa curieuse rencontre avec cet alcoolique et le récit de sa vie, voulait me mettre à l'épreuve. Il jouait avec moi comme Sherlock Holmes et le docteur Watson. J'ai accepté la partie car je préférais cette enquête aux deux autres. Le quartier était à feu et à sang, mais il avait l'air de s'en ficher. Rien ne comptait plus que ce jeu de piste. Aussi, j'ai suggéré :

"D'abord, retrouver le labo qui a développé la pellicule… A moins que celui qui l'a prise ait eu le matériel pour le faire.

— Bravo ! La photo a été tirée dans une boutique. Le papier, les dentelures, le chiffre au dos sont en faveur de cette hypothèse.

— Tu vas les visiter toutes ?

— Eh oui. Le côté fastidieux d'une enquête.

— Il a peut-être donné un faux nom ?

— Probablement. Celui qui l'a réceptionnée se souviendra peut-être du bonhomme.

— Ou de la bonne femme.

— Effectivement.

— Et si ça ne donne rien ?

— J'essaierai de cuisiner mon légionnaire.

— Comment, puisqu'il ne se souvient de rien ?

— Avec l'aide de George.

— Tu ne crains pas que ça tourne mal ?

— Nous n'en sommes pas encore là. Avant, j'ai du travail sur la planche. Et toi, ça va ?"

Il était temps qu'il s'en préoccupe. Non, ça n'allait pas. Je n'avais plus de commandes et les finances commençaient à fondre. Je songeais sérieusement à laisser tomber et à rapatrier mon stock en Métropole tant que c'était possible. Les nouvelles étaient désastreuses et la population devenait folle. Je craignais le pire : une guerre civile entre les communautés. Le point de non-retour.

"Ça va. J'ai besoin de vacances. Tu ne voudrais pas d'un week-end en amoureux sur la Côte d'Azur ? Je t'invite.

— Ne t'y mets pas, toi aussi !

— Tu n'es qu'un égoïste ! Ta grand-mère est au bout du rouleau, ce pays aussi. Pour moi, ici, les chapeaux, c'est fini et je n'ai pas l'intention de me mettre à la fabrication de voiles. Pense à nous un peu. Pense à demain. Quel avenir avons-nous encore dans ce pays ?

— Quelques mois, je sais. George m'a dit que si je changeais ma grand-mère de cadre, ça lui serait fatal.

— Elle a bon dos, ta grand-mère ! Peut-être qu'on n'a plus rien à partager. Chacun pour soi.

— Arrête !

— C'est à toi d'arrêter de masquer la réalité. En vérité, tu as peur du changement.

— Pas toi !

— Si, mais pas au point de rester sur place sans rien tenter pour sauver ce qui peut l'être.

— Tes chapeaux ?

— Non, ma peau.

— Ne dramatise pas !

— On n'est pas dans un drame mais dans une tragédie, merde !"

Il m'a prise dans ses bras et je n'ai pas résisté parce que je ne voulais pas de cette fin-là. La tête sur son épaule, j'ai senti son odeur, cette odeur que je refusais de perdre et j'ai eu les larmes aux yeux. J'avais peur et besoin d'une âme forte à mes côtés. Au lieu de ça, je me réfugiais dans les bras d'un homme capricieux et puéril. Un homme qui s'obstinait à agir en justicier comme si l'interpellation de l'assassin arrêterait la guerre.

Enfant, j'imaginais des trucs comme ça. Je sautillais entre les dalles du trottoir en évitant les joints. Si j'y parvenais pendant le trajet de l'école à la maison, ma mère allait mourir. Je jouais à la tuer tout le chemin et je finissais par perdre en marchant sur le dernier joint. Arrivée chez moi, je vérifiais qu'elle était toujours en vie et me disais qu'elle l'avait échappé belle. Je me félicitais d'être une fille bien magnanime.

Après son départ, je me suis jetée sur mon lit, secouée par les sanglots d'une petite fille, victime d'un gros chagrin. J'ai pleuré sur la folie de Paco, sur la mort de mon père, sur la perte de ma jambe, sur la danse, sur l'enfance bousillée par une mère imbécile, sur cette solitude que j'ai toujours revendiquée pour mieux en souffrir dans le secret de ma tête. Une fois les glandes lacrymales épuisées, je me suis redressée comme toujours, depuis trente ans.

Je suis retournée au salon où j'ai mis sur le tourne-disque *Only You* des Platters et j'ai dansé un slow avec ma canne. Langoureux, incertain, fragile comme l'amour. J'ai rêvé, debout, les yeux fermés, que j'étais entière et notre amour, intact.

Une bombe a explosé au loin. J'ai voulu croire que c'était un feu d'artifice célébrant le retour au calme, à la vie. Une seconde explosion à fait voler en éclats les vitres du séjour. J'ai failli tomber. Le salon de coiffure, face à mon immeuble, fermé depuis huit jours, venait de disparaître et, sans doute, la vitrine de mon magasin.

J'ai descendu les cinq étages en maudissant ma jambe et je suis allée constater les dégâts. Le rideau de fer avait, une fois de plus, protégé ma vitrine. J'avais eu de la chance. Pour combien de temps encore ?

5

DEUX UNES

Depuis trois jours, je n'ai pas vu Paco. Pas de coup de fil, pas de nouvelles. Je crains le pire. Sa grand-mère, son boulot, la fuite en avant. Apparemment, je ne compte plus. Ai-je jamais compté pour qui que ce soit ? Se bercer d'illusions. Mes clients n'ont plus la tête aux chapeaux, Paco, plus d'intérêt pour ma peau. Il court après des chimères. Je suis envahie par une grande lassitude. Je n'avais jamais connu ça. J'étais ce qu'on appelle une fille pleine de vie. La danse, les amants. L'amant. La bombe. Patatras. La musique s'est tue brutalement pour laisser place aux cris, à la douleur, au sang...

Se réveiller dans cette chambre inconnue, d'hôpital, distinguer, dans un brouillard mental, un relief inhabituel de ses membres sous le drap. Avoir une peur bleue. Un peu comme une femme, après une césarienne, scrutant le berceau vide à côté de son lit.

Un malentendu. On allait me rapporter ma jambe, m'expliquer que c'était une mauvaise blague, un tour d'illusionniste. Hélas ! j'ai cherché sous le drap et je n'ai rien trouvé. On m'avait volé une jambe pendant mon sommeil. Un salaud de chirurgien me l'avait piquée sans m'avertir. Il est venu me voir, ce beau et gentil médecin. Il n'avait pas pu la soigner. Trop de dégâts.

Ce soir-là, ses collègues et lui-même avaient tenté de sauver plus que des jambes, des vies. Un certain nombre de danseurs étaient restés sur le carreau. Mon cavalier était en réanimation, un éclat de métal dans la tête.

Le chirurgien m'a prévenue que j'allais avoir mal à la jambe amputée. Ce qu'il appelait les douleurs du membre fantôme. Comme si la jambe, en continuant de faire mal, ne pouvait pas se résigner à sa disparition. C'était vrai. Dans les jours qui ont suivi, j'avais réellement souffert du pied.

J'ai passé toute ma convalescence à lutter contre le désespoir. Quelque chose avait changé dans mon corps, dans ma vie, mais contrairement à d'autres, j'étais toujours en vie. Je me raisonnais en puisant dans ma coquetterie : j'aurais plus mal supporté de perdre un sein, une main ou d'être défigurée. Médecins, infirmières, amis et Paco ont été émerveillés de ma volonté et de la rapidité de mon rétablissement.

La suite, je l'ai vécue dans l'intimité de ma douleur : les essayages de la prothèse, les pertes d'équilibre, la canne. J'ai découvert avec stupéfaction que la marche n'était pas naturelle. Réapprendre à me déplacer comme une enfant de deux ans. Mettre un pas devant l'autre a nécessité que j'y pense, que j'anticipe comme pour l'apprentissage de la conduite automobile. Le kinésithérapeute me tenait les mains pour m'éviter la chute, à chaque instant. Peu à peu, la canne a fait partie de mon corps, de ma vie. Quand je m'en séparais parfois chez moi, j'avais l'impression de jouer à la marelle, à la différence que je ne progressais pas vers le ciel mais vers l'enfer. L'orgueil m'a aidée à accepter le handicap, sans me résigner.

Un an plus tard, à la date anniversaire de l'attentat, j'ai sorti le dossier médical où j'avais glissé, sans l'avoir lue, la *Dépêche* du 9/10 juin 1957. Je l'ai parcourue pour la première fois.

Le chef d'orchestre Lucky Starway, l'un des sept morts, était en photo à la une. Quatre-vingt-cinq blessés dont trente-neuf femmes et dix dans un état grave, titrait aussi le journal. Le poseur de bombe avait bénéficié de la complicité d'un plongeur du Casino. En bas à droite, la liste des victimes, mortes ou blessées. Mon nom y figurait au milieu d'autres, connus ou inconnus. Qu'étaient devenus tous ces gens ? Avaient-ils surmonté le traumatisme et leurs blessures ?

Quand Paco était arrivé, j'avais caché le journal comme si je m'étais sentie coupable de complaisance morbide. Il n'a jamais su que j'en avais acquis un exemplaire. Nous n'avons plus jamais parlé de cette soirée-là jusqu'au jour récent où il s'était mis en tête de retrouver le terroriste…

Aujourd'hui, j'ai acheté le *Journal* à cause du titre à la une :

Selon des informations puisées à bonne source :

ACCORDS FRANCO-FLN
VOICI CE QUE SERAIT LE DOSSIER

ARMÉE : elle restera pendant trois ans.
Pas d'installation du GPRA
pendant la période transitoire.
Tous les biens français seront protégés,
mais, postérieurement :
réforme agraire avec indemnisation.
Pas de représailles, dirait une déclaration
conjointe franco-algérienne.
Statut spécial pour Alger et Oran.
Représentation des Européens
dans chaque conseil municipal.
L'Algérie restera dans la zone franc.
La France continuera de dépenser
autant qu'elle le fait actuellement
selon un contrat de trois ans renouvelable.

Et en bas de page, comme une ironie contradictoire :

Onze décrets et un arrêté :

PRESTATIONS POUR LES RAPATRIÉS :

Subsistance, installation, logements et retraites, annonce M. Boulin.
"Il faut les intégrer dans la vie nationale."

Le chaud et le froid. D'une part, une annonce plutôt optimiste. La France resterait en Algérie et l'armée nous protégerait. Nous aurions des droits économiques et politiques, d'autre part, tout allait être mis en place pour l'accueil des rapatriés. Les politiques n'étaient pas dupes. Les Français d'Algérie allaient fuir de plus en plus et la réalité de la situation n'avait pas échappé à ce M. Boulin. Car Alger et Bâb-el-Oued en particulier plongeaient jour après jour dans le chaos. Il n'y avait qu'à lire pour s'en convaincre le reste des articles :

Algérois, vous irez chercher votre courrier au cinéma !

L'OAS avait assassiné ces derniers jours quatre facteurs : deux catholiques, un juif et un Arabe. Ils auraient été traîtres à la "cause". Les services postaux s'étaient mis en grève et, désormais, le tri avait lieu dans un cinéma du centre-ville !

C'EST LA FIN DU MOIS... HOLD-UP

45 millions à Constantine
16 millions à Alger
(dont deux attaques à Bâb-el-Oued)
19 millions à Oran
En Métropole
A Marseille : 22 millions AF
A Bordeaux : 8 millions AF

L'OAS avait fait ses courses et d'autres probablement aussi.

Enfin, le titre le plus drôle de la journée :

DÉCLARATION D'IMPÔTS

Contribuables algériens,
vous avez jusqu'au 31 mars prochain.

Je me demandais bien qui, en dehors des fonction-naires, allait déclarer ses impôts en cette année 62.

Paco peut-être, mais pas moi !

*

"Irène peut-être, mais pas moi", j'ai répondu à Mme Choukroun, qui me demandait si nous allions venir bientôt.

J'étais installé dans une salle à manger provisoire, tréteaux de bois et porte posée dessus, chaises de camping, dans le quartier de Saint-Gabriel, à Marseille.

Je n'avais pas fait le voyage uniquement pour prendre des nouvelles de la veuve et de l'orphelin. Sans me l'avouer, j'étais venu aussi pour voir ce qui nous attendait en Métropole le jour où il faudrait partir d'Algérie. Néanmoins, mon enquête était la principale raison de ma présence à Marseille. En trois jours, l'histoire s'était emballée.

J'avais pris une semaine de congé pour mener, en paix, mes investigations. Les mains libres, j'avais fini par dénicher le photographe dont la boutique était située avenue Pasteur. Il se souvenait très bien du contenu de la pellicule :

"Sur toutes les photos, il y avait une jolie jeune fille, seule ou accompagnée. La plupart ont été prises au téléobjectif. J'ai immédiatement pensé à une enquête privée. Mais, le plus étrange, c'est que la femme qui a apporté le rouleau n'avait rien d'un détective privé ou alors elle s'était déguisée…

— En quoi ?

— En prostituée.

— Vous pouvez me la décrire ?

— Une caricature de Brigitte Bardot."

J'ai aussitôt identifié la pute de Rolland, le détective parisien embauché par Thévenot. L'affaire s'éclairait sans pour autant me convaincre que le père Thévenot eût lancé un contrat contre sa propre fille. Il fallait que je retrouve l'ersatz de B. B., Gisèle Guérini.

Je suis allé au commissariat qui avait enquêté sur le meurtre du détective pour en savoir plus sur cette femme. Elle était domiciliée 35 rue Bâb-Azoun, et originaire de Marseille.

À l'adresse indiquée, il n'y avait plus personne. La concierge m'a appris qu'elle avait quitté les lieux peu après notre rencontre, le lendemain de la mort du détective. Sans laisser d'adresse.

"De toute façon, avec la grève, y a plus de courrier ! Mais je crois qu'elle est repartie à Marseille. On l'appelait la Marseillaise à cause de son accent.

— Vous n'avez jamais rien reçu pour elle ?

— Quelquefois. Mais je me souviens pas de l'adresse qu'il y avait au dos."

Ensuite je suis allé consulter le fichier des mœurs. Elle avait été embarquée deux ans plus tôt lors d'une rafle dans le bordel préféré de Thévenot, Le Sphinx.

Cet établissement proposait ses services au 7 de l'impasse de Chartes, une minuscule ruelle, à l'entrée de la Casbah. Une lanterne rouge au-dessus de l'entrée en indiquait clairement l'activité. Non loin, un bordel rival, le Chat-Noir, entretenait la concurrence.

Un homme de main, apparemment armé, veillait à la sécurité du lieu. Il m'a conduit jusqu'à la mère maquerelle qui assurait l'accueil de la clientèle mais aussi son filtrage. Hormis la chevelure gondolée et colorée en noir corbeau, elle avait plus l'allure d'une ménagère quinquagénaire que celle d'une tenancière. Elle m'a invité à la suivre dans la salle commune où j'ai pu voir, trônant au-dessus du bar, l'objet qui justifiait le nom du lieu, la tête d'un sphinx en carton-pâte, polychrome. Elle m'a proposé un verre que j'ai refusé.

Les affaires marchaient mal. Elle regrettait même le temps du terrorisme FLN :

"A l'époque des attentats, on avait deux gars à l'entrée qui surveillaient jour et nuit et les clients étaient plus en sécurité chez nous que dans la rue. On désemplissait pas. Maintenant que l'OAS, elle fait la loi, les troufions, ils ont la trouille d'être zigouillés par un commando Delta. Et nos habitués, ils s'en vont les uns après les autres pour la Métropole. Remarquez, je les comprends. Quand les melons, ils vont prendre le pouvoir, je laisserai pas mes filles aux mains de ces fellaghas. Ça non !

— Qu'est devenue Gisèle Guérini ?

— Brigitte ? Elle est partie après l'arrestation de son mac.

— Vous connaissiez un détective nommé Rolland ?

— On demande pas le nom des clients, monsieur l'inspecteur. Discrétion assurée.

— Un Frangao de Paris, un ami de Brigitte, celui qui a été égorgé par son mac.

— Ah lui ! Oui. Il l'a rencontrée, ici. Il a foutu la merde en lui proposant de partir avec lui.

— Il est venu avec M. Thévenot, n'est-ce pas ?

— Je connais pas de M. Thévenot, je vous l'ai dit, on ne demande pas…

— Arrêtez vos conneries ! Si vous voulez que j'appelle les mœurs pour qu'ils vous rendent visite à l'improviste…

— C'est pas gentil, inspecteur, vous savez bien qu'on est d'utilité publique ! D'accord, Thévenot était un de nos clients, mais, depuis son accident, on l'a plus revu. Il m'a juste recommandé son copain.

— Ne vous foutez pas de moi ! Depuis quand faut-il une «recommandation» pour fréquenter les bordels ?

— En fait, c'est Thévenot qui payait ses parties de jambes en l'air. Comme qui dirait, le gars avait une ardoise chez nous. Et il en a profité, le salopard !

— Et le légionnaire ?

— Quel légionnaire ? Une aiguille dans une botte de foin, ici, un légionnaire !"

J'ai décrit Spangenberg et ses troubles du langage.

"Ah lui ! Quel numéro ! Les filles l'adoraient ! Notamment, Ernestine. C'est elle qu'il choisissait à chaque fois. Il les amusait parce qu'il ne se souvenait jamais qu'il demandait toujours la même. Il disait : «Qui je vais câliner aujourd'hui ?», il les passait en revue. Les filles avaient décidé un jeu entre elles. Elles essayaient de lui taper dans l'œil pour

qu'il change de partenaire. Ernestine gagnait à chaque fois. C'était marrant !

— Elle est toujours chez vous, Ernestine ?

— Oui. Suivez-moi, je vais l'appeler."

Au moment où nous allions passer une porte à
droite de la salle, une voix de femme a annoncé :

"Attention, on descend !"

La maquerelle a refermé en m'expliquant :

"A Alger, tout le monde se connaît, alors on évite
que les clients se rencontrent…"

Le chassé-croisé discrètement effectué par une
autre porte, on a pénétré dans un salon où quelques
filles, légèrement vêtues, semblaient paresser sur des
sofas. Apparemment, je débarquais en plein chô-
mage technique.

Ernestine était un beau brin de fille, menue, l'air
d'une adolescente. Elle devait cultiver cette tonalité
pour alimenter les fantasmes des clients. Notamment d'un qui m'intéressait.

"Parlez-moi du légionnaire.

— Un gentil gars. Je crois qu'il était amoureux
de moi. Je comprenais ce qu'il voulait sans le demander. Et ce qu'il voulait, c'était avoir l'impression
de me séduire à chaque fois. Sa tête ne marchait pas
bien depuis qu'il avait été blessé à la guerre, je crois.
Il oubliait tout ou il faisait semblant, j'ai jamais su.
Comme j'avais appris à connaître ses habitudes,
ce qui lui plaisait, je devançais ses désirs. Il était,
à chaque fois, émerveillé par mon savoir-faire. Ça
me chamboulait, cette situation : cet homme tombait
amoureux de moi à chaque rencontre, comme au

premier jour. Je trouvais ça si romantique… Sauf quand il buvait ! Plusieurs fois, les gars l'ont jeté dehors ! Heureusement, ils fouillaient les clients avant d'entrer et mettaient leur arsenal au vestiaire.

— Vous aviez Thévenot comme client ?

— Oui. Un salaud, celui-là. Mais un salaud riche !

— A-t-il cherché à contacter le légionnaire ?

— Pas que je sache. Du temps où il était valide, il s'intéressait à tous les clients de la maison. Il était voyeur aussi. Il payait pour voir les autres à travers un miroir sans tain.

— Est-ce que Brigitte a été en relation avec Spangenberg ?

— Une fois. Elle avait un truc à lui proposer, un boulot, je crois.

— Quel type de boulot ?

— J'en sais rien. Son mac trafiquait, alcools et cigarettes. Sans doute un convoyage ou un débarquement de nuit de produits de contrebande.

— Quand avez-vous vu le légionnaire pour la dernière fois ?

— Y a huit jours, il voulait monter mais il avait pas d'argent, alors… *Nada*. Dommage ! Il est pas mort, j'espère ?

— Non, il va bien.

— Si vous le voyez, donnez-lui le bonjour d'Ernestine. Je suis bête ! Il saura pas qui est Ernestine. Donnez-lui le bonjour, quand même. Ça mange pas de pain."

J'ai essayé d'en savoir plus sur Thévenot et ses habitudes. Elle ne m'a rien appris de nouveau sur ses perversions. Elle a confirmé la raclée infligée par le fils et le dédommagement par le père, deux ans plus tôt. Elle avait accepté d'aller quelquefois chez ce dernier depuis son accident et son impuissance, à condition que Paul ne fût pas dans les parages. La première fois, il l'avait payée pour sucer le vieillard qui lui servait de domestique et les regarder. Mais le pauvre vieil Arabe ne bandait plus depuis longtemps. Par la suite, elle avait seulement exécuté un effeuillage et s'était caressée sous ses yeux.

À l'usage, la frustration du vieux paralytique avait été plus forte que l'excitation. Il avait cessé de la solliciter. Quant à Brigitte, comme la concierge, Ernestine pensait qu'elle était retournée à Marseille.

J'étais sorti déçu du bordel, tel un client qui n'y aurait pas trouvé son compte. Certes, le lien entre Brigitte et le légionnaire se confirmait, mais la petite ne m'avait pas donné l'information que j'espérais : un contrat avec le père Thévenot.

Il était malin et s'il avait contacté le légionnaire, il s'était peut-être servi du détective et de Brigitte sans s'impliquer directement. Rolland mort, mon légionnaire amnésique, Brigitte disparue, j'avais besoin d'aide.

J'ai appelé la brigade des mœurs de Marseille qui, par chance, m'a confirmé qu'une Gisèle Guérini tapinait dans le quartier de l'Opéra et qu'elle était bien fichée dans leur service depuis peu.

Et j'ai pris une décision dont je me croyais incapable. Un truc fou.

Je suis retourné chez moi, j'ai demandé à Mme Isabella de s'occuper de ma grand-mère pendant quarante-huit heures, fait ma valise et je suis parti pour Maison-Blanche.

De l'aéroport, j'ai appelé le docteur George pour prendre des nouvelles de Spangenberg.

"Cette histoire est fantastique ! m'a confié George avec excitation. Grâce à toi, j'ai progressé dans mes recherches.

— Et sa mémoire ?

— Rien de nouveau pour l'instant. J'ai entamé un traitement de sevrage. Il a fallu le droguer pour y parvenir…

— Sois prudent, c'est un tueur…

— Il est bouclé dans une chambre capitonnée et il dort pour l'instant.

— Je serai absent deux ou trois jours, essaie de le garder à l'abri.

— Je vais tout mettre en œuvre pour ne pas le lâcher. Rappelle-moi dès ton retour, j'en saurai plus."

J'ai raccroché, en songeant que George jouait avec le feu. Au fond, les scientifiques étaient aussi tordus que moi. Il était plutôt rassurant qu'il y eût encore des gens pour aimer leur boulot malgré la situation politique.

Ensuite, j'ai pris un vol pour Marseille sur Caravelle. Sans prévenir Irène.

Je n'avais jamais mis les pieds dans cette ville.

Comme à Maison-Blanche, l'aérogare de Marignane était sillonné de patrouilles militaires. L'OAS frappait également ici, et, de plus en plus, dans toute la Métropole.

Dans le taxi qui m'a embarqué, je n'ai pas vraiment découvert la ville, car, hormis le port que j'ai pu discerner entre les reliefs de l'autoroute, Saint-Gabriel se situait en périphérie.

Le boulevard des Pins, sans pins, trônait en haut d'une côte bordée, à droite, d'entrepôts et, à gauche, d'une permanence du Parti communiste français. Au 22, un petit immeuble, à quatre étages, dont le troisième gauche était occupé par ce qu'il restait de la famille Choukroun.

J'ai jeté un regard circulaire sur leur nouvel univers. Pas bien gai. Le bar du Rêve et celui du Progrès aux deux coins de la côte, une boulangerie, un marchand de légumes, une quincaillerie, une usine de réglisse Zan, qui balançait, par une cheminée d'usine, une fumée à vous dégoûter de la réglisse. Un désert piétonnier. Et des mobylettes qui pétaradaient sans pot d'échappement pour "faire" moto.

J'ai appuyé sur le bouton accolé au nom à l'entrée de bois clair de l'immeuble. La veuve est apparue au balcon et s'est mise à crier :

"Paco ! Mais qu'est-ce que tu fais là ? Monte, je t'ouvre."

Après une brève impulsion électrique la porte s'est déverrouillée. L'escalier était propre, la peinture récente. Ça aurait pu être pire.

"Comme je suis contente de te voir ! Et Irène ? Tu l'as pas emmenée avec toi ?" elle m'a dit en me serrant longuement dans ses bras. Je lui ai raconté un bobard : j'étais venu en estafette pour négocier ma mutation à Marseille…

"Et vous ? Comment ça se passe ?"

Elle m'a raconté ses aventures. La difficulté de trouver un logement, les prix qui grimpaient, la spéculation immobilière, l'attitude de rejet des Marseillais à l'égard des pieds-noirs. Son fils lui avait trouvé ce trois-pièces à louer, loin du centre, mais pratique pour lui. Le car qui allait à Aix passait par Plombières, le boulevard chargé de poids lourds que le taxi avait emprunté en sortant de l'autoroute et qui longeait Saint-Gabriel. Dans sa recherche de travail, on la rembarrait le plus souvent : "Vous croyez pas que vous allez enlever le pain de la bouche des Marseillais !" lui disait-on.

Ils ne nous aimaient pas plus que les Arabes. Ils espéraient naïvement qu'une fois leur pays indépendant, les Algériens allaient rentrer chez eux. Ils nous accusaient d'avoir le sang de leurs fils sur nos mains pour protéger nos terres.

"Pour eux, on est tous devenus millionnaires en exploitant les Arabes comme des esclaves ! Tu te rends compte, Paco ! On est des profiteurs, et c'est bien fait pour nous si on est punis !"

Je l'ai calmée comme j'ai pu. Puis, je lui ai demandé des nouvelles de son fils. Apparemment, malgré la mort de son père, il s'accrochait à ses études. Elle m'a proposé de dormir dans la chambre du petit qui ne rentrait d'Aix qu'en fin de semaine. J'ai posé mon sac dans l'antre du fiston : un lit à une place, un bureau et des rayonnages de livres posés sur des planches intercalées par des briques. Et une photo de son père punaisée sur le mur.

Je lui ai emprunté un plan de la ville. Elle m'a indiqué l'arrêt de bus le plus proche.

"Tu prends le 89 ou le 89 barré, ils vont tous les deux au cours Belsunce, c'est près de la Bourse, de la Canebière et du Vieux Port. Tu longes le Vieux Port et tu arrives à l'Evêché, c'est comme ça qu'ils appellent le commissariat central. Prends le bus à Plombières, c'est un ticket de moins…"

Elle veillait à ce que l'argent ne filât pas trop vite. Tout cela ne m'enchantait guère. Elle m'avait dépeint une France inhospitalière, et j'allais vérifier qu'elle n'avait pas noirci le tableau. Français peut-être, étranger malgré tout.

Elle avait tenu à m'offrir quatre tickets de bus pour descendre en ville, et, bien qu'il y eût un arrêt au boulevard des Pins, j'ai dévalé la côte, pompeusement nommée boulevard Pons. Je me suis retrouvé sur le boulevard de Plombières où j'ai poireauté un quart d'heure en attendant le 89, une maïs aux lèvres, les yeux perdus dans la fumée des gaz d'échappement, les oreilles agressées par le sinistre ballet des camions qui entraient et sortaient de la ville.

Alger me manquait déjà.

Après un trajet d'une demi-heure, le bus est parvenu aux abords d'un monument hideux et noirci par le carbone, une porte de la ville, la porte d'Aix qui ouvrait sur… le quartier arabe ! Ils avaient donc aussi leur Casbah, le charme de l'Orient en moins.

Terminus cours Belsunce, point de départ et d'arrivée d'une multitude de bus de la RATVM. Des immeubles hauts et laids s'élevaient alentour. J'ai demandé la direction de l'Opéra. J'avais l'intention de repérer les lieux avant de faire appel à mes collègues. J'ai découvert la fameuse Canebière et son Vieux Port. Un Marseillais m'avait dit que la Canebière était les Champs-Elysées de sa ville. J'ai pu ainsi mesurer leur goût pour l'exagération.

Le quartier de l'Opéra était effectivement un lieu interlope. Des bars de nuit, de petits hôtels de passe et des putes décoraient les rues avoisinant le bâtiment de l'Opéra à l'architecture du XIXe, chargé de dorures, d'un fronton néoclassique et de colonnades. Je supposais que les prostituées s'étaient installées là plus pour la proximité du port que par goût de l'art lyrique. Je n'ai pas croisé ma B. B. algéroise. La chance n'était pas au rendez-vous.

Bien que le tourisme ne fût pas ma principale préoccupation, il m'a fallu parcourir toute une rive du Vieux Port pour parvenir à l'Evêché, le centre de police judiciaire marseillais qui se nommait ainsi à cause du bâtiment éponyme, une "cathédrale" de style mauresque, d'une infinie laideur.

On m'a reçu froidement. Collègue peut-être, mais étranger. On m'a signifié que je n'avais pas d'ordre de mission, que mes services ne les avaient pas informés de mon arrivée et qu'on avait fort à faire avec mes copains de l'OAS. Apparemment, ils ne semblaient pas plus efficaces que nos barbouzes. Ces enfoirés n'ont pas voulu me donner l'adresse de Gisèle Guérini. La prostitution marseillaise était l'affaire des autochtones et même si elle était impliquée dans un double meurtre, ils se chargeraient de l'interroger en temps voulu sous réserve que la PJ d'Alger le leur demandât officiellement.

Je m'attendais à ce qu'ils m'intiment de quitter la ville avant l'aube, façon shérifs de western ! J'étais furieux ! J'avais fait le voyage pour rien ! Je n'allais pas me lancer dans une recherche en aveugle alors que je ne connaissais ni la ville, ni son milieu. En une demi-heure, ces gens, dont l'accent chantant laissait croire à la convivialité, avaient foutu en l'air mes illusions.

Tandis que j'allumais une maïs pour me calmer, un jeune type, au nez aquilin et aux sourcils épais, m'a abordé :

"Alors collègue, pas terrible l'accueil, hein ?

— Comme tu dis, «collègue».

— Faut pas leur en vouloir. On est tous à cran avec vos histoires. Pour le reste, je m'appelle Khoupiguian. Je suis arménien et mes parents, en leur temps, ont connu ça. Cette ville est la plus cosmopolite de France et ça, depuis la nuit des temps. La

212

plus raciste aussi. Y a pas, ici, un Français de souche : Corses, Italiens, Espagnols, Portugais, Turcs, Grecs, Arméniens, Africains et Arabes. Et, à présent, des pieds-noirs. Chaque nouvelle communauté qui débarque est rejetée et puis, en une ou deux générations, elle s'intègre et rejette la suivante en chœur avec les autres. Je t'offre un verre et je vois si je peux t'aider en douce ?"

J'ai accepté, soulagé que l'humain ait cours sur cette terre d'exil.

Il était inspecteur depuis peu et enquêtait sur une série de braquages attribués à l'OAS. Je lui ai exposé brièvement les raisons de ma présence. Il m'a cru à moitié, mais n'a pas demandé d'explications. Il a appelé du zinc un type des mœurs et m'a obtenu aussitôt l'adresse de Gisèle Guérini.

"Tu as du bol, elle habite dans le Panier. C'est à deux minutes d'ici. Je t'accompagne sinon tu vas te paumer, et puis c'est un quartier mal famé. Une bonne partie du milieu local a poussé dans ces ruelles."

Je l'ai suivi en confiance. J'avais un guide idéal. Gisèle habitait dans la montée des Accoules. Le Panier était la vraie vieille ville de Marseille, coincée entre le port et le centre haussmannien. Une autre Basseta ou plutôt Naples, telle que je l'avais imaginée à travers les films italiens. Des ruelles en tous sens, une population pauvre, des linges pendus aux fenêtres, des gosses crasseux dans les rues, des petites frappes qui traînent, des cris, des égouts à ciel ouvert. Une communauté populaire. Mon collègue, fiché dans les archives des voyous, était observé avec méfiance par les quelques hommes stationnés dans les ruelles. Si un flic traînait dans le coin, ils devaient se montrer prudents dans les propos comme dans les actes.

"Ne te fie pas à l'ambiance bon enfant. Il doit bien traîner des voyous venus rendre visite à leur mère. Le milieu marseillais a une particularité : quelques caïds ont participé activement à la résistance. Après la dernière guerre, ils en ont touché les dividendes. Avec le maire, ils ont établi des règles du jeu : tolérance des autorités pour les activités illégales, type contrebande et prostitution, et, en retour, engagement à ne pas troubler l'ordre public. La guerre d'Algérie est venue foutre la merde dans le ménage. Meurtres, braquages, explosions. Le bel équilibre a été complètement anéanti par les activités du FLN et de l'OAS."

On a trouvé le domicile de Gisèle, mais personne n'a répondu aux coups frappés à la porte.

Une énorme voisine a ouvert la sienne :

"Vous avez fini de nous casser la tête, y a *dégun** !

— Inspecteur Khoupiguian, je cherche Gisèle Guérini.

— Elle est pas là, *gari***. Elle est allée au coiffeur pour son travail.

— Elle travaille ?

---

* *Dégun* : "personne".
** *Gari* : "mec", "mon gars".

— Bien sûr ! Comme hôtesse. Les hôtesses, ça doit être impeccable.

— C'est ça ! Dans quel bar ?

— Ah, je sais pas, monsieur l'inspecteur… Elle a des ennuis ?

— Non, seulement un tueur à sa recherche.

— *Boudi** *!* La pôvre ! Allez voir, ce soir, du côté des Flots-Bleus. Dites pas que c'est moi qui ai dit, hein ! Je veux pas qu'elle m'*escagasse*** !"

Des pas ont résonné dans l'escalier et fait fuir la voisine dans son repaire. La trouille du flagrant délit de collaboration avec la police.

"Les Flots-Bleus n'ouvrent que vers 21 heures, m'a précisé Khoupiguian. Elle doit y être entraîneuse, plus les à-côtés. En attendant, fais un peu de tourisme. Si tu veux, on poursuivra la visite guidée plus tard. Je retourne au boulot. Retrouvons-nous au bar *Le Cintra* sur le Vieux Port vers 19 heures 30, je t'invite à dîner."

Je l'ai remercié et j'ai visité. En parfait touriste. Les rues du centre-ville, Rome, Saint-Ferréol, Paradis, Breteuil. Ça ressemblait à Alger. Les morts en moins. Le vent en plus. L'absence d'arbres m'avait frappé. Quasiment pas de jardin dans cette cité, hormis celui du palais Longchamp, près des Cinq-Avenues. Encore un terme grandiloquent pour nommer

---

* *Boudi* : "Mon Dieu !"
** *M'escagasse* : "S'en prenne à moi".

un bâtiment rococo avec Neptune de pierre, naïades, dauphins et lions crachant de l'eau en cascade. Dans les rues, la vulgarité était la même des deux côtés de la Méditerranée, seul l'accent différait. J'ai pris la mesure de la beauté et de l'élégance d'Irène. Elle avait "la classe", comme disaient les Algérois.

Je n'avais pas le courage de remonter à Saint-Gabriel avant mon rendez-vous avec Khoupiguian. J'ai appelé d'une cabine Mme Choukroun pour m'excuser. Puis, j'ai tenté de joindre Mme Isabella, en vain. Assailli par l'angoisse et la culpabilité, je me suis réfugié dans un cinéma de la Canebière. Le Cinéac passait des vieux films à tarif réduit. J'y ai revu *Le crime était presque parfait** avec Grace Kelly. Une histoire comme je les aimais. Simple et efficace. Presque une pièce de théâtre. Pas d'arme, pas de truand. Une paire de ciseaux, un bas, comme accessoires meurtriers. Des mobiles simples, l'argent, la jalousie. Un assassin confondu, le mari. Une fiction. La réalité faisait moins rêver…

J'ai abandonné, avec regret, la beauté sans pareille de Grace pour courir après ma B. B. de pacotille, Gisèle et ses cheveux décolorés.

Khoupiguian m'attendait devant un pastis au zinc du Cintra. J'ai commandé une anisette, mais

---

* *Le crime était presque parfait* : film policier d'Alfred Hitchcock (1954).

il n'avait pas notre boisson en stock. Je me suis résigné à l'alcool local, d'un jaune faux cul.

"Alors, tes impressions sur notre ville ?"

J'ai préféré mentir :

"Ville intéressante, vivante. Ça ressemble un peu à Alger. En plus calme.

— Plus calme. Tu parles ! On a eu deux hold-up de banques !

— L'OAS a besoin d'argent…

— Va savoir ! L'OAS ou des petits malins qui se cachent derrière…"

Au fond, les flics marseillais avaient le même problème que moi. A la différence qu'on ne les dissuadait pas de trouver les coupables.

"Vous avez une piste ?

— Pas vraiment ! Nos indics sont largués. Les braqueurs viennent d'ailleurs. Leur mode opératoire ressemble plus à des manières de commando que de truands. Ils sont calmes, efficaces, organisés et disciplinés. C'est pas très marseillais, ça.

— Des militaires. On connaît bien ça.

— Bon, on va se taper une pizza comme tu n'en as jamais mangé."

On s'est retrouvés dans un petit restau de la rue Sainte dont les murs étaient tapissés de photos signées de célébrités locales ou nationales. En dehors de Fernandel et de Tino Rossi, je n'en connaissais aucune.

J'ai avalé une pizza aux figatellis, une saucisse délicieuse mais indigeste. La pâte très fine avait été cuite au feu de bois. Le vin italien ne valait pas nos crus.

Khoupiguian était de bonne compagnie. Doux et plutôt secret. Il m'a questionné sur mes projets professionnels. J'ai éludé plus par ignorance que par réticence. J'ai tenté de l'entraîner sur le terrain cinématographique. Il a avoué son inculture en la matière. Par contre, il s'intéressait à la poésie ! Cet Arménien s'avérait surprenant. Lucrèce et Rimbaud étaient ses auteurs préférés ! Nous aurions passé la soirée à échanger sur les poètes si l'heure avancée ne m'avait rappelé à l'ordre de mon enquête.

Nous avons filé à travers les petites rues du centre vers les Flots-Bleus, rue Grignan.

C'était un claque caricatural. Lumière tamisée, salle déserte à cette heure. Deux filles accoudées au zinc, habillées comme des putes, ce qu'elles étaient. Un bar à matelots tel qu'il était décrit dans *Hans le marin**.

Mais pas de Gisèle Guérini.

Le tenancier a immédiatement identifié mon collègue et s'est montré obséquieux. Il m'observait avec curiosité comme s'il me photographiait du regard pour imprimer mon visage dans ses archives "poulaga". Brigitte allait, disait-il, arriver. Nouvelle dans le coin, elle avait son petit succès. L'attrait de la viande fraîche.

Le patron nous a offert deux coupes d'un mauvais mousseux. Vingt minutes plus tard, elle est arrivée et, dès qu'elle m'a vu, a voulu rebrousser chemin.

* *Hans le marin* : roman d'Edouard Peisson.

Khoupiguian a bondi et l'a saisie par le bras pour l'inviter à une table. Elle n'en menait pas large, comme si elle savait précisément pourquoi j'étais là. Au début, j'ai cru qu'il y avait malentendu :

"J'y suis pour rien, moi, dans la mort de Rolland ! C'est mon mac qui a fait le coup. Je l'ai dit à vos collègues. Je l'aimais bien, Rolland.

— Je me fous de Rolland. Je suis là pour que tu me parles de Spangenberg.

— Qui ?

— Le légionnaire qui cherche ses mots et que tu as contacté par Ernestine.

— Celui-là ! Je le connaissais à peine.

— Suffisamment pour l'embaucher…

— Mais de quoi vous parlez ! Je l'aurais embauché pour faire quoi ?

— Pour tuer.

— Vous êtes complètement fada !

— Deux victimes dont la fille d'un notable algérois, ça n'est pas rien…

— On va être obligés de t'embarquer pour continuer l'interrogatoire", est intervenu Khoupiguian.

J'ai sorti mon joker, la photo du couple.

"C'est pour les assassiner que tu as payé le légionnaire ?"

Le résultat a été spectaculaire : le fond de teint s'est liquéfié sous l'effet de la sueur qui a inondé son visage décomposé par la trouille.

"Je savais pas ! Je savais rien ! C'est l'autre qui m'a donné une pellicule à développer.

— Qui ça l'autre ? Thévenot ?

— Je connais pas son nom.

— Mais si. Un vieil habitué du Sphinx. Il est sur un fauteuil roulant, à présent…

— Pas du tout. Il a quarante ans, quarante-cinq à tout casser."

Khoupiguian m'a lancé un regard interrogateur. Déstabilisé par cette information, j'ai repris comme j'ai pu.

"Donc un type que tu ne connais pas te demande d'embaucher un tueur. Comme tu es une brave fille et qu'il ne faut pas contrarier le client, tu lui rends service. C'est ça, ta version ?"

A Khoupiguian, j'ai annoncé, façon poker :

"Tu as raison, on l'embarque…

— Attendez, c'est pas ce que j'ai dit. Le gars est un habitué. Un faux derche. Tout mielleux, par-devant, mais un vrai serpent par-derrière ! Il avait toujours les filles à l'œil pendant le temps qu'il voulait. En échange, quand la patronne l'appelait à la rescousse à chaque fois qu'il y avait une embrouille, il négociait les arrangements entre les deux parties et il touchait au passage. Un jour, il est monté avec moi et m'a demandé de faire développer discrètement une pellicule. J'ai accepté pour pas avoir d'emmerdes avec la patronne.

— Aoufe* ?

— Non, quand même pas. C'était pas dangereux, il m'a refilé quelques billets…

— La suite !

* Aoufe : de l'espagnol *ufo*, "gratuit", "pour rien".

— Je lui ai remis les photos. C'est tout.

— Tu me fatigues, Gisèle ! a dit Khoupiguian en sortant ses bracelets.

— Ça va ! Ça va ! Il est revenu avec un des clichés, celui que vous avez, et deux enveloppes, une petite pour moi et une grosse. La grosse et la photo, je devais les remettre au légionnaire.

— Sans consignes ? j'ai repris.

— Il m'a dit que le gars comprendrait. Il fallait seulement lui préciser qu'il ne devait s'occuper que de l'homme. Pas de la fille.

— C'est ce que tu lui as dis ?

— Ben, oui.

— Pourquoi a-t-il tué les deux, alors ?

— Aucune idée. Moi, je croyais que c'était une histoire de mari cocu qui voulait qu'on file une rouste à l'amant de sa femme.

— Tu ignorais que c'était un tueur ? Tu crois qu'on va gober ça ?

— Je vous jure que j'en savais rien !

— Rolland était au courant ?

— Je lui ai rien dit. Je mélange pas le travail et les sentiments.

— C'est lui qui avait pris ces photos pour Thévenot…

— Possible. Je connaissais pas son client.

— Pourtant, quand nous sommes venus le voir, rue Berthelot, vous étiez dans un de ses appartements…

— Moi, je pensais que j'étais chez Rolland.

— Il connaissait ton commanditaire ?

— Il l'avait vu au Sphinx, sans plus.

— Bon ! Ce type, décris-le-moi.

— Un type banal, brun, la quarantaine, les traits mous, ni gros, ni mince, ni grand, ni petit.

— Le portrait-robot du siècle ! Essaye de te souvenir, *mierda* ! Pas de cicatrice, des lunettes, des boutons, une verrue, des bijoux…

— Non, rien qui me vienne… Ah si ! Il devait avoir une allergie. Quand y avait du lilas au Sphinx, il éternuait dix à quinze fois. Il pouvait plus s'arrêter. Nous, on trouvait ça marrant parce que… Non, rien.

— Vas-y ! Déballe !

— Simplement, des fois, il voulait troncher deux filles pour frimer, mais il était plutôt du genre brève rencontre.

— Explique.

— Ben, il giclait plus vite que son ombre. Les filles disaient en rigolant que son vier éternuait dans leur pachole tellement ça allait vite.

— Un éjaculateur précoce, j'ai traduit la périphrase, en songeant que substituer «vier» à «zeb», «pachole» à «figue» et «troncher» à «niquer» était sa façon de se retrouver chez elle.

— Si vous le dites. Il était capable de troncher comme il éternuait. Deux ou trois fois en une heure et à chaque fois dix secondes. Vingt minutes de papouilles pour qu'il trique et pffttt !! Terminé ! Impossible de compter sur lui pour cuire un œuf à la coque…

— En dehors du Sphinx, il avait pas un boulot, ce mec ?

— Je sais pas, peut-être…

— Lequel ?

— ... Les filles disaient qu'il était flic..."

Je suis resté sans voix.

Khoupiguian a demandé :

"Dans quel service ?

— Aucune idée. En tout cas, pas aux mœurs, on l'aurait su... Peut-être que Louise le sait.

— Qui ça ?

— Louise, la patronne du Sphinx.

— Rolland n'est intervenu à aucun moment dans cette histoire ?

— Après avoir terminé le boulot pour son client, il n'avait qu'une envie, se tirer d'Alger avec moi. Malheureusement, mon mac... Enfin, vous connaissez la suite.

— Tu es sûre que c'est ton mac qui l'a planté ?

— Il a juré aux flics qu'il y était pour rien mais qui d'autre avait intérêt à éliminer le gars qui voulait me sortir du métier ?

— Je ne sais pas."

J'avais ma petite idée, mais je ne trouvais pas judicieux de la partager avec elle.

Deux types à l'allure de dentiste en congrès sont entrés et se sont installés au bar.

"Bon, c'est pas tout, mais si je fais tapisserie, le patron va pas aimer.

— C'est bon, tu peux rejoindre tes clients", a dit Khoupiguian après m'avoir consulté du regard.

On a quitté les Flots-Bleus, tels deux vieux complices. Il avait été précieux et actif sur ce coup-là.

En chemin, il m'a dit :

"Je n'ai pas tout compris, mais il semble que tu aies un flic pourri mêlé à cette affaire…

— Oui, allergique au lilas. Tu parles d'une info. Je ne vais pas interroger tous les flics d'Alger pour savoir s'ils ont une allergie au lilas !"

Khoupiguian m'a invité à me rincer la bouche du mauvais mousseux à l'Unic, un bar de la rue Breteuil, ouvert toute la nuit, quartier général des quotidiens régionaux, *La Marseillaise*, communiste, *Le Provençal*, socialiste, appartenant au maire, *Le Méridional*, de droite. Typographes, journalistes et correcteurs de tout bord buvaient ou mangeaient. Tous commentaient les hold-up du jour. Devant un gin-fizz, j'ai parcouru les journaux du lendemain.

A la une du *Provençal* du mercredi 28 février, pas un mot sur l'Algérie, par contre, en caractères gras :

FAUX CHEMINOTS MAIS VRAIS GANGSTERS,
ILS S'EMPARENT DE 22 MILLIONS (AF)

DEUX ALPINISTES LYONNAIS RETROUVÉS MORTS
SUR LA PAROI DU MONT AIGUILLE

GLENN PARLANT DES FUTURS VOLS SPATIAUX

VIÊT-NAM : BOMBE SUR LE PALAIS
DU PRÉSIDENT DIEM

"Ça chauffe pour nous, un gros hold-up, a commenté Khoupiguian en tournant les pages intérieures, et un autre, plus petit mais qui te concerne." Il m'a désigné un article sur un hold-up de la compagnie algérienne.

"Un drôle de truc, les journaux ! En première page, une bombe au Viêt-nam ! S'il y avait un article, à chaque explosion en Algérie, vos journaux n'y suffiraient pas…

— Ouais. Probable. Ici, les gens en ont soupé, des colonies. A Marseille, ça va être un chassé-croisé entre pieds-noirs et Arabes.

— Peut-être. Peut-être pas. Les Arabes de Métropole vont attendre de voir comment les choses évoluent. Les passations de pouvoir se font toujours dans le trouble, la confusion et les luttes internes. Les types du FLN et du GPRA sont loin d'être d'accord entre eux. Il est plus facile d'être contre que d'être pour…

— Je comprends pas…

— Ils sont tous contre la présence française, mais n'ont pas tous le même projet pour leur pays. Comme en Espagne…

— Tu as d'autres personnes à interroger, par ici ?

— Non.

— Qu'est-ce que tu as prévu pour la suite ?

— D'abord, me coucher, et demain, retourner chez moi.

— Tu sais où dormir ?

— Oui. Mais ça me gêne de rentrer si tard. Je vais aller à l'hôtel.

— Non, viens chez moi. C'est pas le luxe, je suis célibataire, mais si ça peut te dépanner…"

J'ai accepté avec soulagement.

Il habitait un petit deux-pièces dans le quartier de La Plaine.

Dans un coin du salon, était encadrée une série de photos de famille jaunies représentant ses aïeux en Turquie. Rien dans leur apparence ne les distinguait des Turcs, hormis le culte orthodoxe et ses accessoires. Ici, un pope en arrière-plan, lors d'un baptême, là une église ou une croix au cou d'une femme. Mon collègue m'a longuement parlé du génocide arménien, du massacre d'une partie de ses ancêtres, de la fuite de ses grands-parents et de ses parents à travers l'Europe du Sud. L'exode et les morts d'épuisement en chemin. Surtout les vieux et les enfants. J'avais lu quelque part qu'à la fin de la Seconde Guerre mondiale, les victimes avaient continué de s'additionner car, à la libération des camps nazis, les Alliés ne savaient pas quoi faire de tous ces gens. Les déportés les plus mal en point étaient morts sur place, les plus faibles, mais récupérables, avaient été soignés dans des hôpitaux de campagne, les plus valides, lâchés sur les routes. Un exode de centaines de milliers de personnes en tous sens, un déplacement considérable de population.

Des juifs qui avaient choisi de retourner en Pologne avec l'espoir de retrouver leurs maisons, leurs boutiques avaient été lapidés par les Polonais qui s'étaient approprié leurs biens…

En Algérie, le jour où les Français partiraient, il y aurait une sacrée foire d'empoigne entre les Arabes pour occuper les lieux abandonnés.

J'ai tenté de dormir sur le canapé du salon. En vain. Hanté par la généalogie de mon hôte, jaloux aussi. Il avait une histoire, moi, je n'en avais que des bribes. A l'aube, la somnolence m'a gagné, mais le bruit des maraîchers installant leurs étals sur la place Jean-Jaurès toute proche a achevé l'ébauche de mon sommeil.

Je me suis levé, j'ai ouvert la fenêtre et fumé une maïs en essayant de m'imaginer avec Irène et ma grand-mère dans cette ville. Je ne débordais pas vraiment d'enthousiasme. Avais-je encore le goût de mon métier pour m'intégrer à une nouvelle équipe dont l'hostilité était prévisible ? Pas sûr. Passer du nord de l'Afrique au sud de l'Europe, de l'accent pataouète à celui de Marseille, d'une ancienne colonie à la mère patrie, d'une terre d'exil à une autre, d'une police pervertie par l'OAS à une autre, en compromission avec son milieu, était-ce bien raisonnable ? Est-ce qu'une autre ville, un autre pays me tentaient ? Pas vraiment. Irène avait raison, je redoutais le changement comme la peste. Brune, bleue, blanche ou rouge. A trente ans, je me sentais déjà cynique. Orphelin trop tôt, exilé trop tôt. Flic trop tard. En tout cas, ni au bon moment ni au bon endroit. L'enquête que je poursuivais était l'arbre de l'enthousiasme qui cachait mal la forêt de la mélancolie et de la dérision.

J'ai griffonné quelques lignes de remerciement à Khoupiguian qui dormait comme un bébé et j'ai quitté les lieux.

A 6 heures du matin, excepté le marché qui terminait sa mise en place, Marseille était déserte. Je me suis arrêté dans un bar près de l'église des Réformés, où j'ai bu deux cafés. Puis je me suis laissé glisser le long de la Canebière jusqu'au cours Belsunce. J'ai acheté cinq tickets et pris le 89 pour saluer Mme Choukroun avant de quitter la ville.

Mon vol était à 13 heures, donc j'allais consacrer le reste de mon temps à l'écouter. Une manière de faire taire ma culpabilité.

6

DÉTRESSES

Quarante-huit heures d'absence et l'impression d'une autre ville, plus tendue, plus violente. Une ambiance électrique à Maison-Blanche. Dans le hall de l'aérogare, une grande détresse se lisait sur les visages des passagers qui embarquaient, un malaise palpable, sur ceux qui, comme moi, débarquaient. Peu, en vérité. La Caravelle du retour était à moitié vide. Les uns se séparaient dans le déchirement, les autres arrivaient sans personne pour leur souhaiter la bienvenue. Et toujours des soldats pour fouiller, chercher, doigt sur la détente de leur fusil-mitrailleur, l'individu louche, le paquet suspect.

Le chauffeur de taxi m'a appris que depuis le meurtre de Jésus par le FLN, l'OAS tuait tout Arabe qui s'aventurait dans le quartier. L'armée n'osait plus intervenir depuis que Salan s'était lancé dans une guerre totale.

Débarqué aux Trois-Horloges, je me suis engagé dans les rues de la Basseta, étrangement calmes. Un pressentiment déplaisant m'a envahi, amplifié par le drap noir tendu devant la porte de notre petit immeuble. Si ma grand-mère était morte pendant mon absence, pourquoi Mme Isabella ne m'avait-elle pas appelé chez Mme Choukroun ?

Les initiales blanches qui se détachaient sur le drap m'ont donné la réponse. Le mari de la concierge. Quelle maladie l'avait donc emporté si brutalement ? La loge était vide. Un voisin m'a confirmé le décès. Il était un des quatre facteurs assassinés par l'OAS ! Pour trahison ! Comment un facteur pouvait-il être traître à sa patrie ? Il aurait été gaulliste ! Je savais qu'il était d'origine corse, que son père avait été résistant mais jamais il n'avait milité pour le mouvement gaulliste à ma connaissance. Ce pays devenait fou ! Les obsèques étaient en cours au cimetière Saint-Eugène. Alors qu'il était connu et apprécié aussi bien comme facteur que comme coiffeur par tout le quartier, la plupart des voisins avait renoncé à assister aux obsèques par peur des représailles. Ma première réaction a été de foncer au cimetière par pure loyauté, ma seconde, de me précipiter chez moi. Dans quel état allais-je trouver ma grand-mère ?

L'estomac noué, j'ai poussé la porte. Les odeurs de pisse et de merde empestaient les lieux. Elle gisait au pied du lit, baignant dans ses excréments, les yeux ouverts et vitreux, de la bave aux commissures des lèvres. Vivante.

Une fois de plus, je l'ai lavée, changée, rassurée, nourrie. Le pire était qu'elle souriait. Un sourire venu de l'enfance, de nouveau-né, heureux des soins maternels. Et tel un nourrisson, elle s'est endormie dans mes bras, bercée par la mélodie que je lui ai chantonnée.

Je suis resté un long moment à réfléchir dans la pénombre. Le monde devenait de plus en plus absurde et la culpabilité de plus en plus lourde à porter. J'avais abandonné les miens, ma grand-mère, Irène pour courir après une petite pute marseillaise sans tenir compte d'une réalité dont la violence se développait de façon exponentielle.

Dans ce jeu de la mort et du hasard, je me suis donné quinze jours, trois semaines au maximum pour boucler mon enquête, ensuite je quitterai la place pour d'autres horizons avant qu'il ne soit trop tard. J'ignorais, à cet instant, que ce délai me serait fatal. Mais, comme disait l'autre, la vie est un film dont on ne connaît pas le dénouement. Je voulais me faire croire que j'avais encore la maîtrise de la mienne alors que la mort avait pris possession de l'espace et du temps, qu'elle seule était en mesure de décider de la fin de partie. Une partie dont je n'étais qu'une pièce dérisoire, un pion ballotté au gré de la fantaisie meurtrière des protagonistes. Un acteur qui pensait avoir le rôle-titre alors qu'il n'était qu'un pâle figurant. Ma bêtise, masquée d'arrogance, m'a encouragé à faire le point.

Rolland avait remis, sans la développer, une pellicule au père Thévenot. Ce dernier ne voulait pas que traînent des négatifs de cette filature.

Il connaissait, pour l'avoir fréquenté, le flic employé par la tenancière du Sphinx et lui a demandé de développer le rouleau. Le flic a passé la main à Brigitte.

Une fois en possession des photos, Thévenot avait un problème. Sur aucune d'elles, on ne voyait Mouloud Abbas seul.

Il a pris le risque fatal de lancer un contrat sur le garçon en remettant au flic un cliché du couple.

Une fois de plus, ce dernier a fait appel à Brigitte comme intermédiaire. Avait-elle mal transmis le message ?

Sinon, pourquoi le légionnaire avait-il assassiné aussi la fille Thévenot ?

Le flic véreux, habitué du bordel et allergique au lilas, avait-il été un complice actif ?

Et si oui, pourquoi n'était-il pas intervenu pour empêcher le meurtre d'Estelle ?

Etait-ce lui qui avait égorgé Rolland ? Pour quelles raisons ?

A ne pas vouloir se salir les mains, le père n'avait-il pas payé de la vie de sa fille ?

Malheureusement, je n'avais aucune preuve de tout cela. Harceler le vieux Thévenot ne m'apporterait que de nouveaux ennuis avec le commissaire.

En attendant de retrouver ce collègue, seul le légionnaire pourrait m'éclairer à condition que mon copain George ait amélioré la mémoire de son patient. Pour mettre toutes les chances de mon côté, il me fallait interroger à nouveau Louise, la tenancière du Sphinx et convaincre Ernestine, la pute préférée du légionnaire, de m'accompagner à l'hôpital.

Pour l'instant, j'avais renoncé à retrouver le fils Thévenot, et donc à l'enquête sur la mort de Choukroun. Quant au poseur de bombe du Casino, seule une information barbouze aurait pu me renseigner, mais je n'avais eu aucune nouvelle de Rocher-Noir.

Tel un pervers manipulateur, j'ai acheté une gerbe de fleurs, non pour les obsèques du facteur mais pour les faire livrer à Irène. J'y ai joint un petit billet dans lequel je lui demandais de m'excuser pour ma "disparition" et de bien vouloir veiller sur ma grand-mère quelques heures, ce soir. Je lui laissais les clefs sous le paillasson, et lui promettais de la retrouver au plus vite.

Sans attendre sa réponse, j'ai foncé au Sphinx où j'ai découvert le bordel en révolution. Mme Louise avait été assassinée pendant mon séjour à Marseille. Egorgée dans une rue à quelques pâtés de maisons de son lieu d'exercice.

*

Quand le fleuriste est entré dans la boutique, un bouquet de vingt roses rouges aux bras, mon cœur s'est mis à battre plus vite. Comme au premier jour. Le même bouquet que le premier envoyé par Paco, six ans plus tôt. Les doigts tremblants, je me suis emparée de l'enveloppe. La boucle était-elle bouclée ? L'histoire se terminait-elle comme elle avait commencé ou était-ce un second souffle amoureux ? Rien de tout cela ! Une manœuvre ! La pauvre manœuvre d'un petit-fils dépassé par les événements. J'ai déchiré le mot de Paco avec rage.

"Mauvaise nouvelle ?" a demandé le fleuriste, l'air gêné. Il avait cru à l'annonce d'une rupture. Je l'ai congédié, sans pourboire, ni explication.

Paco me prenait vraiment pour une conne ! Pas de nouvelles pendant des jours et il pensait que des fleurs suffiraient non seulement à le faire pardonner mais aussi à me convaincre de jouer les gardes-malades !

Sa grand-mère, cinq ans plus tôt, n'avait pas jugé utile de me rendre visite à l'hôpital ou de m'écrire le moindre message de soutien. Elle avait espéré en secret ma disparition de leurs vies. Paco, pour elle, méritait mieux qu'une invalide ! Pour moi aussi. D'ailleurs, j'avais tout mis en œuvre pour qu'il me quitte. Je ne voulais ni de sa compassion, ni de sa culpabilité. Durant le premier mois de ma convalescence, j'ai refusé de le voir, de répondre à ses coups de fil ou à ses lettres. Je sais être d'un orgueil hors du commun et d'une dissuasion sans pareille. Jadis, pour me séduire, il fallait aux hommes développer des trésors d'originalité et de malice.

Après mon amputation, j'étais prête à défier quiconque de me trouver encore séduisante. Au kiné qui a osé parler de ma beauté malgré…, j'ai asséné une longue tirade, à la Cyrano, sur les perspectives que m'ouvrait mon nouvel état d'unijambiste : des économies de chaussures, de pantoufles, de bas, de rouge à ongles et d'épilation, sauter à cloche-pied, ne plus courir jambes à mon cou, ne plus avoir à me demander sur quel pied danser, prendre moins de place dans un lit, ne plus avoir à faire du pied sous la table à un amant, etc. Jusqu'à ce qu'il fuie, effrayé par la férocité que je pouvais développer contre moi-même.

Mais Paco était un garçon tenace. Il s'était contenté de me répéter inlassablement *"I miss you"*.

Après avoir vu ensemble je ne sais plus quel mélodrame américain, il m'avait démontré que la langue anglaise savait mieux exprimer le manque que la langue française :

"«Tu me manques» n'est pas une expression très heureuse, disait-il, parce qu'il fait de l'autre le moteur de ce manque, alors que *«I miss you»*, littéralement, «Je suis en manque de toi», est une formulation plus appropriée…"

Ce jour-là, j'ai appris qu'il avait eu, dans une autre vie, l'ambition d'enseigner la littérature.

J'ai reçu cinquante bristols avec ces trois mots, dans les langues et dialectes du monde entier. Je l'imaginais, à la bibliothèque, compulsant les dictionnaires les plus improbables pour me surprendre avec ces trois mots "manque, toi, moi". Je n'ai jamais vérifié, mais je suis convaincue que, dans le tas, il devait y avoir des expressions inventées de toutes pièces. J'ai fini par admettre que si ma jambe me manquait, lui aussi.

J'ai mis les roses dans un vase et ma colère à la poubelle. Je ne lui manquais plus, mais il avait besoin de moi. Et puis j'avais une curiosité malsaine : je voulais voir ce qu'était devenue cette femme qui m'avait toujours détestée.

J'ai trouvé la concierge effondrée par la mort de son mari mais encore assez lucide pour me donner quelques conseils à propos de sa voisine :

"Ne la contrariez pas et ne soyez pas agacée si elle pose toujours les mêmes questions. Interrogez-la sur l'Espagne, elle en parle comme si c'était hier."

Quand je suis entrée dans l'appartement, Mme Martinez était couchée, les cheveux défaits. Je ne l'avais jamais vue sans son chignon et sa blouse noire. Elle n'avait plus cet air revêche que je lui connaissais, plutôt la mine égarée.

Me voir a eu l'effet d'un starter sur le moteur de sa conscience. J'ai cru que sa haine pour moi l'avait réveillée de sa torpeur. Elle m'a observée d'un œil perplexe et m'a demandé d'une voix douce :

"Tu es venue reprendre Paco ?

— Non, juste passer un moment, j'ai répondu, croyant qu'elle voulait m'entraîner, comme à l'habitude, sur le terrain de la rivalité.

— Tu lui as manqué, Maria-Luisa. Tellement… Je l'ai aimé comme j'ai pu, mais une grand-mère, c'est pas une mère. Personne peut remplacer une mère…"

Elle me prenait pour la mère de Paco ! Malgré mon trouble, j'ai joué son jeu, comme me l'avait conseillé la concierge.

"Grâce à vous, il est devenu un homme bien…

— *Que lastima de me* !* Un homme qui a pas eu de parents reste toujours un enfant… Surtout s'il a grandi dans le mensonge…

* *Que lastima de me* : "Pauvre de moi."

236

— Quel mensonge… ?

— Tu sais bien, Maria-Luisa… Mon fils était pas un saint… Il t'a abandonnée et t'a volé ton enfant alors qu'il t'avait trahie…

— Il m'a trahie ?"

Elle s'est mise à pleurnicher. Je ne comprenais rien, mais je savais que ce qu'elle racontait était important. Je lui ai pris la main en signe de consolation.

"Cette *puta*, il l'a suivie dans la guerre et dans la mort. Je la maudis. A cause d'elle, la famille a été brisée et le petit Paco a perdu père et mère. *Pobrecito* !*

— Comment s'appelait-elle ?

— La puta ? Irena."

Tout mon corps a vibré d'un frisson d'angoisse. Parlait-elle de moi ? D'une autre ? La maîtresse du père de Paco ? Ou baignait-elle dans une confusion totale ?

"Parlez-moi d'Irena. Etait-elle belle ?

— La beauté du diable ! *Sin verguenza** !* Une sauvage qui pensait qu'à la révolution. Elle s'en fichait de perdre la vie pour la révolution. Elle a ensorcelé mon fils. C'était un bon instituteur. Trop gentil peut-être et surtout influençable.

— Comment l'a-t-il rencontrée ?

— Dans une réunion anarchiste. Tu as prié pour qu'il te revienne, tellement prié. Mais Dieu ne t'a pas écoutée. Il a voulu les punir et nous

---

* *Pobrecito* : "pauvre petit".

** *Sin verguenza* : "sans honte".

avec… Quand le mari de la sorcière les a tués, **j'ai faillir mourir de chagrin. Je t'ai écrit chez tes parents une lettre pleine de mensonges…**

— Pour quelles raisons ?

— Pour préserver la mémoire de ton époux. Mais c'est à moi que je mentais… Je voulais que Paco, il soit fier de son père, et que tu lui dises pas la vérité si tu le retrouvais…

— Pourquoi avez-vous quitté l'Espagne ?

— Je suis partie avec lui parce qu'il était ma seule raison de vivre… Moi aussi, je t'ai volé ton fils… Aujourd'hui, je veux pas mourir avec ce péché… Maria-Luisa, pardonne-moi ! Jure-moi de ne rien dire à Paco !"

Elle avait le visage baigné de larmes. J'ai pardonné et j'ai juré. Apaisée, elle s'est endormie.

J'ai quitté la chambre et j'ai pris une maïs dans un paquet qui traînait sur le buffet. Je ne me suis pas contentée de l'allumer, je l'ai fumée, les yeux perdus dans les volutes. Ainsi le père de Paco n'était pas mort, liquidé par les communistes mais tué avec sa maîtresse par un mari jaloux !

Paco enquêtait sur la mort des autres sans jamais avoir entamé de recherches sur celle de son père. Et moi, grâce aux confidences de sa grand-mère, je venais de résoudre une enquête vieille de trente ans ! Sans la mener ! A moins que Paco ait toujours su la vérité… J'en doutais. Elle l'avait imprégné d'une légende depuis sa petite enfance et, bien qu'au fil du temps il ait relativisé l'héroïsme de son père, il l'avait toujours reprise à son compte. Pourquoi n'avait-il pas cherché à revoir Maria-Luisa, sa mère ? Par loyauté pour sa grand-mère ? Par peur de la vérité ? Par respect pour la mémoire de son père ?

Une autre surprise, et de taille, m'attendait. Dans l'heure qui a suivi, Paco est revenu. Pour l'accueillir, j'avais concocté, dans ma tête, une de ces phrases assassines à laquelle j'ai dû renoncer.

Une jeune femme, plutôt jolie, l'air adolescent, l'accompagnait. Il ne m'épargnait rien. A cet instant, j'aurais été capable de les trucider comme l'avait fait le mari d'Irena, si Paco n'avait pas su désamorcer ma jalousie :

"Merci d'être venue. C'est Ernestine, elle est en danger de mort. Il faut que nous la protégions. Comment va ma grand-mère ?

— Elle dort.

— Tant mieux.

— Tu peux m'expliquer ?

— Bien sûr."

Et il m'a rapporté ses aventures : le photographe, le bordel, Marseille, l'interrogatoire de Brigitte, l'apparition d'un complice policier, le retour, les meurtres du facteur et de Louise, la mère maquerelle.

"Je suis retourné au Sphinx avec la ferme intention d'obtenir le nom du flic véreux mais, dans les heures qui ont suivi ma première visite, Louise a été assassinée. Ernestine était barricadée dans sa chambre depuis deux jours, persuadée qu'elle allait y passer aussi.

— Pourquoi ?

— Parce qu'elle a surpris la patronne qui télé-
phonait au flic en question pour l'informer de ma
visite. Il lui a donné un rendez-vous. Elle est sortie
aussitôt et elle n'est jamais revenue…

— Tu penses que c'est lui qui l'a égorgée ?

— C'est évident. Il a eu peur qu'elle parle de lui
si je l'interrogeais à nouveau. A juste titre. Ce type a
toujours un train d'avance. A croire qu'il me piste."

Ernestine ne disait rien. Elle avait l'apparence
d'une actrice de film muet, avec son visage d'ange
et sa mine apeurée.

"Comment envisages-tu de protéger ton amie ?

— Ce n'est pas mon amie, c'est un témoin essentiel. Peux-tu l'héberger ?

— Tu ne manques pas de culot ! Tu vas, tu viens
et tu te sers des autres pour s'occuper des tâches
ingrates ! Excusez-moi, mademoiselle, j'ai dit en
m'adressant à la jeune prostituée, mais je ne suis ni
garde-malade, ni nurse, ni policière. Je suis modiste
et, accessoirement, la maîtresse de monsieur."

Paco a rougi.

"Je vais me débrouiller, a dit Ernestine en se diri-
geant vers la porte.

— Non, ne partez pas. Je vais vous héberger",
a proposé Paco en la prenant par l'épaule d'un geste
protecteur.

J'avais le choix entre les laisser en tête à tête ou
accepter la cohabitation. Je n'avais aucune envie
que cette fille reste collée à mon Paco, un accident
amoureux était si vite arrivé. Elle avait moins

240

d'années, un joli petit cul et plus de jambes que moi. Elle avait aussi les moyens et le savoir-faire pour le payer de sa protection en nature. Si en chaque femme sommeillait une pute, en chaque pute devait sommeiller une femme...

"C'est d'accord pour cette nuit, j'ai consenti. Pour la suite, on verra."

J'ai pris ma canne et le bras de Paco, histoire de marquer mon territoire et il nous a accompagnées jusqu'à ma voiture. Ernestine, un bagage sur les genoux, s'est installée à mes côtés.

"Je te téléphone tout à l'heure", m'a dit Paco avant d'aller retrouver sa grand-mère.

En démarrant, je me suis demandé si elle allait lui révéler ce qu'elle m'avait confié peu avant.

Ernestine a été charmante. Elle s'est montrée discrète. Sans mal, car elle était plutôt menue. Pendant qu'elle prenait sa douche, Paco m'a appelée.

"Ça se passe bien ?

— J'ai toujours rêvé de passer une nuit avec une prostituée.

— Non, sans blaguer.

— Ça va. Elle se fait une beauté en prévision des étreintes torrides qui nous attendent...

— Tu m'en veux beaucoup ?

— Encore plus que ça !

— Avant la fin du mois de mars, nous partons.

— Qui ça, nous ?

— Ma grand-mère, toi et moi.

— J'ai du mal à te croire.

— Sur la tombe de mon père...

— Pourquoi, dans ce pays, on jure toujours sur la tombe de son père ou sur la vie de sa mère ?

— Parce que les mères survivent toujours aux pères..."

J'ai failli lui dire qu'il aurait bien besoin d'aller se recueillir sur la tombe du sien. J'ai préféré lui demander :

"Irena, ça te dit quelque chose ?"

Il a ri :

"C'est le pseudonyme que prend ma maîtresse quand elle joue à être ma pute en pratiquant une branlette espagnole*...

A sa réaction, j'ai compris qu'il ne savait vraiment rien des amours paternels. Vraiment une légende, ce père. Un autre.

"Ça t'a choquée, ce que je viens de dire ? il a demandé, soudain inquiet par mon silence.

— Non, je réfléchissais. Je n'aimerais pas que tu m'appelles ainsi même lorsque je suis ta pute. D'ailleurs, je ne le suis jamais : une Orléanaise de bonne famille ne peut être qu'une courtisane et ne pratique qu'une cravate de notaire**.

— Pourquoi cette question alors ?

— Pour rien. Et tes enquêtes ?

— Demain, j'emmène Ernestine à l'hôpital pour la confronter à mon légionnaire en espérant que des bouts de mémoire lui reviennent.

* Branlette espagnole : verge entre les seins.
** Cravate de notaire : *idem*.

— La mémoire peut jouer des tours.

— Qu'est-ce que tu ne me dis pas, Irène ?

— Rien, je suis fatiguée de t'attendre.

— C'est bientôt fini.

— J'en doute.

— Crois-moi, je touche au but."

Et comme pour me donner raison, on a sonné à sa porte.

Il s'est excusé et a posé le combiné. J'ai entendu ce qui se disait : la concierge lui demandait de retrouver l'assassin de son mari.

Il lui a promis de faire tout ce qu'il pourrait...

"Excuse-moi, c'était...

— Inutile, ça n'en finira jamais !" Et j'ai raccroché.

J'ai installé des couvertures sur le sofa pour Ernestine et je lui ai préparé un plateau de charcuterie. Quand elle est sortie de la salle de bain, enveloppée dans son drap d'éponge, les cheveux mouillés, le visage sans fard, on lui aurait donné quinze ans. Elle devait faire rêver plus d'un père incestueux parmi ses clients. Je lui ai souhaité un bon appétit, une bonne nuit et suis allée me coucher.

Alors que je tentais en vain de trouver le sommeil, Ernestine est venue se glisser dans mes draps.

J'ai senti son corps nu se lover contre mon dos et sa main gauche se blottir dans la mienne. L'instant d'après, elle s'est endormie en suçant son pouce. Comme elle, les nuits de cauchemar, il m'était arrivé de me réfugier dans le lit de ma sœur aînée. C'était dans une autre vie, celle de l'enfant que je n'étais plus mais qu'Ernestine semblait encore être malgré une vie de bordel. Je m'étais trompée : en chaque pute sommeillait une petite fille…

7

CLAIR-OBSCUR

Mme Isabella était une femme courageuse et géné-
reuse. Non seulement elle ne songeait pas à fuir nos
contrées après la mort de son mari, mais de plus elle
voulait toujours s'occuper de ma grand-mère.

"Ça m'aidera à penser à autre chose. La vie continue et elle est pas facile pour vous…" elle m'a dit
avec un triste sourire.

Je l'ai embrassée et remerciée. Pourtant je savais que je lui avais menti, la veille, en lui promet-
tant de rechercher les assassins de son mari. Cette
enquête, comme les autres, n'aurait pas lieu. Quand
l'OAS revendiquait un crime, aucun flic ne s'y col-
lait. Mourir sous les balles de cette organisation
était l'exécution d'une sentence.

"Si tu ne sais pas pourquoi tu bats ta femme,
elle le sait", disaient les Arabes.

"Si tu ne sais pas pourquoi un tel a été tué, lui
le sait", affirmait l'OAS. Les victimes étaient toujours coupables et si elles ne l'étaient pas, tant pis.

Je suis allé chercher Ernestine en espérant qu'elle
n'ait pas fui devant l'agressivité d'Irène.

Je les ai trouvées prenant leur petit-déjeuner comme de vieilles camarades. Irène semblait beaucoup s'amuser.

Ernestine portait un chapeau à voilette qu'Irène lui avait offert.

"Il vaut mieux que j'arrête de raconter mes histoires, les messieurs, en général, n'apprécient guère…

— Quelles histoires ?

— Certaines habitudes de ses clients", a ricané Irène.

Ces deux femmes avaient apparemment échangé, en ethnologues, sur les us et coutumes de la clientèle en maison close.

Irène l'a embrassée et lui a lancé un "A plus tard…" qui en disait long sur leur jeune complicité. Je n'ai pas eu droit au baiser. Une mesure de représailles à laquelle je m'attendais un peu. Mettez une pute dans le lit de votre femme et vous serez à demi pardonné…

Nous avons pris un taxi jusqu'à l'hôpital Maillot.

Mon ami, le docteur George, semblait soulagé de ma visite. Mon légionnaire avait fait des siennes.

"Content que tu sois de retour", a-t-il dit en jetant un rapide regard sur Ernestine. "Ton copain est infernal. Il persécute une de mes infirmières, toujours la même, elle a un peu le même physique

que mademoiselle, d'ailleurs... Vous êtes sa fiancée ?

— Si l'on peut dire... j'ai répondu à la place
d'Ernestine. Spangenberg tombait toujours amoureux de la même femme. Peut-être l'évocation de
cette maîtresse qu'il avait assassinée et qui l'avait
conduit à la Légion. Comment va-t-il ?

— J'espère que tu n'as pas amené d'alcool, je
le sèvre depuis que tu me l'as confié. Ses troubles
sont mixtes : une partie est due au *split-brain*, une
autre à l'alcoolisme chronique, notamment son
amnésie de fixation. Je te passe les détails sur sa
polynévrite des membres inférieurs et sur l'état de
son foie en cirrhose avancée.

— Comment supporte-t-il le sevrage ?

— Au début, mal. On a eu droit à une fureur
alcoolique qui a nécessité des injections massives
de sédatifs. Depuis deux jours, il est calme.

— Il coopère pendant tes expériences ?

— Plutôt bien, sinon qu'il essaie de violer mon
assistante à chaque fois...

— Je peux le voir ? J'ai besoin de l'interroger...

— En ma présence, si tu veux bien, on ne sait
jamais."

Pendant que nous avancions dans le couloir qui
conduisait à la chambre d'isolement de ce précieux
patient, j'ai expliqué à George et à Ernestine ce que
j'attendais d'eux. Depuis le début de cette enquête
et les moules des empreintes de chaussures sur le
sable, je savais que Spangenberg n'était pas seul au
moment d'exécuter son contrat. Il était important

pour moi d'identifier le complice, surtout s'il était flic.

Evidemment, mon légionnaire ne se souvenait plus de moi mais son regard s'est troublé en voyant Ernestine. Il était étonnamment calme et son visage s'était adouci. Le traitement médicamenteux sans doute.

"Je… Vous êtes très jolie, mademoiselle.

— Merci. Vous êtes pas mal non plus…" a répondu Ernestine en lui souriant.

Le rituel de la première rencontre et du coup de foudre à répétition était engagé.

"Si nous ne sommes pas dans un… ici, je vous fais la cour.

— Vous pouvez, ça me ferait plaisir.

— C'est gentil, a-t-il dit en rougissant… J'ai l'impression de vous connaître depuis toujours.

— Moi aussi. Je m'appelle Ernestine.

— Ernestine ? J'adore ce prénom. Dès que je sors, je vous invite à dîner. Je sors quand ? il a demandé à George.

— Bientôt…, a répondu George en lui montrant la photo du couple assassiné que je lui avais confiée. Ça vous dit quelque chose ?"

Il a regardé longuement la photo.

"… Oui.

— Quoi ?

— La mort… Ils sont morts.

— Qui les a tués ?

— Je… Je sais pas. Une femme donne la photo…
Une actrice peut-être. Elle dit quelque chose sur
l'homme et sur la femme.

— Que dit-elle ?"

Il s'est pris la tête dans les mains, a fermé les yeux :
"Lui, pas elle.

— Qu'est-ce que ça signifie ?

— … Tuer lui, mais pas elle… Au moment de
tirer, j'oublie qui. Lui ? Elle ? Alors je tue les deux
pour être sûr… Quelle différence ? Un, deux… Des
centaines de morts en Indochine, des milliers dans
les djebels, des civils, des militaires, des hommes,
des femmes… Alors, un mort de plus, de moins…
Quelle différence ?

— Qui a commandé la mort ?"

Il a ouvert les yeux :
"Je sais pas. J'oublie toujours, et même si je
sais, je dis pas. Un métier sans mémoire… Je veux
boire un coup !

— Calmez-vous.

— Non, je calme pas. Je veux un coup !

— Et l'homme avec toi ? j'ai demandé.

— Quel homme ? Je suis toujours seul. J'avais
une femme, mais je n'ai plus… Elle était belle comme… Mademoiselle… DONNEZ-MOI A BOIRE !

— Laissez-moi seule avec lui, a suggéré Ernestine.

— Je ne suis pas sûr que…

— Laisse-la se débrouiller, elle ne risque rien."

J'ai pris George par le bras et l'ai sorti de la pièce. Il a commencé à m'engueuler, me disant que

j'étais inconscient d'abandonner cette jeune femme en compagnie d'un dangereux tueur.

Quand je l'ai informé de l'activité d'Ernestine et de son statut de favorite pour son patient, il a été rassuré.

"Je doute qu'il accepte de rester encore longtemps. Que comptes-tu faire de lui ?

— Je n'en sais rien. Je ne peux pas le boucler, je n'ai aucune preuve. Je ne lui ai pas dit que je suis flic et je ne crois pas qu'il m'accompagnerait au commissariat pour signer des aveux que j'aurais rédigés.

— Alors ? Tu vas laisser un tueur dans la nature ?

— Il n'est pas le seul, non ? Je sais, à présent, une partie de ce que je voulais savoir : le commanditaire n'a demandé l'exécution que du gars, pas de la fille et pour cause, c'était sa fille. L'ironie du sort, c'est que Spangenberg l'a tuée par pure conscience professionnelle. Absurde ! Mais c'est ce que j'ai cru comprendre de ses propos décousus.

— C'est fou ! Mais compte tenu de l'état de son cerveau, il est fascinant de constater que des bribes de mémoire soient remontées à la surface. A propos de mémoire, comment va ta grand-mère ?

— De pire en pire.

— C'était prévisible…"

De la chambre, nous sont parvenus des gémissements de femme accompagnés par le cognement régulier du lit contre un des murs.

"On devrait rentrer ? a proposé George, l'air inquiet.

SIXTREES™

4 in x 6 in   10.2 cm x 15.2 cm

— Surtout pas, rien de pire qu'un *coitus inter-ruptus* pour un légionnaire en manque de schnaps et de femme !"

Le va-et-vient a continué encore quelques minutes puis les gémissements se sont éteints et les cognements, épuisés.

Peu après, Ernestine est apparue sur le pas de la porte, joues roses, en terminant d'ajuster son chapeau.

"A bientôt, mademoiselle, a dit Spangenberg, en refermant sa braguette.

— Il est si mignon, a commenté Ernestine dans le couloir. Je l'adore.

— Combien je vous dois ? j'ai demandé en sortant mon portefeuille.

— Rien. Irène m'a déjà réglé avec son cadeau.

— Qu'avez-vous appris ?

— Pas grand-chose. Ça l'agaçait, mes questions sur l'autre homme. Quand je lui ai dit que j'en avais peur, il a accepté d'en parler. Il se souvient juste que l'homme était là après la mort des deux jeunes gens et qu'il lui a dit : «Tu as fait une grosse connerie !» C'est tout. Ce n'était pas le père Thévenot, ça, j'en suis sûre !

— Ni le fils ?

— Non plus. On parlait bien du même type, pas de doute.

— Bon, ben merci. Je vous raccompagne chez Irène. Surtout, ne sortez pas sans moi. Promis ?

— Promis. Je tiens à ma vie."

Je l'ai ramenée en vitesse et suis allé au commissariat retrouver mes chers camarades.

Mas m'a demandé si j'avais bien profité de mes vacances en Métropole.

"Comment tu sais ça ?

— Tout se sait par ici…

— Je suis allé voir la veuve de Choukroun, j'ai cru bon de me justifier.

— Comment elle va ?

— Comme une veuve qui aimait son mari, mal.

— S'il était resté parmi nous, il serait toujours en vie.

— Je suis bien parti, moi, et je suis toujours vivant !

— Tu allais pas laisser ta grand-mère !"

C'était vrai. Et personne ne l'ignorait. Je sentais bien qu'il venait aux nouvelles pour mieux rapporter mes propos à son maître, le commissaire.

J'ai fait semblant de continuer le rangement et la destruction d'archives tout en ruminant sur mon sort.

Ernestine ne pouvait pas rester indéfiniment chez Irène et ma grand-mère me posait un problème insoluble. Je n'avais toujours aucune idée sur l'identité du flic véreux…

Je me suis tourné vers Mas, prêt à lui demander s'il ne connaissait pas un collègue allergique au lilas, et puis je me suis ravisé :

"J'ai appris que la maquerelle du Sphinx a été tuée ?

— Eh oui. Un client mécontent sans doute. Peut-être qu'elle lui avait filé la chtouille ou la syphilis…

— Y a eu une enquête ?

— Tu es un comique, toi ! Une enquête pour la mort d'une maquerelle ! Pourquoi pas la une des journaux ?

— Sur quoi tu travailles en ce moment ?

— Officiellement ? Sur un des hold-up de l'OAS. Un gag. Deux types masqués sont entrés dans la banque et ils ont même pas eu besoin de braquer leurs flingues. Dès qu'ils se sont présentés, les employés leur ont ouvert le coffre et leur ont remis la totalité des liquidités avec le sourire. Et toi ?

— Sur l'attentat du Casino.

— Quel attentat ? Y a pas eu d'attentat au Casino !

— Si, en 57.

— Tu te fous de moi, ma parole !

— Non, cette affaire n'a jamais été résolue. On n'a jamais arrêté le poseur de bombe…

— Tu es un sacré numéro, Paco. J'ai failli te croire. Non sérieusement…

— Sérieusement ? Tu sais bien, je classe et je détruis les archives au cas où les Arabes auraient envie de découvrir nos petits secrets.

— C'est chiant, hein ? Mais aussi, tu as voulu jouer perso, et le patron, il a pas aimé. Les Théve-not, c'est pas n'importe qui !

— Tu les connais ?

— Comme tout le monde, de réputation.

— Tu savais qu'il fréquentait le Sphinx ?

— … Non. Tu es sûr ? Ça m'étonne. C'est quoi ta source ?

— C'était la maquerelle. Paix à son âme.

— Méfie-toi des ragots de pute. Elle salirait la réputation des gens les plus honnêtes, juste pour le plaisir.

— Tu as sans doute raison, j'ai dit en feignant de m'écraser et j'ai digressé : C'est toi sur la photo en soldat ?

— Ouais. Pendant la campagne d'Italie.

— Tu as combattu au Monte Cassino* ?

— Ouais, une vraie boucherie. On s'en serait pas sortis s'il y avait pas eu les Tabors… Sur la photo, c'est Rome, un grand moment. On a été les meilleurs sur ce coup-là. Juin voulait continuer dans la foulée, mais ces cons d'Anglais et d'Américains ont préféré visiter la ville. A cause d'eux, les Allemands ont eu le temps de se réorganiser… Enfin, c'est de l'histoire ancienne."

Il s'est arrêté, conscient d'être dans la confidence, donc proche de la camaraderie. Pour y échapper, il est sorti du bureau. J'étais convaincu qu'il allait au rapport.

J'en ai profité pour quitter les lieux et appeler, d'une cabine de la poste, Lacoste à Rocher-Noir. Le chef des barbouzes a cru que j'étais décidé à me

---

* Bataille du Monte Cassino : campagne d'Italie, pendant la Seconde Guerre mondiale. Les forces alliées y ont perdu cent quinze mille soldats.

joindre à eux. Comme je n'ai pas confirmé, il a ajouté pour m'appâter : "Par ailleurs, j'ai des infos sur votre poseur de bombe…" Mon cœur s'est mis à battre plus vite. Il m'a donné rendez-vous dans son bunker, en fin d'après-midi. Je ne savais pas où j'allais, mais j'y allais avec l'allégresse du soldat de 1914, sûr d'une victoire rapide sur les boches.

*

Ernestine, sortie de son cadre, était une jeune femme charmante et plutôt espiègle. Après le départ de Paco, elle m'a raconté, par le menu, ses ébats avec le légionnaire. Pas de doute, avec les hommes, les professionnelles savaient mieux y faire que les femmes vertueuses ou les flics. J'ai été effarée d'apprendre que la fille Thévenot avait été assassinée par erreur. Un père avait provoqué la mort de sa fille pour éliminer un pseudo soupirant probablement homosexuel ! Une ironie de la mort qui m'a glacée. Estelle, Mouloud, Choukroun, le mari de la concierge avaient été victimes de malentendus fatals.

Combien d'autres avaient subi le même sort dans ce pays ? Je préférais ne pas le savoir. J'ai eu subitement peur. Et si l'assassin de la maquerelle et du détective privé, ce flic allergique et inquiétant, venait à découvrir la présence d'Ernestine chez moi ? Allait-il faire le détail ? Non, il nous liquiderait toutes les deux. Même si j'étais une complice involontaire dans cette histoire, il n'hésiterait pas à m'éliminer. Dans le doute, le tueur ne s'abstiendrait pas.

J'avais une envie irrésistible de prendre Ernestine par le bras et de l'entraîner loin de tout ça. Pour la première fois depuis mon départ de Métropole, j'ai eu la nostalgie d'Orléans et de la platitude sans histoire de sa Beauce profonde. Puis j'ai eu peur pour Paco. Comme si j'avais été visitée par une intuition divine. Une intuition de fin du monde…

Troisième partie
MÈRE-GRAND

Più nessuno mi porterà nel sud.

SALVATORE QUASIMODO

1
KRIM ET CHÂTIMENT

Belkacem Krim conduisait la délégation du GPRA à Evian pour la reprise des négociations avec le gouvernement français, annonçaient les journaux. Ils continuaient par "maintien de l'ordre après le cessez-le-feu : question primordiale".

Et au centre de la une :

104 EXPLOSIONS AU PLASTIC
DANS LE GRAND ALGER,
22 PLASTIQUEURS ARRÊTÉS
DONT 2 MUSULMANS

J'ai anticipé tout cela avant tout le monde. Grâce aux informations récoltées à Rocher-Noir quelques jours plus tôt.

L'officier de renseignement avait souhaité me rencontrer pour m'informer du destin du jeune poseur de bombe qui, cinq ans auparavant, avait provoqué le massacre du Casino. C'était bien Farid Mekloufi. Il avait échappé aux forces de police grâce à la complicité du petit personnel "indigène" du Casino. Il avait fui dans les djebels de Kabylie où il avait pris le maquis et était devenu un des plus fidèles serviteurs d'un officier d'état-major, Boumédiène.

A la fin de l'année 61, il était revenu à Alger pour revoir sa mère et coordonner une mission entre l'ALN et le GPRA. Boumédiène représentait l'aile dure de l'ALN et se méfiait des politiques en général et de Krim en particulier. Après une violente confrontation entre les parties en présence, Farid Mekloufi et ses deux acolytes furent exécutés en signe d'avertissement.

Les frères de combat d'hier devenaient les ennemis d'aujourd'hui dans la lutte pour le pouvoir sur cette Algérie qui allait devenir indépendante. Krim semblait tenir encore les rênes. Mon poseur de bombe avait ainsi été châtié par les siens au cours d'un règlement de comptes politique.

"Voilà donc votre enquête bouclée. De toute façon, même s'il était toujours en vie, vous n'auriez rien pu contre lui. Dans les accords à venir, il est prévu une libération de tous les combattants arabes emprisonnés pendant cette guerre. Vous l'auriez arrêté en mars et, en juillet, il aurait été libéré en héros. Alors, c'est mieux comme cela… Mais je souhaitais avoir votre avis sur une autre question. Comment réagira la population de Bâb-el-Oued à la signature des accords ?

— Elle suivra globalement les directives de l'OAS et cette dernière fera tout pour provoquer une guerre civile entre les communautés.

— Belle lucidité. Encore une fois, nous avons besoin de gens comme vous pour éviter le pire.

Vous êtes dans l'œil du cyclone. Bab-el-Oued est devenu la base urbaine des éléments subversifs. Votre commissariat est truffé de policiers dévoués à Salan. Vous êtes idéalement placé pour…

— Arrêtez de me vendre votre salade ! Je n'ai pas du tout l'intention d'être votre «sous-marin». Dans les jours qui viennent, vous allez avoir un sérieux problème avec le maintien de l'ordre public. Plus l'échéance de l'indépendance se rapprochera, plus les drames se multiplieront. Où ? Quand ? Comment ? Je n'en sais foutrement rien et je ne suis pas sûr que quiconque le sache. Ce n'est plus une question de vie ou de mort mais une question de mort et de mort. Les chefs arabes vont s'entre-tuer pour le pouvoir, et leur peuple, pour s'emparer des biens français. Ceux de l'OAS feront tout pour avoir la peau de De Gaulle et de ses troupes ; ils n'hésiteront pas un instant à se servir de la population européenne, voire, à la sacrifier. On approche du duel final. Malheureusement, ce ne sera pas Salan face à de Gaulle, prêts à dégainer au milieu de la grand-rue, mais autre chose. Quoi ? Je n'en sais rien. Imaginez le pire et vous aurez peut-être une vague idée de ce qui nous attend."

Après cette entrevue, j'étais à la fois soulagé et triste. Soulagé d'avoir résolu une enquête même si elle était fictive, et triste de mes prédictions. Comme si j'avais pris conscience qu'énoncer les choses les rendait plus réelles. J'étais convaincu de mon

pronostic, mais de me l'entendre dire m'avait terrifié.

Après quarante-huit heures de rumination, ma
décision était prise.

J'ai foncé chez Irène pour la convaincre de quitter
la ville avec Ernestine.

"Viens avec nous ! m'a conjuré Irène, je ne veux
pas qu'il t'arrive malheur."

J'ai promis de les rejoindre au plus vite, avec ma
grand-mère.

Puis nous avons dîné en silence comme s'il n'y
avait rien d'autre à dire.

Quand Irène s'est repliée dans la chambre avec
la seconde bouteille de Mascara, Ernestine m'a proposé une partie de triolisme pour s'éviter la solitude
angoissée de cette dernière nuit en Algérie. J'ai décliné son invitation, la confinant au rôle de tiers pas-
sif discret.

"J'aurais bien passé la soirée avec mon légionnaire", m'a-t-elle avoué en se couchant sur le sofa
du salon.

Il ne m'a pas semblé judicieux d'imposer à Irène
la compagnie d'un tueur à gages, en plus d'une
prostituée. J'ai néanmoins promis à Ernestine que
je continuerai à veiller sur lui.

Irène et moi nous moquions de la savoir dans la
pièce mitoyenne. Elle en avait vu et entendu d'autres.
Rien n'aurait pu la choquer.

Notre dernière nuit a été blanche. Scandée par les étreintes, la boisson partagée du Mascara et les confidences du désespoir.

"Si tu meurs pendant mon absence, je ne te le pardonnerai jamais… répétait-elle.

— Si tu ne me pardonnes pas de rester, j'en mourrai…" je lui répondais pour la dérider. En vain. Quand l'alcool a fini de nous assommer, nous nous sommes endormis, enlacés, enserrés, ma tête enfouie au creux de ses seins, mon sexe réfugié dans son antre, en un seul corps pétrifié par l'angoisse de la séparation…

Au matin, je les ai accompagnées à Maison-Blanche avec la Studebaker et les ai mises dans la première Caravelle pour Marseille. Mme Choukroun, que j'avais appelée, les accueillerait à l'aéroport et les hébergerait le temps nécessaire. Irène m'avait laissé les clefs de l'appartement et de la boutique avec la consigne de l'avertir si on plastiquait l'un ou l'autre.

Elle m'a embrassé longuement et s'est éloignée en claudicant en direction de la passerelle. Elle avait la beauté fragile d'un mannequin dont un des talons de chaussures s'était cassé.

Quand elle s'est retournée à l'entrée de l'avion, j'ai ajusté mon Borsalino, une manière de lui dire que je l'aimais. Une dernière fois. Et puis je suis allé retrouver ma grand-mère…

*

Où je suis ?…
Je suis morte ?…
Qui c'est cette femme qui me regarde
en souriant ?…
Un ange ?…
Elle me demande si j'ai bien dormi ?…
J'ai dormi ?…
Je sais plus rien…
Je m'appelle…
Teresa…
Martinez…
Je crois…
Pourquoi le monde est si bizarre ?…
Je reconnais ma table de nuit…
Ma chambre…
Mais pas cette femme ?…
Qu'est-ce qu'elle fait là ?…
Je me sens pas malade…
Fatiguée oui, mais pas malade…
Les mots…
J'ai soif des mots…
Je les cherche au fond d'un puits…
Je les ramène avec un seau…
Ils se renversent sans arriver à ma bouche…
Je crois qu'ils sont là…
Ils coulent comme de l'eau de ma tête…
Comme des larmes de mes yeux…
Pourtant, je pleure pas…
Pourquoi je pleurerais ?…
Où il est mon mari ?…

Et mon fils ?…
Et le petit Paco ?…
La guerre est finie ?…
Oui…
Je suis sûre qu'elle est finie…
Les explosions, c'étaient dans mes rêves…
L'Espagne est en paix…
Un feu d'artifice, peut-être ?…
Non, des rêves, des mauvais souvenirs
de la guerre…

"C'est les bombes qui vous ont réveillée, hein ?
— Les bombes ?
— Depuis 4 heures, ce matin, ça a pas arrêté.
On aurait dit un bombardement. L'OAS a fait sauter la ville, ma parole !
— Vous êtes qui, madame ?
— Isabella, votre concierge. La femme du facteur. Vous vous souvenez ?
— Oui, oui…"

Non, mais je fais semblant…
J'ai passé ma vie à faire semblant…

"C'est toujours la guerre, alors ?
— Toujours. Ces pourritures de Français, ils nous ont abandonnés et ça rend fous les gens de l'OAS. Ils ont tué mon mari, vous savez ?
— Et Enrique ?
— Qui ?
— Mon mari.

— Je vous ai déjà expliqué, madame Martinez, il est mort, il y a longtemps en Espagne, pendant la guerre et, après, vous êtes venue avec Paco, votre petit-fils et vous avez tenu une petite charcuterie dans la Basseta. Vous vous souvenez ?

— Oui, oui. Bien sûr. Il est où, Paco ?

— Il est policier et il travaille."

Paco, un mot qui fait pas une image...
Un mot qui sonne comme une boîte vide...
Je vois mon mari devant la charcuterie
en Espagne...
Mon fils devant son école...
Sa femme, la pauvre Maria Luisa...
Le petit Paco...
Je les vois bien...
Mais le grand Paco, je le vois pas...

"Y a une photo de Paco dans l'appartement ?

— Je vais voir."

Mme je-sais-plus-qui se lève...
Elle visite mon appartement comme si
c'était chez elle...
Elle manque pas de toupet, celle-là !...
Elle revient avec un album de photos...
Elle me montre un jeune homme...
Un beau garçon aux cheveux noirs...

"Vous le reconnaissez ? Là, il est plus jeune, il doit avoir vingt-cinq ans. Mais c'est lui, c'est le même, un bel homme maintenant. Surtout avec les chapeaux de Mme Irène.

Son visage me dit quelque chose…
Un mélange de sa mère et de son père…
L'air têtu de son père et ses yeux noirs et vifs…
Le bas du visage de sa mère…
C'est qui cette Irène qui lui offre
des chapeaux ?…
Je sais pas pourquoi, mais je l'aime pas, celle-là…
Je prends l'album…
Je le feuillette en me mouillant le doigt
pour tourner les pages…
Je vois défiler ma vie…
Comme dans un rêve du matin, que vous faites
tout ce que vous pouvez pour vous en souvenir
et qu'il s'en va quand même…
Ça vous met la colère, mais rien à faire,
il s'échappe comme le sable dans la main…
J'ai toujours l'air triste sur les photos…
La vieille, ça doit être une photo de ma mère…
A moins que ce soit moi ?…
Je sais même pas à quoi je ressemble !

"Je pourrais avoir une glace ?

— C'est pas encore la saison, madame Martinez, Di Meglio, il a pas encore ouvert. Les glaciers, ils ouvrent à Pâques.

— Pas une glace à manger, une glace pour se voir."

Elle rit, la bête…
Elle part chercher une glace…
La vieille, c'est moi…
Je suis vieille, voilà pourquoi je suis fatiguée…
Les vieux, ça fatigue…
Sur la photo, j'ai un chignon,
ça fait plus propre…
Je me lève pour aller chercher mon démêloir…
Je peux pas…
La tête elle me tourne…
Les jambes elles flanchent comme si le parterre
il était mou…

"Où vous allez ?
— Mon démêloir…
— Ne bougez pas, je vais vous le chercher.
Vous avez raison, il faut vous faire belle, Paco va
pas tarder, maintenant."

Elle revient avec une brosse et mon peigne fin…
Elle me démêle les cheveux…
C'est agréable…
Quand ma mère elle fait ça, je déteste…
Elle me fait mal…
J'ai beau pleurer, elle continue.
Elle dit que sinon je vais ressembler
à une gitane…
J'aime bien marcher pieds nus…
Un jour, mon père, il m'a surprise
sans chaussures…
Sans rien dire, il a allumé une allumette,
il a soufflé dessus…

Il m'a brûlé la plante des pieds…
Après ça, j'ai plus jamais marché les pieds nus…
A partir de ce moment, j'ai toujours eu peur
de mon père…
Même quand il est mort…
J'ai dix ans…
Des hommes ils le ramènent à la maison…
Ils l'ont trouvé mort au milieu de la rue…
Une attaque…
Je me demande par qui il a été attaqué…
Comme personne ne m'explique, je décide
que Mme La Mort attaque les gens par surprise
dans la rue…
Ma mère et mes sœurs pleurent…
Moi, je regarde mon père, allongé sur le lit…
A un moment, je reste seule avec lui…
J'enlève mes chaussures…
Je tremble de peur…
J'attends qu'il sorte de sa poche des allumettes
ou son briquet en amadou…
Il bouge pas…
J'ai plus peur de mon père…
Mon mari, c'est un gentil père ?…
Je sais plus…
Sur les photos, il a l'air fier avec sa moustache…
Mon fils il a un visage doux…
Un vrai visage d'instituteur…
Les gens ils font les métiers qui leur ressemblent..
Mme je-sais-plus-qui a fini…
Ça va mieux…
J'ai soif, mais je vais pas le dire
pour pas abuser…

Mes mains se serrent…
Mes pouces se mettent à tourner…
J'ai toujours fait ça…
J'ai pas passé ma vie à me tourner les pouces,
quand même !…
Ma grand-mère et ma mère font pareil…
Je les vois…
Elles sont assises devant la porte de la maison,
dans leur robe noire…
Elles regardent passer les gens et les animaux…
J'ai pas toujours été allongée dans un lit…
Ici, c'est pas une maison…
Je peux pas mettre une chaise devant la porte…
Devant la fenêtre peut-être…
Oui, devant la fenêtre…
C'est drôle, je me souviens quand je suis petite,
mais pas de maintenant…
Y a quelqu'un qui entre…
Des pas d'homme…
D'un homme fatigué…
Il entre dans la chambre…
C'est vrai qu'il est beau le grand Paco…
J'aime pas son chapeau…
Ah, il l'enlève pour m'embrasser…
Ça me fait tout drôle qu'un homme inconnu
il m'embrasse…
Faire semblant de le connaître pour pas le vexer…
Lui sourire…
Le regarder comme on regarde son petit-fils…
Lui dire "Alors, mon fils, tu as passé
une bonne journée ?"…

Les mots, ils viennent pas à la bouche…
Ils sont têtus comme des bourricots…
Je tire sur la corde…
Ils freinent des quatre fers.

"Alors, mémé, tu as passé une bonne nuit ?
— Sans problème, sauf les stroungas qui l'ont réveillée."

Elle parle de moi comme si je suis pas là…
Elle parle pour moi…

"Je vous fais un café, Paco ?
— Ne vous dérangez pas.
— Ça me dérange pas. Je vous le prépare et après je vais profiter que vous êtes là pour faire ma toilette et ranger un peu chez moi."

Ils sortent tous les deux…
Je les entends chuchoter…
Ils ont des secrets…
J'aime pas ça…
Elle est partie…
Paco revient avec un bol de café…
Il me sourit…

*

Terrible de faire comme si.
Comme si ma grand-mère n'avait pas changé, comme si elle comprenait ce que je lui disais.

271

Assis au bord du lit, mon caoua à la main, je lui ai raconté mes aventures. Elle a écouté sans rien dire, la grimace souriante, un air de famille avec celui de *L'Homme qui rit**. Une cicatrice au milieu du visage qui tranchait avec la triste perplexité de son regard.

A l'annonce du départ d'Irène, elle a émis un "hum" rauque, une ponctuation de satisfaction.

La rivale avait quitté le navire avant le naufrage.

Sans Paco, son petit.

La vieille avait vaincu la jeune.

La vieille se moquait de sauver sa peau, ses rides, ses neurones.

La vieille courait à sa perte, sourire aux lèvres, pourvu que son petit reste à ses côtés pour l'assister jusqu'à sa fin.

Sa fin serait un peu la mienne, la fin d'un monde…

Une nuit de 54, j'avais été réveillé par le mouvement absurde de mon lit, ignorant qu'au même instant la terre se dérobait sous les immeubles d'Orléansville.

Le lendemain matin, la radio nous avait appris l'ampleur du séisme. Dans une rêverie morbide, j'avais imaginé que la population de cette ville inconnue avait dû croire à la fin du monde.

Qui sait, à l'heure de sa mort, s'il est victime d'une fuite de gaz dans son appartement, d'un effondrement de son logement, de la disparition de sa ville ou de la fin du monde ?

* *L'Homme qui rit* : roman de Victor Hugo (1868).

Le monde s'écroule, qu'il soit microcosmique ou planétaire.

Le mien s'écroulait, par petites touches, intimes, au-dedans de l'univers familial, à coups d'explosions et de massacres, au-dehors. Même si ma grand-mère s'effilochait sous mes yeux, elle était toujours là. Sa silhouette, sa respiration, sa présence, malgré tout, rassurantes.

Qu'en serait-il quand elle aurait disparu ?

J'avais toujours une expression d'étonnement lorsque, dans les conversations, j'entendais quelqu'un dire : "Si je meurs…", et je corrigeais : "Quand tu mourras…"

Point de condition, une certitude, seul le moment demeure une incertitude.

"Tu as faim, mémé ? j'ai demandé pour revenir à des nourritures plus terrestres, ou un petit apéritif, peut-être ?"

Sans attendre, j'ai versé un Cinzano pour elle et je me suis servi une anisette.

J'avais l'impression de jouer à la dînette avec une poupée.

Une poupée qui bavait quand je portais le verre à sa bouche.

Mme Isabella est revenue et je suis reparti pour oublier ma peine…

Au boulot, l'ambiance était plombée par l'attente de la signature des accords franco-algériens. Personne n'était dupe : même si certains fanfaronnaient en jurant qu'ils resteraient, quoi qu'il arrivât, tous se préparaient à l'exode. Le commissaire s'était enfermé dans son bureau, les autres feignaient de travailler. Pas Mas. Lui passait son temps à m'épier. Il prenait son rôle de fayot très au sérieux.

"Un certain professeur George de l'hôpital Maillot a essayé de te joindre à propos d'un de ses malades qui l'a agressé. Il m'a dit que tu comprendrais le message.

— *Mierda !*"

Je me suis levé.

"Où tu vas ? Tu as qu'à appeler d'ici.

— Non, je préfère y aller, c'est un malade dangereux. Tu sais, c'est l'alcoolique qui a tout pété dans un bistrot, avenue de la Marne.

— Je viens avec toi, ça va m'aérer."

J'ai été obligé d'accepter.

George avait un bel œil au beurre noir. Excité par le récit de son empoignade avec le légionnaire, il n'a rien perçu de mon malaise lié à la présence de Mas.

"Il m'a piégé comme un bleu. Malgré les sédatifs, le gars a un sacré punch. Tout ça à cause d'Ernestine ! Un succès thérapeutique, celle-là ! Il ne l'a pas oubliée ! Il voulait la revoir à tout prix et, comme je n'arrivais pas à te joindre, il s'est emporté et s'est tiré ! Je suis désolé, mais vous avez un tueur dans la nature…

— Un tueur ? m'a demandé Mas. Je croyais que c'était un alcoolique.

— Je pense que c'est un fabulateur…

— Un fabulateur ? a protesté George. Tu l'as entendu comme moi ! Alcoolique, certes, *split-brain*, sans aucun doute, et tueur à gages, son métier depuis qu'il a quitté la légion…

— Comment il s'appelle, ce tueur ?

— Spangenberg, a lâché George. Vous ne vous parlez jamais, dans la police ?

— Tu sais où il a pu aller ? m'a demandé Mas.

— Aucune idée…

— Et Ernestine ? Elle est, peut-être, en danger. Tu crois qu'elle est retournée à son «travail» ? a repris George.

— Quel travail ? s'est étonné Mas.

— Le plus vieux métier du monde…, a répondu pudiquement George.

— Une pute du Sphinx ? a demandé Mas en m'observant avec un drôle d'air.

— Oui, je crois. Elle doit y être retournée. Tu veux qu'on aille vérifier ? j'ai proposé, sûr qu'elle serait introuvable.

A ma grande surprise, il a décliné mon invitation.

J'ai demandé à George de nous prévenir si, par hasard, Spangenberg réapparaissait.

Une fois dans la voiture de service, Mas a exigé des explications.

J'ai tenté de rester le plus vague possible : j'avais interpellé Spangenberg à la suite de la rixe au bistrot.

Devant son état alcoolique avancé, j'avais jugé plus adapté de l'emmener à l'hôpital plutôt que de l'incarcérer. George avait été fasciné par le *split-brain*. J'ai délayé le cas clinique passionnant pour la médecine avec l'espoir de l'embrouiller. Mais, hélas, il n'a pas lâché prise.

"Et la pute, qu'est-ce qu'elle vient faire là-dedans ?

— Il voulait sauter les infirmières et George m'a supplié de lui fournir une professionnelle pour le calmer.

— Hum ! Et tu as fait tout ça, en douce ?

— Il faut bien s'occuper. Je n'allais pas me taper un rapport sur un alcoolique, ça n'aurait intéressé personne.

— Mais ton professeur a affirmé que c'était un tueur à gages. C'est pas rien, ça ?

— Je n'y ai pas cru. J'ai, peut-être, eu tort, j'ai consenti pour qu'il m'oublie.

— Il a parlé des contrats qu'il a remplis ?

— Non. Il disait un truc cinglé : il était le meilleur tueur à gages parce qu'il oubliait aussitôt victime et commanditaire. Une garantie du service après vente. Il avait beaucoup de mal à s'exprimer et ses propos étaient totalement incohérents.

— Ouais, quand même ! Tu aurais pu m'en glisser un mot…

— Tu as raison. Mais, tu sais, avec les problèmes de ma grand-mère, je perds un peu les pédales.

— Tu as pas l'air…"

Il me signifiait clairement de ne pas le prendre pour un imbécile. J'étais d'accord. Sous ses airs de fayot, il avait de la suite dans les idées. Je me suis rendu à l'évidence : il fallait me méfier de lui plus que je ne le soupçonnais. J'ai opté pour le profil bas.

Quand il s'est absenté du bureau, j'ai résisté à la tentation d'appeler Irène chez Mme Choukroun par crainte que ma ligne fût sur écoute et que l'on découvrît la présence d'Ernestine à ses côtés. Je devenais complètement parano.

Pendant le reste de la journée, j'ai feint une concentration d'archiviste zélé, m'interrogeant, en boucle, sur la suite des opérations. Comment procédaient les employés de bureau pour simuler le travail ? Ça devait être épuisant. A moins que ce ne fût un métier...

Alors que je quittais les lieux, exténué par cette mascarade, le commissaire m'a convoqué. J'avais raison d'être parano.

Il m'a suspendu pendant deux semaines pour faute professionnelle grave. Motif : "A laissé filer un dangereux tueur sans en informer ses supérieurs."

Mas, lui, ne chômait pas.

☙

Envahi par la mélancolie, je suis allé manger une kémia au bar des Arènes, en souvenir de Choukroun et d'Irène. Sa boutique était toujours intacte. Pour l'instant.

J'ai interrogé Choukroun, dans ma tête, en quête de réponses sur la marche à suivre, mais feu mon collègue devait discuter avec ses congénères, victimes comme lui d'une guerre qui n'en finissait plus.

J'ai appelé Irène du bar.

Comme l'ASSE et le Gallia* étaient au coude à coude au classement de foot, les consommateurs s'interpellaient bruyamment. Le niveau sonore du lieu et le manque d'intimité m'ont obligé à une conversation courte.

Tout se passait bien. Irène regrettait déjà d'avoir suivi mon conseil et voulait savoir où j'en étais. J'ai bredouillé que je l'appellerais, le lendemain matin. Sans rien révéler de ma mise à pied.

Je n'avais aucune envie de me retrouver en compagnie des veuves et, lâchement, j'ai appelé Mme Isabella pour la prévenir que, débordé par le travail, je rentrerai tard.

J'ai consulté la page "cinémas" d'un journal qui traînait sur une table et retenu deux films : *Soupçons* d'Alfred Hitchcock qui passait à l'ABC et *A bout de souffle* d'un inconnu, Jean-Luc Godard, projeté au Debussy. Deux salles du centre-ville.

J'ai choisi le second pour ne pas cultiver ma parano. Le titre était à mon image…

J'aimais bien voir les premières œuvres de jeunes réalisateurs. On mettait tout, parfois trop, dans un premier, que ce soit amour, livre ou film. Si j'étais séduit, malgré les maladresses de l'auteur, j'allais voir les suivants, sinon, exit.

278

J'ai pris la Studebaker et filé vers le centre. Je me sentais seul, si seul.

Nous n'étions qu'une dizaine dans la salle.

Au générique, j'ai découvert que le scénario avait été écrit par François Truffaut, le réalisateur de deux films que j'avais beaucoup aimés, *Les Quatre Cents Coups* et *Tirez sur le pianiste*.

A bout de souffle était un film inclassable.

De film policier, il n'avait que l'apparence. Pour qui savait décoder, il était bourré de références au cinéma américain. Le tic de Belmondo, le passage de son pouce sur la lèvre supérieure, était une évocation évidente de Bogart.

Le cinéaste avait le sens du cadre, de la dérision et des formules à l'emporte-pièce. L'interdiction aux moins de dix-huit ans avait été probablement décidée à cause du meurtre d'un motard de la gendarmerie.

A Alger, le spectacle de la violence n'était interdit à aucun enfant.

La guerre inspirait les auteurs, le terrorisme les faisait fuir. Les gangsters et les policiers, les soldats ennemis pouvaient s'entre-tuer, mais les balles dans le dos ou dans la tête, les bombes posées au hasard des lieux publics, les grenades jetées aux terrasses des cafés ne donnaient pas matière à scénarii car les sentiments en jeu relevaient plus de la barbarie que de la noblesse.

Les obscurs soldats du terrorisme étaient, pour la plupart, des quidams sans histoire, embrigadés par des idéologues paranoïaques. Allez faire un film avec ça !

En passant, au volant de la Studebaker, dans la rue d'Isly, j'ai jeté un œil sur le cinquième étage de Thévenot. Il était éclairé. Je lui aurais bien rendu une visite surprise avant qu'il ne décidât de plier bagage. C'eût été signer mon éviction définitive de la police…

Plus loin, à la vitrine des Galeries de France, j'ai distingué un alignement de téléviseurs. Toujours coupable de tout, je me suis promis d'en acheter un pour ma grand-mère et Mme Isabella.

J'ai toujours détesté ces machines aux écrans étriqués, aux volumes lourds et disgracieux. Aussi inintéressantes que fussent ces images, elles tiendraient compagnie aux deux veuves et me permettraient peut-être de poursuivre ma paisible descente aux enfers…

2

ÉTRANGE LUCARNE

Mme-je-sais-pas-qui, elle est assise à côté de moi…
Elle sourit à l'homme qui parle dans la boîte…
Il est noir et gris…
Comme une photo qui bouge et qui parle…
Il est plus là…
Dans cette boîte qu'on m'a apportée, les gens,
ils vont et ils viennent sans arrêt…
Ça me fatigue…
C'est comme des invités qu'on a pas invités…
Ils vous parlent comme si ils vous connaissent…
Ils disent bonjour, au revoir, à bientôt…
Ils sourient tout le temps…
L'homme part…
Une femme le remplace…
Elle est jolie…
Elle dit "et-maintenant-le-jeu-que-vous-attendez-
tous – "Le-bon-numéro",
présenté-par-Pierre-Bellemare"…
Je le connais ni d'Eve ni d'Adam, celui-là !…
Des fois, je crois que c'est moi qui rentre
chez les gens sans être invitée…
Ça a pas l'air de déranger ma voisine…

Elle rit, je sais pas pourquoi…
Elle me donne à manger…
Elle quitte pas des yeux la boîte…
C'est bizarre !…
Elle doit être un peu folle, Mme-je-sais-pas-qui !…
Des fois, elle pleure…
Je lui demande pourquoi elle pleure…
Elle me répond c'est à cause du film…
Elle doit être un peu folle !…
Maintenant, c'est un homme à cheval…
Il tire sur d'autres hommes à cheval…
Ça doit être chez les sauvages…
Les trains, ils sont vieux…
Les maisons, elles sont en bois…
Le gentil, il a de belles dents…
Un beau sourire…
Il s'appelle Roger…
Le roi Roger…
Ou quelque chose comme ça…
J'aime pas quand il se sert du pistolet…
J'aime pas les hommes avec des pistolets…
Pourquoi ?…
J'en ai vu ?…
Mama !…
Je sais plus rien !…
Les images, elles rentrent par un œil…
Elles ressortent par l'autre !…
J'attends quelque chose…
Ou quelqu'un…
J'attends la fatigue et le sommeil…
Ou que Mme-je-sais-pas-qui,
elle me laisse tranquille…

J'attends…
Un autre homme encore…
Y en a combien des hommes, dans cette boîte ?…
C'est une fabrique, ma parole !…
Il me parle d'Algérie…
D'attentats, de morts, de blessés…
Il me parle de grève du courrier à cause des facteurs
qu'on a tués… De grève des cheminots à cause
des cheminots qu'on a tués…
De grève des journaux à cause des journalistes
qu'on a tués…
Le roi Roger, il doit vivre en Algérie…
C'est où, Algérie ?…
Chez les sauvages, c'est sûr…
Heureusement qu'en Espagne, la guerre,
elle est finie…
Tous ces morts qu'y a eu, mon Dieu !…
Les Espagnols, ils se tuent entre eux,
je sais plus pourquoi…
Et les bombardements !…
Mon Dieu !…
La jolie dame revient…
Elle dit qu'on va avoir le relais avec la France…
Je comprends rien à ce qu'elle raconte…
Le relais avec la France, c'est les Pyrénées…
Tout le monde sait ça !…
Elle peut pas dire la frontière,
comme tout le monde !…
Y a une montre bizarre dans la boîte !…
Encore un train, avec un mot écrit
dessus, *Interlude*…
Drôle de nom pour un train…

Les bateaux, ils ont des noms plus simples…
Ça veut dire quoi, interlude ?…
J'ai mal aux yeux…
Mes oreilles se ferment…
Seule…
Plus un bruit…
La respiration…
Le ventre, il gargouille…
Envie de faire pipi…
Peux pas me lever…
Pas la force…
Peux pas parler…
Pas la force…
Ça coule…
Coule…
Chaud sur les jambes…
Petites lumières devant les yeux…
Morceaux d'images dans la tête…
Se bagarrent…
Bouts de mots…
Des…

*

Quand je suis entré, les femmes n'étaient pas devant la télé bien qu'elle fût allumée. J'ai continué mon chemin jusqu'à la chambre et je l'ai rebroussé aussi-tôt, la gorge nouée.

J'avais eu la vision d'une toilette mortuaire. Ma grand-mère ronflait doucement, nue, pendant que

Mme Isabella, une cuvette dans une main, une éponge dans l'autre, nettoyait son intimité. Elle s'était encore pissé dessus. Point d'orgue d'une semaine de merde…

Privé de ma fonction, j'en étais à l'heure du bilan, le gouvernement, à celle de l'addition.

Officiellement, depuis le début des hostilités, les "événements d'Algérie" avaient coûté la vie de dix-sept mille deux cent cinquante soldats. Officiellement. Pour les civils, on verrait plus tard. L'Histoire ferait ses comptes, avec ses querelles d'archivistes et d'historiens.

J'avais toujours eu du mal avec les chiffres.

Sur ces presque vingt mille victimes, combien étaient mortes au combat ? De maladie ? D'accidents de la route ?

Ou, comme mon légionnaire, exécutées par les leurs ?

Combien de familles brisées, d'amours définitivement perdus ?

Les vies ne s'additionnaient pas, elles se perdaient individuellement. Le dernier souffle ne se partageait pas, il s'expirait dans la solitude d'un corps.

J'avais la rage et toujours trois morts sur les bras. Les miens.

Qui s'en préoccupait en dehors de Mme Choukroun et de moi ? Le père Thévenot ? Son fils ?

Peut-être que je n'imaginais pas leur douleur.

Ou bien connaissaient-ils les coupables ?

L'étaient-ils ?

Irène partie, j'étais devenu l'otage de ma grand-mère. Comme elle, j'ai passé le week-end à m'abrutir, devant la télé.

Samedi, j'ai vu Lili Labassi dans une émission locale. J'en ai eu les larmes aux yeux. Choukroun aurait adoré voir son idole à la télé...

J'ai suivi d'un œil distrait un jeu imbécile, "La roue tourne", animé par un certain Guy Lux. Le candidat, installé dans une Floride décapotable, voyait défiler, en transparence sur le pare-brise, une route fictive jalonnée de lieux historiques sur lesquels l'animateur le questionnait. S'il donnait toutes les réponses exactes, il gagnait le véhicule. En fin de partie, un slogan s'affichait : *La roue tourne, la chance tourne, mais l'assurance tient.*

J'ai supposé que les compagnies d'assurances payaient la bagnole.

L'après-midi, paradoxe audiovisuel, était diffusé un film égyptien, en version originale, sous-titré français, destiné à la population arabe : inintelligible pour elle qui parlait le dialecte maghrébin ou le kabyle, illisible aussi puisque la plupart des adultes étaient analphabètes. C'était une comédie musicale, digne des romans-photos, avec rires, larmes, amours et chansons. Idéale pour les deux veuves, passionnées par le spectacle.

J'en ai profité pour m'éclipser et traîner comme une âme en peine sur la plage de la pointe Pescade.

Dimanche, j'ai regardé "Discorama". Une émission musicale, présentée par une inconnue, Denise Glaser. Apparemment, une découvreuse de talents. Irène aurait apprécié cette femme...

Pendant ce temps, deux journalistes avaient été assassinés. Un de *La Dépêche d'Algérie*, l'autre du *Figaro*. Pas de journaux, le lundi.

Mardi, j'ai fait relâche et je me suis occupé activement du transfert du corps de Choukroun. Entre Courteline et Kafka. Des formalités à n'en plus finir. La journée y est passée.

Mercredi, annonce de trois nouveaux puits producteurs de pétrole à Hassi Messaoud. Ah ! le pétrole ! Il y avait gros à parier que les accords avaient du mal à se signer à cause de cet or noir.
Pour que la roue tourne, il fallait du pétrole.
Le vin, les fruits et légumes, les colonies et ses colons, la France pouvait s'en passer mais le pétrole... D'ailleurs, le sujet avait été traité dans une émission d'actualités, "Cinq colonnes à la une", commenté par d'excellents journalistes.

Jeudi soir, aux infos d'Algérie, annonce d'un hold-up du Crédit lyonnais, trois millions d'anciens francs, comme un fait divers sans intérêt. Pourtant cette banque se trouvait au 11, avenue de Bouzaréa, à quelques dizaines de mètres de notre commissariat ! Les voleurs avaient sans doute pris le café avec les employés…

A 21 h 30, ma grand-mère s'est endormie et Mme Isabella est retournée dans sa loge.

J'ai mangé une tortilla en regardant "Terre des arts", consacré à Goya. J'étais perplexe à l'idée de peintures filmées en noir et blanc. Mais, habilement, le journaliste Max Pol Fouchet avait choisi de nous montrer une série des gravures, intitulée *Les Désastres de la guerre*, inspirée par les campagnes napoléoniennes.

Goya, après avoir échappé à la mort à la suite d'une maladie grave, s'était attelé à cette œuvre noire.

Des gravures atroces sur les horreurs des représailles : exécutions sommaires, pendaisons, violences aveugles sur hommes, femmes et enfants.

Alors que je suivais les images avec intérêt, le téléphone a sonné. C'était Irène. J'ai baissé le son sans éteindre la télé, pour écouter ma belle.

Elle allait mal. Ernestine, en prostituée débrouillarde, avait déjà trouvé un "boulot" et un appartement grâce à Brigitte. Elle lui avait proposé de l'héberger pour rembourser sa dette. Irène avait refusé.

Ernestine était du métier. Pas Irène. Elle pouvait jouer la pute avec son homme, mais redoutait de croiser, à tous moments, des hommes en quête de pute. Elle était donc restée chez Mme Choukroun et son moral semblait au plus bas.

La cohabitation avec une femme écrasée par le chagrin et l'exil s'avérait plus difficile qu'elle ne l'avait imaginé. Elle s'échappait en ville pour explorer les boutiques de modistes, mais ses consœurs ne l'avaient pas accueillie à bras ouverts. Elle était perçue comme une rivale arrogante et malvenue.

La solidarité fonctionnait mieux entre putes qu'entre commerçants.

"Si je m'écoutais, je rentrerais chez moi et advienne que pourra…

— Ne fais pas ça ! Ici ça va de mal en pis…

— Ici aussi.

— Irène, je t'aime et je ne veux pas que…

— SI TU ARRÊTES PAS AVEC CETTE IRENA, IL VA Y AVOIR UN GRAND MALHEUR…" a prévenu une voix d'outre-tombe.

J'ai sursauté. La silhouette de ma grand-mère se détachait dans l'encadrement de la porte, telle la statue du commandeur.

"Mémé, va te recoucher, je téléphone et…

— *Hijo* !* Ecoute ta mère. Oublie cette femme, elle a le *mal de ojo*** !

— Irène n'est pas le diable !"

J'ai promis à Irène de la rappeler un peu plus tard et j'ai raccroché.

"Si tu continues à voir Irena… tu vas mourir… et elle aussi… Et ton fils ?… Le pauvre petit Paco… Qu'est-ce qu'il va devenir, le pauvre petit Paco ?"

* *Hijo* : "fils".
** *Mal de ojo* · "mauvais œil"

J'ai frissonné à l'instant où j'ai compris qu'elle s'adressait, non à moi, mais à mon père.

"Ma maîtresse s'appelle Irena ?

— Ne fais pas l'innocent ! Enfant, tu mentais jamais. Tu vas pas commencer maintenant. Je suis ta mère, et ta femme, elle m'a tout raconté…

— Je suis mort, tué par les communistes, pas à cause d'Irène…

— Son mari, il est communiste…

— Irena est mariée ?

— … Elle s'occupe plus des Mujeres libres* et des *putas* du Barrio Cino** que de lui… Elle aime les anarchistes, mais surtout toi, mon fils. Si tu la rejoins, son mari il vous retrouvera et il vous tuera."

Elle s'est mise à pleurnicher : "Je veux pas que mon fils unique, il meure pour une *puta* !"

Elle a montré, d'un doigt tremblant, les gravures de Goya qui défilaient sur l'écran :

"*Que barbarida*** !* Regarde ce qui vous attend ! *La muerte ! La muerte !* La boîte, elle sait ça !… Elle te montre ton avenir ! Massacrés ! Vous allez tous être massacrés !…

— Où est Paco ? Est-il au courant ?

— Paco, il est resté avec moi depuis que ta femme est retournée dans sa famille. Elle a eu

---

* Mujeres Libres : mouvement d'émancipation de la femme espagnole, animé par les anarchistes du CNT.
** Barrio Cino : quartier de prostitution et de maraîchers du centre de Barcelone.
*** *Que barbarida* : "Quelle horreur."

peur de voyager avec lui au milieu des combats. Elle m'a laissé le petit. J'ai fait croire à ton fils que tu étais parti te battre pour la liberté…

— Ce n'est pas vrai ?

— *Es mentira** ! Tu voulais retrouver *la puta*. Son mari, il vous a suivis. Il a juré de vous retrouver et de vous tuer comme ces chiens de franquistes… Quitte-la ! Reviens avant qu'il soit trop tard !… Pense à Paco !"

Mon salaud de père n'en avait rien à foutre de Paco. Et Paco s'est fait baiser pendant vingt-cinq ans par une légende ! Le héros était mort sous les balles d'un cocu ! Irena l'avait suivi dans la tombe ! Irène ! Ironie du sort, père et fils avaient choisi des femmes au même prénom ! J'ai compris, soudain, pourquoi ma grand-mère avait une telle antipathie pour Irène.

Un coup de poignard dans le cœur, à chaque fois qu'elle entendait ces trois syllabes…

Pourtant la mienne n'avait rien d'une passionaria. Elle était célibataire, et moi, je ne m'étais engagé dans aucun des camps en présence. Etais-je, à mon insu, un des personnages d'une tragédie grecque et, quoi que je fisse, allions-nous finir comme ce couple adultère ? Une boule est venue se glisser dans ma gorge…

Les cadavres ont achevé leur défilé macabre sur l'écran.

* *Es mentira* : "C'est un mensonge."

J'ai éteint la télé et pris ma grand-mère dans les bras en lui caressant le dos. Sa respiration s'est apaisée :

"Mémé, je ne te quitterai jamais. Irena est partie et je suis toujours là."

Je l'ai raccompagnée, à petits pas, jusqu'à son lit.

Elle s'est endormie, en me serrant les doigts d'une main chargée de peur et d'amour.

Des cauchemars se sont succédé, toute la nuit : j'étais toujours sur le point d'être fusillé, égorgé, pendu par des soldats français et ma grand-mère m'arrachait à la mort en faisant, à chaque fois, écran entre mes agresseurs et moi...

Au matin du 16, si on avait essoré mes draps, on aurait pu en extraire un jus d'angoisse avec sa pulpe...

Perturbé par les révélations sur mon père, j'avais complètement oublié de rappeler Irène. Dans la nuit, une bombe avait détruit sa boutique.

3

SI LES SUDISTES
AVAIENT ÉTÉ PLUS NOMBREUX…

"… eh bien les nordistes, ils auraient pris la pâtée", répétait Roger Pierre à son compère Jean-Marc Thibault sur la station Europe 1 de la radio de bord, pendant que je roulais à travers les rues d'une ville fantôme, au volant de la Studebaker.

Je n'aimais pas le comique de répétition, pas plus que le tragique d'ailleurs. J'ai décidé d'en finir. D'en finir avec tout. L'Algérie, Alger, Bâb-el-Oued, la Basseta, mes enquêtes, ce commissariat de merde. Avant la fin du mois.

Le cessez-le-feu avait été annoncé la veille à partir de midi, conséquence directe des accords signés à Evian, le 18.

Le cessez-le-feu ! A peine l'ordre d'arrêt des combats entre les belligérants connu, le "haut commandement de l'OAS" avait livré le communiqué suivant, sur les ondes de sa radio pirate :

Aveugle et sourd à la volonté du peuple, de Gaulle a signé avec les assassins.

Notre guerre continue, notre drapeau restera tri-colore.

En conséquence, dès le lever du jour, une grève générale de vingt-quatre heures marquera la honte et la trahison d'un chef d'Etat indigne et notre détermination de rester à jamais français. Les rues seront désertées par la population de manière à éviter tout incident. Portes, fenêtres et volets seront clos.

Le soir, après un concert de casseroles en soutien à ces consignes, alors que nous étions sous couvre-feu, l'EGA* avait coupé le courant.

Ma grand-mère avait demandé pourquoi les gens de la boîte ne venaient plus et s'était couchée sans l'ombre d'une inquiétude. Moi, je m'attendais au pire. Je n'avait pas informé Irène de la destruction de sa boutique de peur qu'elle décidât de revenir.

Le 20 au matin, j'ai conjuré Mme Isabella de ne pas sortir de l'immeuble.

"Pourquoi ? Ils ont dit que c'est le cessez-le-feu !

— Parce que ça va être : «Feu à volonté !»"

Elle a semblé incrédule.

Hanté par les mensonges sur mon père, j'étais déterminé à faire avouer ceux du père Thévenot à condition qu'il n'ait pas abandonné son immeuble. Puisque j'étais suspendu jusqu'au mercredi, j'allais devenir, à mon tour, hors-la-loi…

* EGA : Electricité et Gaz algériens.

En chemin, comme je le craignais, des tirs ont crépité un peu partout. J'ai eu le sentiment d'avoir une conduite suicidaire en me déplaçant, dans cette ville fantôme, au volant d'une américaine bleu ciel tandis que les commandos Delta semaient la terreur.

Le dieu des Studebaker m'a laissé parvenir sans difficulté jusqu'à la rue d'Isly.

J'ai grimpé les cinq étages, profitant de mon ascension pour rassembler mes idées et anticiper mes questions.

Arrivé devant la porte, j'ai sonné, sonné.

Pas le bruissement habituel du vieux serviteur.

Pas le moindre mouvement. J'étais furieux. J'avais trop tardé et le vieillard s'était envolé vers des cieux plus cléments.

J'ai sorti mon canif et, après dix minutes de tâtonnements, je suis parvenu à crocheter la serrure. Heureusement pour moi, aucun voisin n'est apparu pendant mon bricolage.

Une odeur connue a, aussitôt, envahi mes narines. Pas de pisse ou de merde, comme chez ma grand-mère, non, une puanteur définitive. Celle de la mort.

J'ai sorti mon arme de service et je suis entré.

Dans le salon, rideaux tirés, un tableau à la manière de Goya m'attendait. Assis sur son fauteuil roulant, le père Thévenot, bras ballants, tête renversée, bouche ouverte, avait la gorge tranchée, éclairée par un rayon de soleil qui filtrait à travers les lourdes tentures.

Entre les deux fenêtres, l'adolescente alanguie du Balthus semblait ricaner.

Mon assassin était passé par là, une fois de plus, avant moi.

Compte tenu de l'odeur et de la raideur cadavérique, la mort remontait au moins à la veille. Le lien entre le double meurtre, les morts du détective Rolland, de Louise, la tenancière du Sphinx, et, à présent, de Thévenot, paraissait évident.

Le meurtrier et ses motifs l'étaient moins.

Spangenberg avait tué le couple sur la plage. Son complice ou son associé, le flic véreux, avait maquillé les meurtres en crime de l'OAS, à la lame.

Pourquoi ?

A la demande de Thévenot, son employeur ?

Et si mon légionnaire avait liquidé tout ce petit monde par pure folie…

Impossible, il était hospitalisé chez George quand la tenancière avait été trucidée.

Y avait-il plusieurs assassins aux mobiles différents ?

J'étais paumé.

J'ai erré dans l'appartement à la recherche d'indices. Dans le bureau du propriétaire, tous les tiroirs avaient été forcés et des papiers traînaient partout. L'assassin avait cherché quelque chose.

J'ai vu, soudain, une petite aquarelle anormalement penchée sur son axe. Je l'ai déplacée : elle masquait un coffre ouvert et vide.

Un crime crapuleux ! Déçu, j'ai poursuivi ma visite.

La cuisine était à l'abandon et une assiette de soupe froide attendait sur un plateau-repas son transport vers un consommateur improbable.

Le vieil Arabe préparait le dîner pour son maître quand l'assassin était arrivé.

Pourquoi n'avais-je pas retrouvé son cadavre ?

S'il avait ouvert au tueur, ce dernier n'aurait pas laissé un témoin aussi gênant derrière lui. Puisqu'il n'était plus à un meurtre près, il ne l'aurait certainement pas épargné.

Cédant à l'intuition, j'ai fait mine de quitter la pièce et j'ai refermé la porte de l'office, tout en restant sur place Sans bouger et sans respirer. Moins de dix secondes plus tard, j'ai perçu le sifflement d'une respiration. Elle venait d'un placard.

Arme au poing, j'ai ouvert la porte. Le vieil Arabe, accroupi au sol, recroquevillé, un couteau de cuisine à la main, m'a supplié :

"Ne me tue, s'il vous plaît, ne me tue pas…"

Il était terrorisé. Ma carte de flic n'a pas suffi à le rassurer car l'assassin l'était aussi. Ses lèvres étaient desséchées par sa claustration volontaire et immobile dans le réduit. Je lui ai offert un verre d'eau. Après avoir bu et compris que je ne lui voulais aucun mal, il m'a fait le récit de la nuit précédente.

Alors qu'il s'apprêtait à servir le dîner de son maître, on avait sonné à la porte. L'office était à l'autre bout du gigantesque appartement. Avant qu'il ait eu le temps de traîner sa vieille carcasse jusqu'à l'entrée, le père Thévenot, plus véloce en fauteuil roulant, avait ouvert, croyant, sans doute, au retour du fils prodigue.

"… reusement pour moi, j'y pas fait les excuses à Missiou. Je suis resté derrière la porte à écouter. J'ai reconnu la voix du policier qui était déjà venu. Missiou, l'était trrés en colère parce que l'autre, y voulait lui faire ouvrir le coffre. Et pi, Missiou, il a plus rien dit. Ils sont sortis du salon pour aller dans le bureau. Et pi, ils sont revenus et Missiou, il a dit : «Vous vous sortirez pas comme ça !»

Y a eu un cri. Après, plus rien. J'ai su qu'il était arrivé un malheur et je suis allé me cacher dans li placard et j'y plus bougé. Le policier, il a visité tout l'appartement, même la cuisine, mais reusement pour moi, il a pas regardé dans le placard. Oilà, ci tout. Tu as vu missiou ? Comment il va ?

— Il est mort.

— Yallah ! Qu'est-ce que je vais devenir ?

— Tu connais le nom du policier ?

— Non, missiou. Le patron, il lui avait demandé de surveiller Mademoiselle avant que le détective de Paris, il le remplace. Après, il a appelé deux fois au téléphone. Toujours gentil.

— Pourquoi a-t-il fouillé le bureau de ton maître puisqu'il lui avait ouvert son coffre ? Quels papiers cherchait-il ?

— Je sais pas.

— Où travaillait-il ?

— A la police."

Il ne pouvait pas m'en dire plus. Une fois encore, la description d'un homme banal. Il n'était même pas au courant de son allergie au lilas.

"Tu savais que ton maître niquait sa fille ?

— Pas possible ! L'azrine* ! Allah l'a puni deux fois.

— Pourtant tu as accepté les carba** qu'il t'offrait.

— C'i pas vrai ! il a protesté en rougissant. Il m'obligeait pour regarder. Un djnoun !

— Pourquoi tu es resté au service du diable ?

— Pour les petits… Et où aller ? Ma femme elle est morte, Estelle elle a été tuée et j'ai plus de famille."

Quant au fils Thévenot, un démon comme son père, il ne l'avait plus revu et il ne savait pas où il se cachait.

J'ai appelé le commissariat du centre-ville pour leur signaler le meurtre.

"Egorgé ? Encore un bicot qui a voulu se faire un Européen", a dit le préposé au téléphone.

J'ai conseillé au serviteur de se planquer dans sa chambre de bonne avant l'arrivée de mes collègues sinon ils allaient lui mettre la mort de son maître sur le dos.

L'époque était aux enquêtes bâclées et aux conclusions hâtives. Ça évitait la paperasse inutile et un travail qui n'avait plus de sens.

* Azrine : en arabe, Satan.
** Carba : en arabe, prostituée.

J'ai demandé un jeu de clefs de l'appartement au serviteur au cas où j'aurais envie d'explorer les lieux plus à fond.

"Je vais quitter la ville et retourner dans le bled, a conclu le vieil Arabe en quittant l'appartement.

— Attends un peu. Les rues sont dangereuses en ce moment."

Je ne pensais pas si bien dire. A peine ai-je passé la main à mes collègues que des explosions se sont succédé à rythme régulier. Quatre.

J'ai dévalé les escaliers en trombe, inquiet pour la Studebaker, garée tout près. Contrairement à ce que j'avais cru, le secteur était calme. Pourtant je n'avais pas rêvé.

J'ai quitté la rue d'Isly et emprunté la rue Dumont-d'Urville. Sur le point de m'engager dans la rue Bab-Azoun, une foule d'Arabes, qui fuyait dans ma direction en hurlant, m'a contraint à un arrêt brutal.

J'ai passé la marche arrière par crainte d'être lynché quand deux camions militaires, chargés de soldats, ont déboulé square Bresson pour monter un barrage.

La foule était hystérique.

Un soldat, effrayé, a porté la main à son arme, giflé aussitôt par un officier avec une violence surprenante.

L'instant d'après, des hommes, Arabes, venus de nulle part, ont calmé la foule avec autorité. Ils devaient être des responsables FLN parce que la population a semblé les craindre et les respecter. Ensuite, les nouveaux venus ont discuté avec l'officier français.

Ça parlait, avec véhémence, de l'OAS.

La foule s'est repliée vers la Casbah, toute proche.

Un soldat m'a ordonné de rebrousser chemin. Je lui ai demandé ce qui se passait en montrant ma carte.

"L'OAS a balancé quatre obus de mortier d'une terrasse de Bâb-el-Oued sur la place du Gouvernement. Y a des dizaines de morts et de blessés…"

J'ai contourné le barrage par le boulevard de la République et l'avenue du 8-Novembre pour me retrouver, bientôt, aux abords de… Padovani.

Comme si, inéluctablement, tout me ramenait à ce bord de mer. Je m'y suis arrêté et j'ai erré sur la plage déserte pour retrouver mes esprits, loin des morts et des vivants.

Deux maïs plus tard, j'ai repris la route pour le garage de la rue Montaigne. Sans savoir qu'une mauvaise surprise m'attendait.

Après avoir rangé la voiture dans son parc, j'ai continué à pied ma progression dans la rue et j'ai vu, au loin, une silhouette s'agiter devant la boutique d'Irène.

Quelques jours plus tôt, lorsque j'avais constaté les dégâts de l'explosion, j'avais veillé à ce qu'un voisin menuisier posât des planches de protection à la place de la vitrine et de la porte brisées.

A cinquante mètres de là, j'ai pu identifier la femme, vêtue d'un pull et pantalon corsaire, grâce à sa crinière rousse et à sa canne. Irène était de retour. Sans rien m'en dire.

"Qu'est-ce que tu fais là ?

— Tu vois. Je sauve ce qui peut l'être. . ., elle a répondu, sans lever les yeux du tas de gravats.

— Pourquoi ne m'as-tu pas prévenu ? Je…"

Elle s'est figée. Ses yeux étincelaient d'un violet inquiétant :

"Et toi ?

— J'ai pensé qu'il était inutile de t'affoler.

— Mais pour qui te prends-tu ? Je suis une grande fille et c'est MON territoire qui a été dévasté. De quel droit décides-tu de ce qui est bon pour moi ? Hein ?

— Excuse-moi, je croyais… C'est la folie, ici.

— C'est un scoop ?

— Comment as-tu su pour le magasin ?

— J'ai appelé une voisine pour savoir si tout se passait bien.

— Tu ne te fiais plus à moi, alors ?

— Je n'avais pas tort, non ? A propos, merci pour

les planches.

— De rien… On fait la paix ?

— Y a pas de raison. C'est le cessez-le-feu, non ?"

Je l'ai prise dans mes bras et elle s'est mise à sangloter de rage à la façon d'une petite fille, en tapant de ses poings fermés dans mon dos :

"Les salauds ! Pourquoi ma boutique ? Ils n'aiment que les bérets verts, rouges, noirs et les képis ! Je les déteste ! Tous ! L'OAS, le FLN, l'armée française et les Français… Si tu savais comme ils nous rejettent ! C'est une horreur ! Marseille, c'est pire qu'Orléans. Ils sont mesquins et méchants. Je plains Mme Choukroun. Jamais je ne retournerai là-bas ! Jamais ! Plutôt crever !"

J'ai léché ses larmes et baisé ses lèvres, salées par le chagrin et gonflées par l'émotion. La raideur de mon sexe m'a surpris. Durant ces derniers jours, j'en avais presque oublié l'existence.

"Ne restons pas là. Montons chez toi."

J'ai vérifié, une fois de plus, que le manque alimentait le désir. Nous avons fait l'amour comme des barbares.

A la fin du premier round, elle m'a allumé une maïs que j'ai fumée en souriant.

"A quoi tu penses ?

— Aux rituels. On s'engueule, on baise, tu m'allumes une maïs, je la fume. L'ordre des choses.

— Ça ne te plaît pas ?

— Si. Plus que jamais. Moi qui aime l'imprévisible, ces derniers temps, j'ai eu ma dose.

— Ton sexe m'a manqué. Je me suis même caressée en pensant à lui.

— A lui, pas à moi ?

— Lui c'est toi. Quand j'ai glissé les doigts entre mes cuisses, je voyais ton visage, mais j'imaginais qu'ils étaient ton sexe dur en moi." Elle a déposé un baiser sur mon gland. "Je l'aime ce petit bout de 'hair qui se gonfle et se dresse au contact de ma main, de ma langue ou de mon ventre...

— Et de tes larmes.

— Ça, c'est à cause de ton ego qui joue les protecteurs... Un jour, je lui ferai un chapeau ou un petit bonnet d'angora pour le protéger du froid de la Métropole... Avec un petit ruban de soie autour des bourses.

— Comme un paquet-cadeau !

— Pourquoi pas. Je déboutonnerai ta braguette et je le déballerai comme un sucre d'orge. Et je le sucerai lentement pour qu'il dure le plus longtemps possible."

Et mon sucre d'orge a commencé à réagir favorablement à ses fantasmes.

"Je crois qu'il m'aime aussi..., elle a dit en le caressant du bout des doigts. Et toi ? Où en es-tu ?" elle a demandé, sans prêter attention à sa main droite qui pétrissait mon membre, d'un rythme souple et régulier. Elle masturbait de main de maître.

Ernestine, par ses récits professionnels, ne l'avait-elle pas dévergondée plus que je ne l'imaginais ?

"Alors ? Ça vient ?" Elle a ponctué sa question d'une pression sur la verge. J'ai conté, avec plaisir, tous les épisodes qu'elle avait loupés, notamment ma mise à pied. J'ai eu quelques difficultés à articuler la fin de mon propos qui coïncidait avec les jets de sperme dans sa paume.

"Tu devrais… Attends !"

Elle s'est levée, nue, s'est essuyé la main à un torchon de table qui traînait, comme le faisait ma grand-mère après la vaisselle, et s'est emparée du combiné téléphonique.

La main gauche posée sur la console pour garder l'équilibre, la droite à son oreille, elle m'a offert la vision d'un dos musclé, constellé de taches de rousseur et d'une croupe superbe dont les fesses rebondies formaient, par son déhanchement, une asymétrie émouvante. Mon regard, depuis la bombe du Casino, s'était toujours censuré au-dessous des genoux.

"Monsieur Marcel, c'est Irène. Avez-vous du lilas, en boutique ? Oui ? Pourriez-vous m'en faire livrer un bouquet ? C'est gentil, merci.

— Qu'est-ce que tu mijotes ?

— Ce type, ce flic véreux. Pour le démasquer, fais comme pour les photos. Tu te mets une fleur de lilas à la boutonnière et tu écumes tous les commissariats.

— J'y ai pensé. Mais, rien ne dit que mon client

sera là au moment de mon passage.

— Essaie toujours. Au point où tu en es, je ne vois pas de quelle autre manière tu pourrais l'identifier.

— Que penses-tu de la mort de Thévenot ?

— Je pense comme toi. Il n'y avait pas que l'argent. Sinon, il n'aurait pas fouillé le bureau de sa victime. Les gens ne laissent pas traîner des liasses dans un meuble. Surtout quand ils ont du personnel de maison. Non. Il cherchait autre chose. Mais quoi ?

— J'ai les clefs de l'appart. J'y retournerai plus tard.

— Je peux venir avec toi ?

— Non, trop dangereux.

— Mais pourquoi ? Thévenot est mort, son fils, avec ses copains de l'OAS. Une âme candide, à tes côtés, t'évitera la solitude dans laquelle tu t'englues depuis quelque temps…

— Tu n'en feras pas qu'à ta tête ?

— Promis. Chiche ?

— D'accord.

— Et ta grand-mère ?

— Pourquoi m'as-tu demandé si je connaissais une Irena ? Elle t'en avait parlé quand tu t'es occupée d'elle ?

— Oui.

— Que t'a-t-elle dit ?

— J'ai juré de ne pas le répéter."

Je lui ai raconté ce que j'avais appris sur mon père. Elle m'a confirmé qu'elle le savait déjà.

"C'est dingue ! Elle m'a parlé en s'adressant à

mon père et à toi comme si tu étais ma mère.

— Il vaut mieux que je ne la voie plus, ça risquerait de la perturber davantage.

— Je ne sais pas. Peut-être."

On a sonné à la porte. Le bouquet de lilas était arrivé. Sur l'emballage, une étiquette était collée : *Dites-le avec des fleurs…*

"Démasquez les tueurs avec des fleurs", a corrigé Irène, en en détachant un brin et en le glissant à la boutonnière de mon veston.

*

Peigne fin…
Poux…
Gratte…
Couper les cheveux…
Laver, le linge…
Blanc. Draps..
Peau. Soleil…
Pays..
Perdu…
Mari, fils, guerre…
Balles…
Bal. Danser. Musique. La boîte…
Mama…
Mama ! Amour…
Cimetière. Tombe. Terre…

Taire. Pas mot…
Plus mot…
Garder mots pour Paco…
Plus parler…
Ecouter les bruits de boîte…
De dame-plus-qui…
Peur. Irena. Araignée. Déchirer toile…
Libre. Fils…
Embrasser. Sourire. Sommeil…
Donne la main…
Caresse…
Bon…
Dodo, Paco…
Do…

*

"Elle a rien dit de la journée et elle a rien voulu manger, a commenté Mme Isabella, elle a changé du jour
au lendemain, on dirait qu'elle est perdue dans ses
pensées."

Avait-elle eu l'intuition du retour d'Irène ?

Les personnes qui s'enfonçaient dans la sénilité
avaient-elles un sixième sens ?

Peut-être s'était elle mise en grève, elle aussi,
pour protester contre les accords d'Evian ? J'en
doutais.

Elle était plutôt dans cet entre-deux, entre conscience et inconscience, entre mémoire et amnésie,
entre l'Espagne et l'Algérie, entre ce qui lui restait

de vie et ce qui lui parlait de mort.

Après le départ de la concierge, j'ai avalé une longue rasade d'anisette pure au goulot et je me suis effondré sur mon lit pour rejoindre mémé dans les limbes d'une pensée en décomposition. Mon cerveau, embué par l'alcool, a sombré dans l'eau noire de la mélancolie et s'est enfoncé dans les profondeurs d'un monde, sans mots, sans images. Sans douleur.

4

ARMÉE D'OCCUPATION

Mercredi, ma punition effectuée, je suis réapparu au commissariat.

Plus personne ne bossait. Tous m'ignoraient avec ostentation. Mas n'était pas là. Franceschi, le collègue le moins hostile, m'a vanné sur mon brin de lilas :

"C'est le patron qui te l'a offert pour fêter ton retour ?

— Ouais, c'est ça, après les tomates, le lilas. Mas est absent ?

— Le patron l'a lancé à la recherche du tueur qui s'est taillé de Maillot. Si ce maboul zigouillait un toubib, on perdrait la figure…

— Il a retrouvé sa trace ?

— Pas que je sache. Il va finir par le coincer, il est bon, Mas…"

Dans la pièce de réunion, les inspecteurs lisaient et commentaient le texte intégral des accords d'Evian. Grève oblige, les quotidiens n'étaient pas parus les jours suivant la signature. Nous étions les premiers concernés et les derniers informés. Certes, il y avait la radio et la télé. D'Etat.

Les collègues étaient furieux d'apprendre la libération de "ce coulo de Ben Bella" par "la salope de Grande Zohra".

"On va leur mettre la putain de leur mère, qu'ils vont regretter d'être nés, a dit l'un d'eux.

— On peut pas laisser aux melons ce pays, ils ont un pois chiche dans la tête", a continué un autre.

L'intellectuel de service a ajouté : "En plus, ces tchouches*, ils sauront même pas lire les modes d'emploi des machines et des usines.

— Surtout si c'est un brèle comme toi qui les a écrits ! s'est moqué le comique de la bande.

— Et vous avez lu, en bas de page ? Non seulement ils libèrent ces assassins du FLN, mais, en même temps, ils mettent en place des cours martiales à procédure accélérée pour condamner, fissa, les Français qui ont choisi l'OAS et l'Algérie française. Une honte !" a dit le commissaire qui nous avait rejoints. Lorsqu'il m'a vu, il m'a interpellé, l'air narquois :

"Et toi, Martinez ? Qu'est-ce que tu penses de tout ça ?"

Après un instant de réflexion, j'ai déclaré, avec la solennité d'une pythie :

"Si les sudistes, ils avaient été plus nombreux, eh bien les nordistes, ils auraient pris la pâtée."

* Tchouche : de l'espagnol *chucho*, "débile".

Un blanc. Perplexité dans les regards. Et puis :

"Il a raison, la putain ! On est un million et ils sont dix millions. Dans cinq ans, on sera un million deux et ils seront quinze millions. Si on avait chié des enfants à la pelle comme eux, on aurait été assez nombreux pour faire sécession. Comme les sudistes en Amérique. Salan aurait été le général en chef et pourquoi pas le président. Et les autres melons de l'Algérie algérienne, ils auraient pas eu intérêt à nous emmerder. Même les Français de France nous auraient enviés ; notre Algérie française, elle aurait été sans Arabes, et eux, ils se seraient gardé leurs émigrés. On aurait occupé l'Algérois, l'Oranais et le Constantinois et on leur aurait laissé le reste. Ma parole, en dix ans, l'Algérie française, ça aurait été la Riviera. Monte Carlo, à côté… !

— Ti as vu Monte Carlo ? Non, j'ai vu monter personne, a coupé le comique.

— T'i es con ! On peut pas parler sérieusement avec toi.

— Arrête un peu de te faire ton cinéma, c'est foutu, l'Algérie française ! On nous l'a bien enfoncé profond !"

Pour échapper à la baroufa* qui se dessinait, je me suis éclipsé aux toilettes, histoire d'avoir une conversation intelligente avec le fantôme de Choukroun.

Quand je suis revenu, ils étaient tous partis au café pour continuer de recréer leur monde, devant

* Baroufa : de l'italien *baruffa*, "bagarre".

une anisette. J'ai enlevé le brin de lilas du revers de mon veston.

Ils étaient idiots et fanfarons, mais aucun n'avait éternué, en me croisant. Aucun d'eux n'était le tueur. Ça m'aurait été pénible de jouer les justiciers avec un collègue.

Il y a eu un appel d urgence : une femme menaçait de se jeter d'un quatrième étage de la rue Cavelier-de-Lassalle.

J'ai voulu prendre ma voiture de service, mais elle était coincée par un camion en panne. J'ai renoncé au véhicule et j'ai couru, avec l'espoir insensé de mettre en échec la mort. Pour une fois.

Quand je suis arrivé sur les lieux, la femme était toujours là, accrochée à la rambarde, les pieds sur la corniche, côté vide. L'étrange spectacle d'une femme qui se serait mise au balcon, mais se serait trompé de sens. C'était une fatma. Elle criait et se lamentait :

"Y veut me tuer... Y veut me tuer !"

Les propos de la supposée suicidaire me semblaient inadaptés. J'ai hurlé : "Je suis de la police ! J'arrive !

— Y a personne, fatma. Maboula !" s'est moquée une vieille voisine, depuis son balcon.

Des enfants attroupés mimaient la femme de ménage, en répétant ses paroles avec outrance.

En montant les étages, j'ai entendu une porte claquer, des pas dévaler l'escalier. Un adolescent de quinze ans m'a bousculé en me croisant. J'ai poursuivi mon ascension jusqu'au quatrième où j'ai défoncé la double porte d'un coup de pied.

L'appartement semblait désert. L'arme au poing, j'ai progressé jusqu'à la pièce où se situait le balcon de la malheureuse. Elle était fermée par un verrou intérieur. Un nouveau coup de pied a fait sauter la serrure. Quand elle m'a vu, elle a repassé les jambes par-dessus la rambarde et s'est écroulée sur le sol du balcon, en larmes.

"Il est où ?

— Je sais pas. Il est arrivé avec le fusil. Et il a dit : «Je vais te tuer ! Vive l'Algérie française !» J'ai couru dans le couloir, j'ai fermé la porte de la chambre et je me suis cachée sur le balcon…

— Tu le connais ?

— Bien sûr, c'est le fils des patrons. Je m'occupais de lui, il pissait encore dans ses culottes.

— Tu es folle de venir encore travailler dans le quartier ! Tu veux mourir ou quoi ?

— Le patron, il m'a promis que je risquais rien. Avant, il venait me chercher chez moi avec la voiture, mais depuis les événements, il me loge dans la chambre d'ami au bout du couloir. Avec sa femme, il travaille toute la journée à la pharmacie. Depuis dix ans, je fais le ménage, le manger et je garde les enfants quand ils sortent. Le dimanche, il m'accompagnait dans la famille en voiture, mais, depuis un mois, il a peur d'aller jusqu'au

Climat-de-France. Il me laisse à la place du Gouvernement.

— Pourquoi il voulait te tuer, le fils du patron ?

— Parce que j'ai pas voulu qu'il touche aux affaires de son père. Surtout au fusil de chasse…"

Je l'ai laissée reprendre ses esprits et j'ai visité l'appartement. L'arme avait été abandonnée au sol, dans le bureau du père. Jadis, les enfants jouaient aux cow-boys et aux Indiens avec des pistolets factices, désormais ils voulaient être de vrais guerriers, comme leurs aînés.

J'ai demandé l'adresse de la pharmacie paternelle et je m'y suis rendu aussitôt avec le fusil au cas où l'adolescent aurait voulu récidiver, après mon départ.

Le père était effondré par les faits rapportés.

"Il faut quitter ce pays avant que tout le monde devienne fou. Merci de votre intervention, monsieur l'inspecteur. Je vais essayer de reprendre en main ce petit avant qu'il ne soit trop tard.

— Pourquoi a-t-il fait ça, selon vous ?

— Il a honte de moi parce que je n'ai pas rejoint le maquis OAS. En 58, il adorait de Gaulle et il passait son temps à le dessiner les bras en V ; il confectionnait aussi des croix de Lorraine. Après, ça a été sa période parachutiste. Depuis le putsch manqué, Salan et Degueldre sont ses idoles. J'aurais préféré qu'il aime Roy Rogers et, même, qu'il nous saoule avec Elvis Presley. Au contact de la guerre, les enfants singent les adultes, ils deviennent des monstres."

Je suis retourné au commissariat pour taper mon rapport sur cette intervention afin d'éviter une nouvelle réprimande.

Il y avait une effervescence inhabituelle aux abords du poste de police. Une bombe avait éclaté. Selon les badauds, le FLN en était responsable.

Un cordon de sécurité avait été constitué pendant que des ambulances embarquaient des blessés. Puis, j'ai découvert quelle était la cible de cet attentat. Ma voiture ! Dévastée par l'explosion. La Dauphine n'était plus qu'un amas de ferraille. Aux environs, vitres et vitrines avaient été éclatées par le souffle.

Pour la première fois depuis le début de mes enquêtes, j'ai eu peur.

Pourquoi ma voiture de service ? Si le camion en panne...

L'engin était-il équipé d'une mise à feu à retardement ? Les artificiers ont été incapables de me répondre.

Qui était visé ? Le commissariat ou moi ?

Etait-ce en rapport avec la mort de Choukroun ? L'affaire Thévenot ? Ou mes visites à Rocher-Noir ?

J'ai retrouvé mes collègues. Ils semblaient tout aussi troublés que moi. Franceschi avait été blessé par des éclats de vitre. Pas un n'avait imaginé que l'OAS eût frappé leur commissariat, à moins que l'un d'entre nous…

J'ai préféré rejoindre Irène avant qu'on ne vît en moi le "traître" désigné par cet attentat au plastic.

Obnubilée par la remise en état de son commerce, elle n'a pas prêté attention à mon air sombre. Elle avait pu sauver l'essentiel de son stock. Quant à la boutique elle-même, il lui avait fallu renoncer à l'ouvrir. D'ailleurs, plus personne n'envisageait de baptême, de communion ou de mariage. Les enterrements se menaient à des cadences si infernales que les veuves ou les mères en oubliaient le noir de leurs toilettes.

Nous avons déjeuné en silence, chacun plongé dans sa rumination intérieure.

Alors que nous prenions le café, Ernestine a téléphoné. Irène a écouté, sans rien dire, puis l'a remerciée.

"Brigitte a raconté à Ernestine son histoire d'amour avec Rolland. Elle lui a confié un détail non négligeable : Rolland l'avait embauchée pour la photographier à travers le miroir sans tain du Sphinx en compagnie de certains habitués.

— C'était un maître chanteur ?

— Non. Il faisait ça à la demande de son client.

— Thévenot !

— Attends, ce n'est pas tout. Au début, Rolland pensait que son patron constituait sa collection

317

pornographique privée. Devenu l'amant de Brigitte, à l'insu de Thévenot, il lui a confié une autre hypothèse : le vieux pouvait utiliser les photos comme moyen de chantage à l'égard de ses relations dans la bourgeoisie algéroise.

— Où veux-tu en venir ?

— Au plus important. Tu sais qui fait partie de la collection ? Le flic véreux.

— Elle est sûre ?

— Certaine. Mais toujours pas de nom. Rolland l'appelait «Lucky Luke» parce que, disait-il, en ricanant, «il tire plus vite que son ombre». Qui est ce Lucky Luke ?

— Pas un éjaculateur précoce, mais un héros d'une bande dessinée de western… Donc, on peut penser que Lucky Luke cherchait les photos soit pour faire chanter quelqu'un, soit parce que Thévenot le faisait chanter. Ce qui expliquerait les meurtres de Rolland, Louise et Thévenot. Mais pas la mise en scène avec le couple assassiné."

Je suis allé rendre visite à mes collègues du centre, un nouveau brin de lilas à la boutonnière. En vain. Ils m'ont pris pour une tante et aucun n'a éternué.

Ils recherchaient le vieil Arabe qui, au dire des voisins, ne quittait l'appartement des Thévenot que pour aller se coucher dans la chambre de bonne qu'ils avaient trouvée vide.

La fuite du vieillard était, pour eux, une forme d'aveu. Les serviteurs arabes profitaient de la future indépendance pour faire la peau à leurs maîtres. Il y avait eu des précédents récents : des propriétaires terriens avaient été égorgés par leurs employés sous les yeux de leur famille. De plus, le coffre était vide. Le type même du crime crapuleux. Ils ne se faisaient aucune illusion quant à la possibilité de mettre la main sur lui.

J'ai été tenté d'aller visiter seul l'appartement, mais j'avais promis à Irène de l'emmener et je ne voulais pas d'une nouvelle querelle.

J'ai rendu visite à deux autres commissariats avec mon brin de lilas qui se fanait à vue d'œil. Sans résultat.

J'ai renoncé à poursuivre mon enquête fleurie et je suis rentré chez moi.

*

Bouton...
Boîte... Image...
Noir... Gris...
Bouton...
Allumette... Casserole... Manger...
Bouton... Porte... Paco. .
Bouton...
Veste... Fleur...
Bouton...
Lumière... Jour... Nuit...
Bouton...
Méduse... Vinaigre...

Bouton… Saut… Barrière…
Bouton… Saut… Barrière…
Bout…

*

Elle a murmuré, en me regardant, une suite de paroles insensées. Insensées, peut-être pas. Les fous qui soliloquaient dans la rue ou dans le tram étaient incompréhensibles. Ils déliraient, mais ces mots, dans leur monde, avaient un sens.

Ma grand-mère se déplaçait dans un nouveau monde où les mots n'avaient de sens que pour elle, se réduisant au minimum, à l'essentiel. Un monde poétique où articles, verbes, compléments d'objet direct, indirect, d'attribution, d'agent, conjonctions de coordination, de subordination, propositions principale, indépendante, conjonctive ou relative, temps et ponctuations s'effaçaient pour ne mettre en évidence qu'un chapelet de sons, telles des perles enfilées sur un fil invisible et secret. Une chanson, scandée par un refrain d'un seul et même mot, "bouton".

Etais-je si différent ? Ma vie n'était plus rythmée que par la recherche d'une vérité aussi absurde qu'inutile.

Mon père avait quitté ma mère pour une autre femme et y avait perdu la vie. Une nouvelle version d'une même mort. Les deux récits tenaient la route. Dans les deux, il était mort sous les balles d'un communiste.

Etait-il dans les bras d'Irena ?

En fuyant, une balle dans le dos ?

Dans un duel ?

Pendant son sommeil ?

L'arme au poing ?

A-t-il eu le temps, une dernière fois, de regarder le bleu du ciel ? A-t-il eu peur de la mort ?

Autant de questions, sans réponses.

Quelle importance ! J'avais été enlevé par ma grand-mère à l'affection de ma mère. Horrible, certes !

Ma mère a-t-elle vraiment cherché à me retrouver, à me reprendre ? Pas sûr.

L'une était encore là, l'autre ne l'était plus depuis longtemps.

Dès l'instant où j'ai passé l'examen d'entrée dans la police, j'ai cessé de voir mes camarades de faculté. J'ai changé de monde.

Ils étaient dans la contemplation, je voulais être dans l'action. La plupart d'entre eux avaient poursuivi leurs études en Métropole, expédiés loin des "événements" par des parents inquiets pour leur progéniture.

Je n'avais cessé d'être coupé ou de me couper des mondes que je traversais. Y compris au commissariat où je n'avais entretenu de relation réelle qu'avec Choukroun. Les autres ne m'intéressaient pas et ils me le rendaient bien. Après quelques invitations des collègues les plus sympathiques pour m'entraîner au stade ou au café, ils avaient renoncé devant mon manque d'enthousiasme évident. Choukroun, Irène, ma grand-mère, le cinéma.

Je ne lisais plus, depuis longtemps. J'avais bien quelques livres de chevet, *La Tentation de saint Antoine*, *La Maison Tellier*, *Le Bruit et la Fureur*, *La Fêlure*, *Le Passe-muraille*, *Exercices de style*, *Moby Dick*, *Voyage au bout de la nuit* et *Le Mythe de Sisyphe**, mais plus aucun d'eux ne trouvait grâce à mes yeux.

Pourtant, ce soir-là, j'ai relu des *Chroniques algériennes* de Camus et j'ai eu la conscience aiguë que ce pays s'était spécialisé dans les occasions perdues à cause de l'imbécillité des politiques et des militaires.

"Bouton !" a crié ma grand-mère dans son sommeil. J'ai posé mon livre et tourné l'interrupteur pour fuir dans l'obscurité. Deux bombes ont explosé, au loin, à quelques secondes d'intervalle, à la façon de coups de tonnerre. Il y avait de l'orage dans l'air…

*

Au matin du 22, je me suis fait porter pâle.

Le commissaire m'a dit, d'un ton sarcastique :

"Je comprends, petit, tu aurais pu y être, dans la Dauphine, ça t'a foutu un coup…" Me prenait-il

---

* Flaubert, Maupassant, Faulkner, Fitzgerald, Aymé, Queneau, Melville, Céline, Camus.

pour un poltron ou essayait-il de me donner la trouille ? Et s'il était l'éminence grise de cette histoire ?...

J'ai appelé Irène pour lui proposer notre virée dans l'appartement des Thévenot en fin d'après-midi et consacré la journée à ma grand-mère.

Evidemment, elle a semblé mieux. Une amélioration confirmée par la concierge pour ajouter une louche à la bouillasse de ma culpabilité.

"Quand vous êtes là, c'est plus la même ! Regardez comme elle sourit ! C'est sûr, elle est heureuse. Elle s'intéresse même plus à la télé ! Elle a d'yeux que pour vous…"

Le sourire s'est effacé lorsque j'ai ajusté mon chapeau pour rejoindre Irène.

Dehors, j'ai eu le sentiment de sortir de taule. L'amour pouvait être carcéral.

Irène m'attendait au volant de la Studebaker, l'air excité.

"On y va ?

— Pas tout de suite. Je n'ai pas envie que les voisins nous prennent pour des cambrioleurs ou des pillards."

Déçue, elle a mis en route le moteur et nous avons filé vers le centre.

La place du Gouvernement avait été désertée par la population arabe, après le massacre au mortier. Des soldats patrouillaient alentour. Nous avons continué et dépassé la rue d'Isly, par prudence. La voiture était un peu trop voyante pour la garer près de l'immeuble. Nous avons bu un verre dans un café de la rue Michelet en grignotant une kémia. Irène n'avait pas faim et Mme Isabella avait insisté pour que je goûte sa paella. Mon estomac était lesté par le plat qui avait plutôt la consistance d'un cassoulet. La paella était un métier que la concierge ne maîtrisait pas vraiment.

Puis nous sommes passés à l'action.

Bien que j'aie, à mon trousseau, la clef de l'ascenseur, j'ai choisi d'en éviter l'usage puisque seuls les Thévenot avaient ce privilège. Un voisin trop curieux aurait pu vouloir identifier les passagers...

Les collègues n'avaient pas jugé utile de poser les scellés. A cause de mon crochetage lors de ma dernière visite, j'ai eu du mal à tourner la clef dans la serrure. J'étais un piètre cambrioleur. Irène, sérieuse comme une complice aguerrie, a fait le guet. La porte enfin ouverte, nous nous sommes glissés dans le vestibule.

L'odeur de mort était toujours prégnante. J'ai vérifié que les rideaux étaient tirés avant de commencer la fouille. Pièce par pièce. Pendant deux heures. Sans rien trouver.

"J'ai bien peur que Lucky Luke ait découvert ce qu'il cherchait...

— Qu'est-ce qui a pu nous échapper ?

— Les lames du parquet, mais il n'y a pas de parquet.

— Où cacherais-tu des photos dans cet appartement ?

— Pas dans un album… Thévenot était paralysé. Il fallait donc que ses planques soient à portée de main d'un corps assis… Le lit, le bureau, les étagères basses d'une bibliothèque… On a vérifié. Le coffre est trop haut. Il a été installé du temps où Thévenot était valide. Il a probablement donné la combinaison à son tueur sous la menace. Il contenait sans doute des documents et des bijoux. J'imagine que l'essentiel de sa fortune était constitué de titres et d'argent déposés à la banque… La lettre volée… !

— Pardon ?

— Edgar Poe ! Une place évidente, si évidente que personne ne la remarque. Une place simple d'accès pour un homme cloué dans un fauteuil.

— Le Balthus ! Il a été décroché et raccroché plus bas. On le voit aux traces sur la tapisserie.

— J'ai regardé derrière, il n'y a rien.

— Mais pas dedans !"

Elle a saisi le tableau puis l'a déposé, à l'envers, sur la table du salon. Elle m'a demandé mon canif pour découper le fond qui protégeait le dos de la toile. Une enveloppe épaisse est apparue.

Elle l'a décachetée : a surgi un catalogue de bourgeois algérois en tenue d'Adam en compagnie de la même Eve, Brigitte.

"Je suis le roi des cons ! je me suis exclamé en découvrant deux clichés : l'un sur lequel un homme se faisait sucer par Brigitte et lécher les couilles par une pute inconnue aux seins monstrueux, l'autre, où il jouissait dans Brigitte en malaxant l'énorme poitrine de la comparse.

"Qui est-ce ? a demandé Irène.

— Mas ! j'ai articulé comme une injure, sidéré par ma bêtise.

— Tu avais un brin de lilas au commissariat, non ?

— Il n'était pas là, hier."

Irène a examiné les autres photos :

"Ben, dis donc ! Brigitte a baisé avec tout le gratin algérois. Regarde, Simoni, il est baraqué comme un catcheur et il en a une toute petite… Et ce gringalet ! Qui l'imaginerait monté comme un étalon ? La nature produit de curieux mélanges… Il fallait que Brigitte ait eu le cœur à l'ouvrage pour accepter certains clients…

— Comme pour la paella, c'est un métier…

— Celui-là a une telle bedaine qu'elle a eu l'intelligence de le chevaucher pour éviter d'être asphyxiée… Le fils Séverino, par contre, est bien foutu. J'ai dansé, une fois, avec lui… Bon danseur en plus."

Pendant qu'elle commentait, l'air gourmand, la luxure de nos bourgeois, je m'interrogeais sur Mas et la façon de le confondre.

"Temps mort ! elle a demandé comme au basket, qu'elle avait pratiqué dans sa jeunesse à Orléans. Ça m'a excitée, ces photos…"

Elle m'a tendu la main et m'a entraîné dans la chambre du vieux, avec une vélocité rare malgré sa canne. J'ai protesté. Mollement.

"On n'est pas là pour…"

Elle m'a renversé sur le lit, et, sans autre préambule, m'a dégagé le sexe, qui, bien que surpris, n'a pas tardé à se dresser sous les caresses qu'elles avaient de plus en plus fébriles.

Elle a relevé ses jupes, baissé sa culotte et m'a chevauché comme Brigitte son gros porc. Son sexe, inondé par l'excitation visuelle, m'a avalé sans peine. Sa peau était brûlante, et son souffle, court. Des détonations violentes ont commencé à résonner. Machinalement, j'ai regardé ma montre : 21 heures.

Irène a continué sa cavalcade, sans se préoccuper du fracas des armes qui s'est amplifié ; tirs de bazooka, fusils-mitrailleurs, mitraillettes, accompagnés par les explosions de grenades. Elle s'est déchaînée comme si elle redoutait que la violence des combats ne précipitât ma débandade.

Je ne ressentais rien. Comme si mon ventre était indépendant. Ma verge tendue suivait les mouvements de son bassin pendant que mon esprit se dédoublait : l'un s'interrogeait sur les circonstances de la bataille qui se jouait non loin, l'autre, sur les mobiles de Mas.

J'étais trois. Une queue et deux cerveaux, sans parler de mes mains qui, elles aussi, en quête d'indépendance, pétrissaient les seins et les fesses de ma belle. Ma verge a grandi un peu plus avant de cracher son liquide tiède en elle, pendant qu'elle suffoquait de sa petite mort. J'ai été frigide jusqu'à la dernière goutte.

D'autres, à quelques rues, devaient se refroidir pour toujours, après s'être vidés d'un autre liquide tiède, rouge sang.

Une expérience terrifiante. Eros et Thanatos. Au sens propre.

Elle s'est dégagée, a frissonné une dernière fois :
"C'est la guerre ?

— Depuis huit ans, mais, tu sais bien, on appelle ça «les événements d'Algérie».

— Qu'est-ce qui se passe ?

— Ça ressemble à un début de guerre civile."

Les tirs se sont espacés, puis tus. Elle a allumé une maïs que j'ai fumée sans vrai plaisir. J'ai été envahi par la tristesse, elle, par le malaise de l'obscène.

Soudain, la porte d'entrée de l'appartement s'est ouverte.

Nous avons remballé notre attirail sexuel à la vitesse d'un couple pris en flagrant délit d'adultère, la peur au ventre, convaincus de la présence, non d'un mari jaloux, mais d'un assassin de retour sur le lieu de son crime.

J'ai ordonné d'un signe à Irène de rester dans la chambre, et, l'arme à la main, j'ai progressé, le cœur battant.

Seul le sifflement d'une respiration pénible était audible. Celle d'un homme suffoquant d'épuisement.

Il n'y avait personne ni dans le salon, ni dans la pièce de réception. Personne dans le couloir.

Le souffle saccadé me parvenait de l'une des pièces que nous avions visitées.

Mas pensait-il que les photos étaient dans l'une des chambres des enfants ?

Paul Thévenot était allongé sur son lit, la poitrine en sang, les doigts serrés sur la bandoulière d'une mitraillette abandonnée au sol. Quand il m'a vu, il a tenté de s'en emparer sans y parvenir. Les forces lui manquaient et mon pied a été plus rapide que sa main.

Sans cesser de pointer mon arme sur lui, j'ai allumé la chambre :

"Qu'est-ce… que… vous foutez… ici ? il a murmuré, livide.

— Et toi ?

— Je suis… chez moi, non ? Où est mon père

— Il n'est plus là.

— Il… a jamais… été là quand… il fallait.

— Il est mort.

— Papa ? Quand ? Comment ?

— Assassiné.

— Par l'OAS… ou par le FLN ?

— Par un flic pourri, un dénommé Mas.

— Connais pas… Pourquoi ?

— Je ne sais pas encore. Peut-être en rapport avec la mort de ta sœur.

— Tant mieux… Au moins un qui… a eu les couilles de le faire payer… pour ses saloperies…

— Tu savais tout ?

— J'avais lu des pages du journal… Pour l'emmerder… Au début, j'ai cru qu'elle divaguait et puis…"

Il s'est mis à sangloter. Le gros chagrin d'un petit garçon. Devant le spectacle de sa souffrance physique et psychique, j'ai oublié ma haine et mon enquête.

"Je t'emmène à l'hôpital Mustapha. Tu perds beaucoup de sang.

— Foutez-moi la paix ! il a dit entre deux hoquets... Laissez-moi crever chez moi. Après ce qu'on leur a mis, ce soir... si on m'arrête, je vais passer... le reste de ma vie... en taule..."

J'ai baissé mon arme et appelé Irène. Elle a jeté un regard inquiet sur le jeune homme :

"Qui est-ce ?

— Paul, le fils Thévenot. Il est gravement blessé. Prends la clef de l'ascenseur. On va le transporter à l'hôpital."

Il a tenté de s'opposer et a perdu connaissance.

Je l'ai pris dans mes bras et l'ai sorti de l'appartement.

Sa poitrine en sang contre la mienne, je l'ai maintenu debout dans l'habitacle de l'ascenseur.

"Va chercher la voiture. Je t'attends avec lui dans le hall..."

Un concert d'ambulances de l'armée m'a dissuadé d'envoyer Irène.

"Non, mauvaise idée. J'y vais. Tu restes avec lui. Dehors, les rues doivent être infestées de soldats à la gâchette facile. Je reviens au plus vite. Dans son état, il est inoffensif."

J'ai assis Paul au sol, adossé à la porte de l'ascenseur. Irène n'a rien dit, le visage grave, consciente que l'heure n'était plus à l'appétit sexuel, mais à la mort qui salive.

J'ai rasé les murs tout au long du chemin. Ambulances mais aussi convois militaires fonçaient dans les rues vers le tunnel des facultés. Je ne savais pas qui y avait été piégé, mais l'affrontement avait causé de lourdes pertes.

Je suis parvenu à la bagnole et, tous feux éteints, moteur au ralenti, j'ai roulé dans la nuit, prêt à sauter en route si j'étais pris sous les tirs sans sommation de soldats à cran.

Curieusement, je suis arrivé jusqu'à l'immeuble des Thévenot sans avoir croisé aucune patrouille. Le périmètre des combats était circonscrit.

Nous avons chargé le corps inanimé de Paul à l'arrière et j'ai démarré en trombe, phares allumés, main appuyée sur le klaxon.

"Pourquoi fais-tu ça ?

— Pour être repérables. Si l'on croise une patrouille, on a une chance de ne pas être flingués…"

Aux abords de Mustapha, j'ai vu un barrage. Je me suis arrêté à cinquante mètres. Je suis descendu et j'ai marché vers eux, bras levés et carte professionnelle à la main. Ça m'a semblé très long.

La troupe était nerveuse et l'officier agressif.

"Qu'est-ce que vous foutez là ?

— Inspecteur Martinez, je transporte un blessé grave.

— Cherchez un autre hôpital. Celui-là a son compte.

— Impossible. Il est entre la vie et la mort."

L'officier a regardé par-dessus mon épaule et s'est calmé aussitôt, bouche bée. Je me suis retourné.

Irène se dirigeait vers nous, en claudicant dans le halo des phares. L'apparition d'une fée boiteuse ou d'une star d'Hollywood avançant sous les projecteurs lors d'une avant-première d'une superproduction. D'un film de guerre, bien sûr.

"Bon, ça va. Allez-y. C'est qui, le blessé ?

— L'enfant d'un voisin qui est passé devant un magasin au moment où un pain de plastic a explosé.

— Encore une victime innocente de ces salauds…"

J'ai tourné les talons avant qu'il ne change d'avis et j'ai couru vers la voiture.

"Bravo, le coup de l'apparition !

— De quoi tu parles ? Je commençais à m'inquiéter. Le petit ne respire presque plus."

J'ai jeté un œil à l'arrière. Il était, en effet, dans un sale état et j'étais plutôt pessimiste sur l'avenir de ce garçon.

Les urgences étaient débordées, mais devant la gravité des blessures de Paul, ils l'ont expédié au bloc opératoire, illico.

Dans le hall, une douzaine de gendarmes, légèrement blessés, attendaient qu'on s'occupât d'eux ; les uns grimaçaient de douleur, les autres, yeux fermés, tentaient de fuir dans le sommeil malgré le vacarme de la salle et des sirènes d'ambulances.

Je me suis approché d'un jeune gendarme, l'air hagard, le bras en bandoulière et un pansement de fortune sur l'épaule.

"Que vous est-il arrivé ?" j'ai demandé d'une voix douce.

Il devait avoir l'âge de Paul. De grands yeux verts égarés dans une vision d'horreur.

"Ils ont attaqué à la sortie du tunnel. Au bazooka… La colonne des half-tracks a stoppé… Ils nous ont massacrés… Tous mes copains sont morts."

Des larmes ont coulé sur ses joues.

"Je veux rentrer chez moi…

— C'est où ?

— Thionville… En Lorraine… C'est un pays de fous, ici. Les Français tuent les Français. Chez moi, on tire pas sur l'armée ou sur la gendarmerie… Vous êtes quoi, dans la vie ?

— Flic.

— On tire pas sur les flics non plus. Sauf les truands… Y a pas de truands à Thionville. Juste des voleurs de voitures et de stations d'essence… Ils ont détruit les trois blindés et ils ont terminé le travail à la grenade et à la mitraillette.

— Combien de perte ?

— Une vingtaine de morts et autant de blessés…

— Combien vous en avez eu ?

— Un, celui qui tirait au bazooka.

— Ils ont emmené leurs blessés…

— Ouais, peut-être… Va falloir que j'écrive à la fiancée de Christian.

— C'était votre ami ?

— C'est lui qui m'a poussé à m'engager. J'étais magasinier. Je m'emmerdais tellement à Thionville. J'ai cru que je signais pour l'aventure. Tu parles ! La haine dans les yeux des gens, des Arabes comme des Européens, et la chtouille.

Irène s'était approchée discrètement et lui a souri.

— Ça va ? elle m'a demandé.

— Je te présente…

— Claude.

— Irène, enchantée.

— Vous êtes très jolie, madame.

— Merci. Avec les yeux que vous avez, vous devez être un sacré séducteur…"

Il a rougi : "On se plaint pas…" Il a rajouté, maladroitement en voyant sa canne : "Vous vous êtes fait une entorse ?

— Non, j'ai perdu ma jambe dans un attentat du FLN.

— Pardon… Je suis désolé…

— Pas grave. Il y a cinq ans. J'ai eu le temps de m'en remettre.

— Tout de même… Vous êtes si belle… Votre mari a de la chance…"

C'est moi qui ai rougi : "Bon, on va vous laisser vous reposer…

— Merci. Ça m'a fait du bien de parler avec vous. Y a longtemps que j'ai pas discuté avec des gens normaux."

Irène l'a embrassé sur la joue. J'ai cru qu'il allait s'évanouir.

"Tu tiens une forme olympique, ce soir, j'ai murmuré en m'éloignant à ses côtés.

— J'ai toujours rêvé d'être la Madelon*."

Deux heures plus tard, un médecin, la blouse maculée de sang, nous a annoncé d'une voix épuisée qu'il n'avait pas pu sauver Paul. Puis il est reparti pour le bloc, sans autre commentaire.

"Heureusement qu'on n'est pas de la famille, il n'a pas fait dans la délicatesse, le chirurgien ! a dit Irène.

— Compte tenu du carnage, il n'a plus de mots pour annoncer les morts.

— Il faut retourner à l'appartement des Thévenot. On y a oublié les photos.

— Est-ce bien raisonnable ?

— La raison n'est plus le propos. Tant qu'à être fou, soyons-le jusqu'au bout."

Elle ne croyait pas si bien dire.

* *La Madelon* : film de Jean Boyer (1955) avec Line Renaud. En 1914, l'amoureux de Madeleine disparaît pendant les combats. Elle part à sa recherche et, grâce à sa gentillesse et à sa compassion, devient l'égérie des poilus.

"Merde ! je me suis exclamé en chemin.

— Tu as oublié quelque chose ?

— Je n'ai pas demandé à Paul si c'était lui qui avait balancé Choukroun à l'OAS.

— La belle affaire ! Si ça avait été lui, tu l'aurais achevé ?

— Je ne sais pas. Ce n'est pas le problème. Je me serais débarrassé d'une parcelle de culpabilité.

— Tu rêves, Paco ! La culpabilité, c'est ton opium, ton héroïne. La culpabilité, la mort et toi, vous formez un trio parfait, inséparable. Les Peter Sisters de la musique noire-mélancolie.

— Tu tires sur tout ce qui bouge, ce soir. Des coups de tendresse et de compassion mais aussi des coups de pied dans les couilles.

— Tu n'es pas plus délicat que notre jeune gendarme."

J'ai mis un temps à comprendre ma maladresse. Coups de pied ! La fatigue, sans doute. J'avais planqué dans la cave de ma tête tous les mots ou les expressions qui pouvaient évoquer, de près ou de loin, sa blessure, mais les mots parfois s'imposaient, malgré moi.

"Excuse-moi.

— Tu es pardonné. Irène la Magnanime a pardonné son bel étalon. Je me suis masturbée sur toi, ce soir, en ne songeant qu'à mon plaisir. Et comme dirait Brigitte, le plaisir, ça se paye, surtout s'il n'est pas partagé."

Cette fois-ci, sans scrupule, nous avons pris l'ascenseur. Sans scrupule aussi, j'ai cherché la réserve de porto millésimé du père Thévenot et rempli deux verres comme si c'était du vin. Nous avons trinqué et bu en silence, assis dans les fauteuils du défunt.

Tout en avalant par petites gorgées l'alcool, j'ai pris conscience que la famille Thévenot avait été anéantie. Seule la mère indigne avait échappé au massacre, sans rien tenter pour l'éviter. Elle était repartie aussitôt après les obsèques de sa fille, sans se préoccuper de l'avenir de son fils. Allais-je l'informer de sa mort tragique ? J'ai décidé de la laisser se débrouiller avec sa culpabilité face à l'annonce impersonnelle d'un avis de décès communiqué par-les-services-de-police-concernés.

J'ai examiné les photos pornographiques en m'interrogeant sur leurs fonctions. Etaient-elles vraiment l'enjeu de cette histoire ? Il fallait rapidement m'en assurer, aller au commissariat et confondre Mas devant témoins. Je me suis retourné vers Irène pour avoir son avis.

Elle s'était endormie. Je l'ai regardée un long moment en espérant qu'elle se réveillât, puis je me suis levé pour la bousculer avec douceur. Elle s'est plaint dans son sommeil, sans ouvrir les yeux. Je l'ai soulevée dans mes bras et l'ai portée jusqu'au lit qui avait servi à nos ébats.

Allongé à côté d'elle, j'ai attendu son réveil jusqu'à ce je m'endorme à mon tour. Avant de sombrer, j'ai pensé que les Algériens qui s'empareraient du lieu, dès l'indépendance prononcée, seraient loin d'imaginer ce qui s'y était passé. Mais n'était-ce pas le lot de tous les lieux de vie et de mort ?

*

.. Bouton !...

5

ÉTAT DE SIÈGE

J'aurais été un piètre indicateur pour les services de renseignements de Rocher-Noir si j'avais accepté leur proposition. Malheureusement pour moi, je n'étais pas allé travailler le 22 mars et, donc, je n'avais rien su des directives de l'OAS, en forme d'ultimatum à l'armée loyaliste :

Les forces de l'ordre, gendarmes mobiles, CRS et unités de quadrillage, sont invitées à refuser toute action dans le secteur délimité par la caserne Pélissier, la caserne d'Orléans, le Climat-de-France et Saint-Eugène.
Quarante-huit heures de réflexion sont laissées aux officiers, sous-officiers et soldats qui, à partir du jeudi 22 mars 1962, à 0 heure, seront considérés comme des troupes au service d'un gouvernement étranger.

Bâb-el-Oued était devenu, de fait, un bastion insurrectionnel. Epuisés par nos aventures, nous avons dormi dans un autre monde. Quelque chose d'une tombe. Sans rien entendre des explosions et des tirs qui ont continué toute la nuit en plusieurs endroits de la ville, sans rien voir des actions menées par les sympathisants actifs de la population telles que répandre des bidons d'huile de vidange et des clous sur la chaussée de nos rues, sans rien soupçonner des déplacements discrets de commandos OAS sur les terrasses de notre quartier.

Bizarrement, c'est l'odeur du café qui m'a réveillé. Dans un premier temps, j'ai cru rêver que je rêvais. Cette chambre, ce lit ? Où étais-je ? Seul l'arôme du café avait une réalité. Je me suis levé en titubant, ivre d'une nuit épaisse, les tempes battantes d'une gueule de bois qui, pourtant, était à venir.

Dans la cuisine, Irène sirotait son café et m'a accueilli avec un sourire et un visage lisse de toute trace nocturne. Elle avait vraiment un épiderme d'une qualité incroyable.

"Bien dormi ?

— Abruti comme si j'avais pris un somnifère.

— Je suis si soporifique que ça ?

— Encore plus. Quelle heure est-il ?

— 9 heures.

— Quoi ? Ma grand-mère… *Mierda !*

— Appelle du bureau de Thévenot. Ça n'est pas très moral, mais personne ne le saura, à part moi."

J'ai appelé Mme Isabella et, après lui avoir présenté mes excuses, je lui ai promis de rentrer dans l'heure.

Paco et ses promesses.

J'ai pris une douche en vitesse pour effacer les effluves de l'amour et les miasmes de la mort. Puis, j'ai pioché dans l'armoire du père Thévenot une chemise propre et un veston. J'ai abandonné mes vêtements tachés du sang du fils dans la salle de bain du père. Confrontée au même problème, Irène a enfilé une robe d'Estelle qui lui donnait l'allure d'une adolescente.

Dans le hall, nous avons perçu des bruits de fusillade provenant de la loge. Une fusillade radiophonique. J'ai supposé que c'était un enregistrement des événements de la veille au soir. Alors que nous allions quitter l'immeuble, la concierge est apparue sur le pas de sa porte, terrifiée.

"Vous avez entendu les infos, commissaire ? C'est la guerre civile à Bâb-el-Oued…"

Mon cœur a raté ses coups, puis les a repris au rythme d'une course folle.

Nous nous sommes engouffrés dans la loge. Un poste de radio diffusait Europe 1. En direct de Bâb-el-Oued, un journaliste, au débit aussi rapide que celui d'un commentateur sportif, faisait le récit de la situation : deux camions de bérets noirs avaient été interceptés par la population et, dans des circonstances encore mal élucidées, sept soldats avaient été tués et onze autres blessés. Depuis ce drame, comme une traînée de poudre, l'affrontement entre soldats et troupes de l'OAS s'était étendu, de rue en rue, de maison en maison. Dans tout le quartier.

Le reporter signalait l'arrivée des troupes et l'envoi de renfort :

"Une patrouille de gendarmerie progresse dans la rue Montaigne... A la hauteur de la rue Barra, des tirs partent d'une terrasse... Un gendarme s'effondre, les autres se mettent à couvert et répliquent avec de courtes rafales sur les façades des immeubles dont... tous les volets sont fermés. Attendez ! L'un des gendarmes tente de ramener le corps de son camarade, mais... il en est empêché par une rafale qui manque l'atteindre... C'est terrible ce qui se passe ici... Je vais devoir couper la liaison pour... me mettre à l'abri... A vous les studios..."

Il était fascinant d'entendre les combats qui se déroulaient à proximité de chez Irène, dans notre quartier, par une station émettant à deux mille kilomètres de là.

"Il faut que j'y aille ! Reste ici ! j'ai ordonné à Irène.

— Pas question ! Je viens avec toi."

Nous sommes sortis. La rue était calme comme un jour de match ASSE-Gallia. Les habitants du quartier devaient suivre les reportages, sur RTL ou Europe 1 puisque la radio nationale avait pour habitude, depuis le début de la guerre, de ne diffuser que des informations expurgées, passées préalablement au crible de la censure et jamais en direct. Il était impensable que le pouvoir censurât les radios privées. Les contrats publicitaires allaient affluer dans les heures qui suivaient.

Nous avons roulé vers Bâb-el-Oued. Aux abords de la rue Bâb-Azoun, nous avons été interceptés par un barrage à chevaux de frise. Malgré mon statut et mon talent de négociateur, malgré les suppliques d'Irène, l'officier nous a refusé le passage. Le quartier était en état de siège.

J'ai passé la marche arrière et je me suis garé pour réfléchir. J'ai allumé la radio de bord et réussi à capter Europe 1 sur les grandes ondes.

Les choses s'aggravaient :

"D'importants renforts ont été diligentés, en gendarmes, CRS, soldats du contingent, à pied, en voitures et camions…", disait le journaliste de la station avant de passer à nouveau la parole à un de leurs envoyés spéciaux sur place.

Des tirs, rafales et autres détonations ont résonné et un reporter a annoncé, d'une voix tremblante : *"Les pompiers et les ambulances sont les seuls véhicules autorisés à pénétrer dans la zone de combat et… des half-tracks et des chars commencent à…"*

Le vrombissement des chenilles s'est fait entendre dans le haut-parleur mais aussi alentour. Une colonne de blindés, sous nos yeux écarquillés, a longé l'avenue de la République et poursuivi son chemin vers le boulevard Anatole-France.

"C'est fou ! a murmuré Irène, c'est comme à Budapest !"

"J'ai l'impression de revivre l'insurrection de Budapest, à la différence que ce ne sont pas des Russes qui veulent écraser des Hongrois, mais des Français contre des Français, c'est terrible...", a commenté en écho le journaliste.

"Si les sudistes avaient été plus nombreux... !

— Hein !

— Rien. Une mauvaise blague. Je vais essayer de contourner les barrages...

— En Studebaker ?!

— Dans un premier temps. Au pas de course, dans un second. Désolé pour toi, mais il va falloir qu'on se sépare.

— Qu'est-ce que je fais, moi ?

— Tu vas te réfugier chez Thévenot.

— Ça devient notre résidence secondaire, cet appartement !

— On n'a pas vraiment le choix."

Je l'ai déposée rue d'Isly en lui donnant la consigne de n'ouvrir à personne.

J'ai continué vers la grande poste où je me suis arrêté pour téléphoner. La voix de Mme Isabella tremblait. En fond sonore, détonations et tirs résonnaient.

"Votre grand-mère a l'air de se moquer complètement de ce qui se passe. Je vous parle, je suis à plat ventre… Y a des balles dans le plafond de la salle à manger, j'ai…"

Ça a coupé. J'ai recomposé le numéro. Rien. Une nouvelle fois. Rien. J'ai demandé des explications à la préposée. Le gouvernement général avait donné l'ordre de couper les huit mille lignes téléphoniques de Bâb-el-Oued. J'étais dans la merde jusqu'au cou, comme on disait par ici

*

Sais-qui… Larmes…
Bruit… Guerre…
Espagne… Allemand… Fasciste…
Paco…
Fuir… Partir…
Algérie… Bateau…
La paix…
La paix…
Sais-qui. Larmes…
Bruits .. Guerre…
Bouton…

Tout en restant branché sur Europe 1, j'ai tenté d'esquiver les barrages. J'ai rebroussé chemin et j'ai emprunté la rue Rovigo pour contourner la Casbah, puis le boulevard de la Victoire, le boulevard de Verdun et la Rampe-Vallée. Nouvel échec.

Le quartier était bouclé. Chevaux de frise, camions militaires et gendarmes ou CRS sur les dents. Obstinément, j'ai longé le cimetière musulman d'El Kettar jusqu'à la rue Jules-Cambon. Evidemment, les barrages étaient encore plus impressionnants dans ce coin-là.

J'entendais clairement le bruit des fusillades. A force de contourner la ville, j'en suis sorti et me suis retrouvé du côté de la Consolation. J'y ai croisé une colonne de camions militaires qui fonçait vers Bâb-el-Oued. Le pouvoir mettait le paquet. Si j'avais continué ainsi, j'aurais pu me satelliser comme un Spoutnik.

J'ai laissé la voiture à l'ouest du quartier et tenté ma chance à pied. Je n'étais pas vraiment rassuré malgré mon arme. Au contraire. Un accrochage avait lieu dans une rue adjacente. Je me suis abrité derrière un camion de poubelles, abandonné là par ses occupants. Un groupe de gendarmes progressaient en tirant de courtes rafales sur les façades, suivies de ripostes venues des terrasses. Et devant mes yeux éberlués, une apparition !

Avançant, au milieu de la chaussée, d'un pas titubant, une bouteille de schnaps à la main, mon légionnaire hurlait, entre deux rasades, poing serré vers le ciel :

"Mort aux cons ! Mort aux cons !"

La toute-puissance de l'alcoolique ou d'un revenant qui ne craignait plus les balles depuis qu'il avait survécu au peloton.

Ni les insurgés ni les soldats ne s'en préoccupaient. Spectateur invisible pour les acteurs, il n'était plus de ce monde. Une transparence. Comme dans le jeu télévisé imbécile. Et telle une métaphore absurde, il a quitté la scène en disparaissant au coin de la rue opposée, indemne.

Des avions T6 se sont mis à tournoyer au-dessus des immeubles et à tirer sur les terrasses, suivis par des hélicos venus du stade Cerdan. J'ai quitté mon abri pour courir dos voûté, et me réfugier dans la voiture.

A la radio, les journalistes décrivaient ce que je voyais et ce que j'imaginais. Je connaissais le quartier comme ma poche et les noms des rues, des avenues qu'évoquait le reporter fabriquaient des images d'horreur dans ma tête : les gens terrés dans leur cuisine sur cour, ou sous leurs lits, les enfants en pleurs, terrifiés par le bruit de la mitraille, les jeunes adultes jouant à Fort Alamo, façon baroud d'honneur, les balles perdues sur des corps de commères voulant voir entre les persiennes cette tragique baroufa, ma grand-mère se demandant où j'étais, pourquoi je l'avais abandonnée au milieu de cette apocalypse... J'ai tenté le tout pour le tout. J'ai repris la route. A la hauteur de l'avenue Malakoff, comme je m'y attendais, j'ai été bloqué par un barrage. J'ai expliqué aux soldats que je voulais rejoindre mon commissariat.

"On ne passe pas ! a aboyé l'officier. Rien ne me dit que vous n'allez pas prêter main-forte aux insurgés."

Encore un qui n'avait rien compris au film. Les types de l'OAS ne devaient pas être plus de deux cents. La population, si elle avait sympathisé avec ces héros du moment, n'en restait pas moins une tribu qui "faisait plus de peur que de mal". La tchatche, les fanfaronnades, les grandes gueules couraient les rues. Les hommes d'action étaient peu. Les commandos étaient alimentés essentiellement par les déserteurs d'après le putsch manqué et quelques extrémistes du genre Paul Thévenot, des jeunes paumés en quête d'appartenance. Le reste constituait un public de supporters de l'équipe locale contre les visiteurs.

Trois ambulances, venant de Bâb-el-Oued, se sont présentées au barrage. L'officier, après avoir discuté avec l'un des chauffeurs, a fait déplacer les chevaux de frise pour les laisser filer.

Plus tard, j'ai appris que cet officier devait être un sympathisant car les combattants fugitifs avaient utilisé ce subterfuge pour échapper à l'encerclement.

Dépité, j'ai repris la route et contourné le secteur en sens inverse pour retrouver Irène.

J'ai traversé une ville fantôme comme si la population s'attendait à ce que les combats s'étendent jusqu'au centre-ville. Pourtant, le foyer d'insurrection était limité à Bâb-el-Oued et le gouvernement général, manifestement décidé à en finir avec ce fort Chabrol arrogant et provocateur.

Ironie du sort, avant l'arrivée de De Gaulle, 80 % de la population du quartier était communiste ; à présent, grâce aux perversions de l'histoire, ces gens modestes avaient basculé du côté de l'extrême droite par dépit amoureux et se retrouvaient assiégés par les forces gouvernementales.

Si Massu avait déployé autant de moyens dans la Casbah pour réduire le FLN, les hommes politiques auraient crié au scandale. Il a été plus malin en ne multipliant que les opérations de police. La bataille d'Alger n'avait été qu'une vaste rafle, une gigantesque perquisition, accompagnée des bavures et autres tortures propres à toutes les armées, quoi qu'en disent les tartufes de la politique. La noblesse en matière militaire était une vue de l'esprit. La Seconde Guerre mondiale, l'Indochine et la Corée n'étaient pas si loin pour simuler l'oubli.

Quant à Bâb-el-Oued, de Gaulle et ses sbires avaient voulu du spectaculaire, de l'exemplaire. Les accords avaient été signés. L'affaire était entendue et le pouvoir, sourd à la détresse de ses Français d'Algérie. Telle une danseuse, abandonnée par son cavalier préféré, la ville s'était réfugiée dans les bras des extrémistes dont la passion valait bien une bataille.

J'avais beau écouter en boucle le fil des événements dans les flashes spéciaux, je n'étais pas vraiment parvenu à comprendre si l'OAS avait eu une stratégie d'affrontement ou si, malgré elle, les choses avaient mal tourné.

Parvenu à la rue d'Isly, j'ai rejoint Irène qui, elle aussi, avait suivi, heure par heure, le récit des combats.

Nous sommes restés assis dans le salon, impuissants, à fumer cigarette sur cigarette, à boire porto sur porto.

De guerre lasse, j'ai cherché dans la discothèque de Thévenot une mélodie susceptible de m'apaiser. Il n'avait que des disques de musique classique. J'ai éteint la radio et posé un microsillon sur le plateau : le quintette à cordes en C, opus 163 D 956 de Schubert. L'adagio, loin d'être gai, m'a donné des frissons. Il sonnait dans la pièce comme une oraison funèbre. Le père Thévenot aurait aimé qu'il résonnât pour ses obsèques. Pour l'instant, des hommes, de tous bords, mouraient, convaincus de le faire pour la France.

Si les déserteurs avaient été plus nombreux, l'armée régulière aurait pris la pâtée, pensaient les uns.

Si les déserteurs avaient été moins nombreux, on serait déjà rentrés chez nous, pensaient les autres.

Le FLN, dont les troupes, en ville comme aux djebels, avaient été décimées, devait se réjouir. Pour l'instant. Le tour de leur guerre fratricide viendrait le jour de leur indépendance. Le malheur arrivait toujours pour qui savait attendre.

Quand la face du microsillon est arrivée à son terme, Irène m'a demandé :

"Tu m'aimes ?

— Oui.

— Comment tu m'aimes ?

— Comme… Comme toujours.

— Plus que ta grand-mère ?

— Elle a un chignon, tu as une crinière.

— Tu aimais danser avec moi ?

— Non.

— Ah bon ? Pourquoi ?

— Parce que je danse mal.

— Et quand je dansais pour toi ?

— Oui, beaucoup.

— Je ne danserai plus jamais pour toi.

— C'est pas grave, j'ai assez d'images dans la tête pour me faire mon cinéma…Tu sais,

> *Sans pognon et sans caméra,*
> *Bardot peut partir en vacances,*
> *Ma vedette, c'est toujours toi* ..*

— Tu crois qu'on va mourir ?

— Oui, j'en suis sûr.

— Ici, bientôt ?

— Je sais pas.

— Dis-moi quelque chose de gentil…

— .. J'aime ton rire parce qu'il a la fraîcheur de l'enfance.

* *Le Cinéma* : chanson de Claude Nougaro.

— C'est normal, je suis née au nord de la Loire, les rires des enfants y sont plus frais. Moi, j'aime tes yeux parce qu'ils ont la tristesse de l'enfance…

— C'est normal, je suis du signe du Taureau et je suis né dans un pays où l'on aime voir tuer ces animaux."

Je me suis levé ; j'ai déposé un baiser sur ses lèvres et remis en marche la radio.

"… couvre-feu permanent a été instauré à Bâb-el-Oued. Les ambulances de la Croix-Rouge sillonnent les rues pour prendre en charge les civils blessés. Tout le quartier est désormais aux mains des forces de l'ordre…"

Soudain, j'ai trouvé la solution à mon problème.

Je me suis précipité dans le bureau de Thévenot et j'ai appelé l'hôpital Maillot. Le téléphone des hôpitaux n'avait pas été coupé. Ça a sonné, sonné puis une femme m'a répondu. Après un temps infini, j'ai pu avoir le docteur George en ligne.

"Ça va ?

— Y a mieux, mais c'est plus cher… Et toi ?

— J'ai besoin que tu m'envoies une ambulance, rue d'Isly.

— Tu es blessé ?

— Non, on refuse de me laisser passer aux barrages.

— Ecoute ! Je t'aime bien, mais, ici, on a autre chose à faire que le taxi !

— Ma grand-mère est seule à la maison et le téléphone est coupé… Je suis très inquiet…

— Je vais chercher une solution. Mais n'y compte pas avant demain. On manque de transport pour le moment. Avec le couvre-feu, j'espère que les combats vont se calmer. D'après ce que je sais, la plupart des gars de l'OAS ont décroché…

— Merci, je te donne un numéro où tu peux m'appeler…"

L'impuissance m'étouffait dans cet appartement. J'ai proposé à Irène de sortir pour manger un morceau.

Dehors, un calme apparent, une tension palpable. Des gardes mobiles déployés dans la ville, des contrôles d'identité.

La lumière de cette fin d'après-midi éclairait le paysage urbain d'un ocre boueux, le ciel, d'un bleu pétrole, le bitume, d'un gris acier. Le treillis suintait la menace, là où, peu avant, il suscitait l'espoir. Les parachutistes, qui avaient séduit les belles, étaient remplacés par des soldats de plomb. Les regards pesaient lourd comme des paupières trop chargées de mascara.

Un samedi soir de printemps pourri, noir comme cette ville qui enchaînait les deuils et les chagrins d'amour.

J'ai pris la main d'Irène. Son pouce caressait le dos de la mienne comme pour rassurer le petit garçon qui s'effrayait en moi. J'avais le souvenir d'une photo de Capa prise, je crois, lors d'un bombardement aérien de Barcelone : les passants couraient en tous sens et deux enfants, un garçon et une fille, main dans la main, arrêtés au milieu de la chaussée, levaient les yeux au ciel. On devinait les avions invisibles à travers les regards, à la fois fascinés et terrifiés, de ces deux gamins. Que s'était-il passé ensuite ? Les bombes les avaient-elles détruits ? Alger allait-elle nous détruire aussi ?

Dans quel état se trouvait ma grand-mère, prisonnière dans son appartement aux volets clos pendant que, libres, nous nous promenions dans les rues du centre ?

*

Hommes…
Crier…
Fascistes…
Casser… Fouiller…
Crier…
Casser…
Sais-qui… Pleurer…
Vaisselle… Casser…
Draps… Jeter…
Lit… Renverser… Bouton…
Boîte… Images… Casser…
Sais-qui…partir…
Bouton…
Casser…
Tourner…
Bouton…

6

ALGER LA NOIRE

La journée de samedi s'est passée sans le moindre coup de fil de George. J'ai rappelé plusieurs fois l'hôpital, sans résultat.

Oran s'était, à son tour, embrasée. Les rumeurs les plus folles couraient sur Bâb-el-Oued. Le nombre de morts et de blessés gonflait comme une baudruche, côté rue, se réduisait aux victimes dans les rangs des forces de l'ordre, côté pouvoir.

En politique, les chiffres, qu'ils soient des morts ou des manifestants, s'enflaient ou se vidaient à la demande.

Le couvre-feu était toujours permanent. Interdiction à la population de sortir et de se montrer aux fenêtres ou aux balcons. Tous les appartements étaient en cours de perquisition, tous les hommes, internés dans des camps à la périphérie pour vérification. Les rues étaient dévastées par les chars et les tirs de mitrailleuses lourdes, les appartements, par les soldats, décidés à faire payer pour leurs morts. L'air des représailles.

Et toujours les civils qui payaient. Les armées bavent et les civils trinquent.

Des tracts circulaient, appelant à lever le blocus et à venir au secours de la population prise en otage par l'armée. Il fallait ravitailler nos frères, nos parents, nos amis. Il était question d'une manifestation le lundi. A l'appel de l'OAS, bien sûr.

Pour nous changer les idées, Irène a proposé de revenir à notre enquête comme on se replonge dans des mots croisés inachevés. Je l'ai écoutée d'une oreille distraite, parasité par le sort d'une autre femme.

"Sais-tu où habite Mas ?

— Non. Si j'étais au commissariat, j'aurais pu le savoir.

— Il n'habite peut-être pas à Bâb-el-Oued…

— Et alors ?

— Alors, on peut lui tendre un piège.

— Lequel ?

— Je vais d'abord chercher un annuaire dans le bureau…"

Elle est revenue quelques minutes plus tard, triomphante.

"Il y a deux Mas : Frédéric et Lucien.

— Il s'appelle Lucien.

— Il habite dans le centre, avenue Michelet. Bizarre pour un flic. Il a les moyens, ce garçon.

— Pas étonnant. On doit l'arroser de toutes parts.

— A croire qu'il est flic pour avoir une couverture.

— Pas impossible… Que veux-tu faire ?

— On l'appelle et on l'informe qu'on détient des documents compromettants pour lui et qu'on est prêt à les lui vendre…

— Il ne marchera jamais, il reconnaîtra ma voix…

— Pas la mienne.

— Je ne veux pas te mêler à tout ça, c'est trop dangereux.

— Un peu tard pour t'en préoccuper ! Et puis tu es là pour me protéger. Non ?

— Pourquoi pas.

J'appelle ?

— Attends ! Je prends l'écouteur."

Elle a composé le numéro. Après trois sonneries, on a décroché.

J'ai reconnu la voix de Mas. Pas celle d'Irène. Elle a parlé d'une voix vulgaire, éraillée, à la façon d'une pute de bas étage ou d'Arletty dans *Hôtel du Nord*.

"J'ai un truc qui te concerne, mec. Pas joli, joli.

— De quoi parlez-vous ?

— Fais pas ton surpris ! Ça marche pas avec moi. Si tu veux le récupérer, amène-toi avec un million en cash.

— Un instant ! Je comprends pas…

— La famille Thévenot, la fille, le père… Tu vois ce que je veux dire, poulet ?

— Qui êtes-vous ? On se connaît ?

— En tout cas, moi, je te connais par cœur, de haut en bas, recto verso…

— Vous êtes une employée du Sphinx ?

— A 8 heures ce soir, chez Thévenot.

— Mais, il est…

— Je sais, refroidi. Mais j'ai mes habitudes, ici, c'est comme qui dirait, un peu chez moi.

— … Ce soir, c'est impossible. Les banques sont fermées. Lundi."

Elle m'a jeté un regard interrogateur, j'ai acquiescé.

"D'ac' pour lundi, 14 heures, sans faute. Y aura pas de nouveau délai. Si tu viens pas avec le blé, je balance tout à tes copains…

— J'y serai."

Elle a raccroché, la mine réjouie de la candidate qui a réussi son examen d'entrée au conservatoire.

"J'étais bien, non ?

— Un peu trop vulgaire à mon goût. Mais chassez le naturel…

— Salaud !"

Je l'ai prise dans mes bras, prêt à tous les vices pour oublier le temps quand le téléphone a sonné.

George m'envoyait une ambulance pour le lendemain matin. Nous avons pris rendez-vous au coin de la rue à 8 heures.

Puis je me suis occupé de ma pute de pacotille, mon égérie, ma muse policière. Il faut savoir honorer celles qui vous inspirent.

*

Bouillir…
Eau…
Riz…
Paco…
Rentrer…
Manger…
Bouton…
Attendre…
Asseoir…
Attendre…

*

Avant de quitter l'appartement, j'ai laissé mon arme de service pour ne pas compliquer les choses pendant le transport. J'ai expliqué à Irène comment l'utiliser au cas où Mas passerait à l'improviste et je lui ai ordonné de n'ouvrir à personne.

George est arrivé à 8 h 10 au volant d'une ambulance.

"Allez ! Grimpe à l'arrière et fais-toi tout petit."

Je suis monté dans le fourgon et me suis allongé sur le brancard pour ne pas être visible par la lunette arrière.

"Alors raconte ! j'ai demandé.

— Un merdier total ! Ils sont en train de punir Bâb-el-Oued. Ils ratissent large, embarquent les mâles et terrorisent les femelles. On manque de tout, de nourriture, de médicaments. Mais bon, c'est quand même pas la fin du monde.

— Beaucoup de morts ?

— Une douzaine chez les militaires et une centaine de blessés.

— Et chez les civils ?

— Difficile de savoir. Les gars de l'OAS ont été soignés à la clinique Marengo. Aucune idée sur leurs pertes. Des civils ont été blessés ou tués par des balles perdues. Les soldats tiraient sur les façades à la mitrailleuse lourde dès que ça bougeait. Les chars ont écrasé des bagnoles et défoncé des vitrines sans raison apparente. Juste pour se venger. C'est très con, les militaires. Je crois que je vais essayer d'avoir un poste à Montpellier. Ce pays commence à me gonfler sérieusement. Tu as retrouvé Spangenberg ?

— Retrouvé non, aperçu oui."

Je lui ai décrit la scène hallucinante du légionnaire bourré au milieu de la bataille. Il a conclu, d'un ton laconique :

"Il relève plus de la psychiatrie médico-légale que de la justice puisqu'il est déjà mort."

A chaque barrage, l'officier s'étonnait qu'un médecin conduise une ambulance. Il leur servait toujours les mêmes arguments : l'hôpital manquait de personnel et le malade était un de ses patients.

Nous sommes parvenus sans encombre à la Basseta. Je n'ai rien pu voir de l'état du quartier.

Quand je suis descendu du fourgon, un camion de pompiers stationnait sur la place.

Mme Isabella pleurait dans un mouchoir. A cet instant, la certitude d'arriver trop tard. Dès qu'elle m'a vu, elle s'est précipitée dans mes bras en sanglotant :

"C'est ma faute, j'aurais pas dû la laisser seule…

— Que se passe-t-il ? j'ai demandé, convaincu par avance de la réponse.

— Quand les militaires sont venus perquisitionner, ils ont tout mis sens dessus dessous… Des brutes, Paco ! Ils ont cassé la télé et ils se sont déchaînés sur votre chambre. Ils voulaient savoir où vous étiez pour vous embarquer. Je leur ai dit que vous êtes policier. Y a rien eu à faire. Après, ils ont voulu fouiller chez moi. Je suis descendue avec eux. Après, ils m'ont interrogée sur tous les voisins. Ils ont été méchants, si vous saviez ! Quand ils sont partis avec le fils et le père Esposito, j'ai rangé chez moi. J'étais toute retournée. Quand je suis remontée, ça sentait le gaz… J'ai ouvert la porte, je me suis jetée sur la cuisinière pour fermer le bouton.

— Elle a ouvert le gaz ? Elle a voulu se suicider ? C'est ça ?

— Non, Paco !" Elle s'est remise à sangloter. "Elle avait préparé une casserole d'eau qu'elle avait mise sur le brûleur… Elle a sorti un bol de riz et elle a tourné le bouton du gaz, sans allumer le gaz…

— Elle a voulu me préparer à manger…

— Je sais pas... Peut-être. Elle s'est assise sur le fauteuil près de la fenêtre. Les volets, ils étaient fermés. On aurait dit qu'elle dormait...

— Ou qu'elle m'attendait. C'était sa place, quand elle m'attendait. Elle est morte ?

— Je sais pas... J'ai appelé les pompiers parce qu'elle avait une drôle de respiration et qu'elle voulait pas se réveiller...

— Elle est toujours là ?

— Oui, ils essayent de la ranimer. J'espère qu'ils vont réussir sinon je me le pardonnerai jamais. Deux heures, je l'ai laissée deux heures toute seule... !"

J'ai grimpé les marches quatre à quatre. L'odeur du gaz persistait dans l'escalier.

Elle était allongée sur son lit. Les pompiers remballaient leur matériel.

"Elle est morte ? j'ai demandé.

— Non, dans un coma profond, a répondu un des pompiers. Impossible de la réanimer. Vous êtes qui ?

— Son fi... Son petit-fils.

— On va l'emmener à l'hôpital.

— Inutile, j'ai une ambulance avec un médecin en bas. Soyez gentils, transportez-la dans le fourgon, on s'occupe du reste.

— Comme vous voulez."

Evidemment, George a accepté de l'hospitaliser dans son service.

En deux minutes, nous étions à l'hôpital Maillot tout proche.

J'ai passé le reste de la journée et toute la nuit à la veiller, à lui parler. Sans illusion.

*

Morte ?... Paco ?... Nuit ?.. Paco ?... Morte ?... Froid... Pa...

*

Vers 6 heures du matin, je me suis assoupi, ma main dans la sienne. La froideur de sa peau m'a réveillé. Elle était morte. Ma grand-mère était morte. Désormais, j'étais seul au monde. Ou plutôt j'étais seul et sans monde. Je n'ai pas pleuré. Les larmes ont encombré mes sinus, la tristesse a noué ma gorge, mais je n'ai pas pleuré.

Il m'était impossible de m'occuper de ses obsèques car le quartier était toujours en état de siège. Il était urgent que je retrouve Irène avant le rendez-vous avec Mas chez les Thévenot. Je devais vraiment être à côté de mes pompes quand j'ai accepté la folle proposition d'Irène.

George refuserait un nouveau voyage ; il avait assez donné.

Je suis rentré dans le bureau des infirmières, désert, j'y ai volé une blouse blanche, trop courte, et je suis descendu dans le parking des urgences. Là, sans vergogne, j'ai volé une ambulance dont la clef était sur le démarreur et, sirène hurlante, j'ai foncé vers la rue d'Isly. J'ai évité l'axe habituel et emprunté les petites rues en contournant, à nouveau, la Casbah.

J'ai été arrêté aux alentours du centre-ville par un barrage de soldats arabes d'un régiment français. J'ai eu un sentiment étrange. Comme si l'Algérie était déjà indépendante et que la mort de ma grand-mère avait signé la fin d'une époque. Malgré la nervosité manifeste des militaires, j'ai pu continuer mon chemin après le contrôle du fourgon vide.

Au carrefour suivant, des soldats du même régiment ont débarqué de camions et se sont déployés. J'ai abandonné l'ambulance aux abords de la rue d'Isly pour ne pas forcer ma chance et repris mon chemin au pas de course.

Dans toutes les voies menant à la rue d'Isly, des chevaux de frise étaient dressés sous les regards d'officiers, talkie-walkie à l'oreille. La manifestation prévue pour le jour même allait avoir lieu et le gouvernement général, comme à Bâb-el-Oued, sortait le grand jeu. Plus question de laisser croire à la population qu'elle pourrait imposer sa loi par la rue.

Irène m'a ouvert, après avoir vérifié dans le judas que ce n'était pas Mas. Il était 13 heures 30.

Alors :
— Elle est morte cette nuit..
— Morte ! Comment ?

— Le gaz. Elle a ouvert le gaz... Elle voulait faire la cuisine... pour moi... En attendant mon retour."

Irène m'a serré dans ses bras. Fort. J'ai été totalement insensible à son étreinte. Anesthésié, glacé, vide de toute émotion. Ce qu'il fallait pour me protéger de la douleur. Je me suis dégagé. Ses yeux brillaient d'une émotion sincère. Pas les miens. Pleurer aurait été reconnaître la perte. S'il existait dans le cerveau un centre des émotions, George aurait pu explorer mon crâne en tous sens, sans le trouver. La disparition brutale de ma grand-mère avait eu l'effet d'un coup de grâce, une balle entre les yeux, qui, sans me tuer, avait détruit momentanément là où ça faisait mal. L'interlude des sentiments...

"Mas va arriver. Je pleurerai plus tard..."

Elle m'a observé comme si j'étais un zombie. Je l'étais, sans doute, à cet instant. Quelque chose en moi était mort, mais le flic, toujours vivant, a continué :

"S'il vient au rendez-vous, tu lui ouvres en montrant bien que tu es armée. Moi, je serai planqué sur le balcon, face à la porte."

J'ai répété avec elle notre mise en scène pour être sûr de pouvoir la protéger au cas où Mas se montrerait menaçant ou violent. J'ai vérifié, une fois de plus, le bon fonctionnement de l'arme que je lui avais confiée et suis allé récupérer la mitraillette du fils Thévenot sur le sol de sa chambre.

A 14 heures, j'ai ouvert la double fenêtre du salon.

Une rumeur est montée de la ville. Des milliers d'Algérois s'étaient massés au plateau des Glières et convergeaient vers la rue d'Isly, la seule voie autorisée pour la manifestation. Toutes les rues adjacentes étaient interdites à la circulation automobile et piétonne. Des chants ont commencé à résonner, de *La Marseillaise* aux *Africains*, ponctués de slogans "Algérie française". La foule semblait calme et grave, les soldats, nerveux et tendus.

Du balcon, à travers les rideaux tirés et les portes du salon, ouvertes sur le vestibule, je pouvais clairement distinguer l'entrée de l'appartement.

Je me suis accroupi, mitraillette en main, et j'ai fait signe à Irène que j'étais paré pour le duel final. Je ne savais pas, à cet instant, que je jouais le rôle de John Wayne dans *L'Homme qui tua Liberty Valance*, qu'Irène tenait celui de James Stewart, et Mas celui de Lee Marvin. Hélas, Ford n'était pas le réalisateur, la ville et ses figurants n'allaient pas nous fêter en héros.

Dehors, la foule s'est mise en mouvement pour "libérer" Bâb-el-Oued. Mas ne viendrait peut-être pas.

A 14 heures 20, la sonnette de la porte, étouffée par les cris du cortège, a retenti sans que je l'entende, mais j'ai vu Irène sursauter, me regarder et se diriger vers l'entrée, arme à la main.

L'impression d'être le spectateur d'un film policier avec la bande son d'un documentaire sur la guerre d'Algérie.

Elle ouvre…

Mas, dans l'encadrement de la porte et, derrière lui, Hélène Thévenot !

"Li-bé-rez Bâb-el-Oued."

Ils entrent dans le salon.

L'étonnement passé, je réfléchis à toute vitesse. Convaincu du départ de la mère Thévenot après les obsèques de sa fille, je ne l'ai pas vérifié ! Pendant tout ce temps, elle est restée à Alger, cachée chez Mas ou ailleurs, et a, sans doute, tiré toutes les ficelles de cette histoire. Pour autant, je n'y comprends toujours rien et, pire, à cause de la rumeur urbaine n'entends rien de ce qui se dit.

Irène désigne, sur le guéridon du salon, les photos de Mas avec les putes.

Mme Thévenot éclate de rire. Elle parle, une expression arrogante et moqueuse sur le visage.

"Al-gé-rie fran-çaise, Al-gé-rie…"

Mas s'approche d'Irène, sort un couteau à cran d'arrêt,

"Li-bé-rez Bâb-el-Oued, l'ar-mée avec nous…"

Irène braque mon arme…

Mas, d'un geste rapide, la lui subtilise avant qu'elle n'appuie sur la détente…

Redoutant qu'il la balafre ou qu'il l'égorge, je tire, sans hésiter, une rafale au plafond du salon…

Mas plonge, entraînant dans sa chute Mme Thévenot…

Irène s'abrite derrière un fauteuil.

Dans la rue, des détonations éclatent, une fusillade, des cris, une cavalcade, des cris…

Mas sort son arme qu'il pointe sur Irène. Je lâche une seconde rafale qui le foudroie au sol.

Dehors, les tirs continuent, une voix d'homme hurle : "Halte au feu ! Halte au feu ! Mon lieutenant, je vous en supplie, faites cesser le feu !"

Irène se relève péniblement. Je ne vois plus Mme Thévenot…

Les tirs ont cessé, des cris déchirants et des plaintes de blessés montent de la rue.

Je me dresse et j'ai une vision d'horreur, de carnage : des dizaines de corps jonchent le sol, la foule se disperse dans une confusion extrême, soldats et manifestants courent en tous sens. Des hommes agenouillés près de dépouilles pleurent en hurlant.

Je rentre dans l'appartement. Mas gît, à quelques mètres, dans un bain de sang. Irène me lance un regard étrange : un mélange de perplexité et de peur. Mme Thévenot a disparu.

"Elle s'est enfuie, je n'ai pas pu l'en empêcher… à cause de ma jambe…

— C'est pas grave… Tu es en vie et Mas est mort, c'est l'essentiel.

— Qu'est-ce qui s'est passé ? Ils ont tiré sur les manifestants ?"

Elle veut se mettre au balcon, je le lui interdis, de peur qu'elle soit victime de quelque balle perdue, mais surtout pour qu'elle ne voie pas cette boucherie.

368

J'avais neutralisé Mas, sauvé Irène.

Et, peut-être, déclenché un massacre par mes rafales de mitraillette…

L'armée française avait ouvert le feu sur une population désarmée et pacifique, une population française. C'en était vraiment fini de l'Algérie française. Ces morts consommaient le divorce entre les Français d'Algérie et de Gaulle. En quelques minutes, Alger la Blanche était devenue Alger la Noire.

J'ai refermé la fenêtre et tiré les rideaux. Rideau.

*

Dès que la panique a cessé dans les rues, je suis allé, sans trop y croire, chez Mas dans l'espoir d'y surprendre Hélène Thévenot. Elle avait disparu sans laisser d'adresse. L'appartement de la rue Michelet rivalisait dans l'abondance de biens avec celui de la rue d'Isly. Le tissu mural de la chambre était identique ! Dans le bureau de Mas, une photo était encadrée : elle le représentait à vingt ans, en uniforme, en compagnie de soldats marocains, des Tabors, au Monte Cassino. Le mode opératoire des meurtres est devenu limpide. Ces montagnards avaient été entraînés en commando, pour des missions nocturnes. Leur spécialité : l'égorgement des soldats allemands, dispersés dans des nids de mitrailleuses, pour faciliter l'assaut des troupes alliées.

J'ai découvert aussi dans un tiroir une correspondance amoureuse entre les deux complices dont les premières missives remontaient à l'adolescence. Ça éclairait leur relation sans pour autant donner un sens à tous ces meurtres…

Dans les jours qui ont suivi la fusillade, la situation n'a fait qu'empirer. L'armée a accusé l'OAS d'avoir tiré sur ses soldats pour provoquer un massacre, l'OAS a désigné l'armée comme seule responsable de cette infamie, notamment l'officier en charge de l'ordre public pendant la manifestation. On a parlé de coups de feu tirés d'un immeuble de la rue d'Isly. Les morts ont été enterrés dès le lendemain, sans que les parents des victimes puissent voir les corps. Complot ? Bavure ? Le mal était fait et j'étais mal à l'idée d'y être pour quelque chose…

Comme si cet épisode sanglant avait été un tournant de notre histoire, Irène et moi n'avons plus jamais parlé de cette journée, pas plus que de l'enquête qui, hormis son côté dérisoire, était restée obscure.

Les pieds-noirs en marche pour l'exil, le pays était plongé dans une guerre fratricide scandée par un référendum sans surprise et une haine définitive entre les communautés. L'Algérie était indépendante. La débâcle pouvait commencer.

7
ÉPITAPHE

Dans le bateau *Ville d'Alger*, chargé de milliers de fuyards, je suis en route pour Marseille. Ma grand-mère m'accompagne pour son dernier voyage. Grâce à mon boulot, j'ai pu lui obtenir un billet en classe fret.

La ville blanche éblouit mes rétines une dernière fois dans le bleu de l'aube et son image frémit de sa première chaleur comme les lèvres tremblantes d'une femme qui retient son chagrin. Je n'ai pas encore pleuré ma grand-mère et je thésaurise mes larmes pour sa mise en terre dans un cimetière de hasard.

Irène est restée pour quelques semaines encore parce qu'elle veut organiser son déménagement.

Je ne sais pas si elle me rejoindra.

Je ne sais pas si j'en ai envie.

La cité s'éloigne, l'histoire aussi.

Un vieil Italien à la crinière blanche, un coiffeur de l'avenue de Bouzaréa, pleure en silence à mes côtés et murmure en langue d'origine :

"Più nessuno mi porterà nel sud..."

"Plus personne ne m'emmènera dans le sud...", m'a-t-il traduit.

J'ai songé que c'était une belle épitaphe pour cette ville, pour cette vie...

Epilogue
L'EXIL

Dis, quand reviendras-tu ?
Dis, au moins le sais-tu ?

BARBARA

1

LE PREMIER PAS

L'Algérie est indépendante. Moi aussi.

Je me suis installée à Aix-en-Provence. Marseille m'avait servi de leçon.

Après la fusillade de la rue d'Isly, je me suis réveillée : une enquête criminelle n'était pas un simple jeu de piste, et **m**'y embarquer m'avait plongée, à nouveau, dans l'horreur. J'avais failli être tuée, un homme était mort sous mes yeux et des dizaines d'autres sous nos fenêtres. L'attentat du Casino et ses images me sont revenus à l'esprit, en boomerang…

"Je n'aurais pas dû…" dirait Paco.

Depuis mon départ d'Orléans, j'avais proscrit de mon vocabulaire le conditionnel passé. Le temps du regret, du remords et de la culpabilité. Un temps confectionné sur mesure pour lui, tel un chapeau qu'il portera toujours avec malheur.

Je ne l'ai plus questionné sur son enquête, mais j'ai peine à croire qu'il y ait renoncé. Tant qu'il ne comprendra pas, il la gardera, dans un coin de sa tête, ouverte comme une plaie qu'on gratte pour interdire la cicatrice. Sa manière de refuser la résignation, la perte et la réalité qui l'a toujours ennuyé.

Nous étions trois aux funérailles provisoires et bâclées de Mme Martinez. La concierge, lui et moi. Seule Mme Isabella pleurait.

Paco semblait de marbre, moi, de glace.

J'ai pris la mesure du fossé qui s'était creusé entre nous, bien plus large que celui d'une tombe.

Dès le lendemain, il s'est préoccupé de la dépouille de Choukroun, comme il l'avait promis à sa veuve. Il a fait appel à son collègue marseillais pour naviguer dans le labyrinthe administratif des instances funéraires phocéennes.

De mon côté, je ne voulais abandonner ni mon stock ni ma voiture.

L'exode était tel qu'il m'a fallu attendre la fin du mois de juin pour trouver un transporteur.

En attendant mon départ, je me suis mise en quête d'une ville. Après avoir été tentée par un retour en terre natale, j'y ai vite renoncé. J'aurais détesté être la risée de ma famille. Irène rentrait au bercail, la raison retrouvée ! Beurk ! Je demeurais une fille déraisonnable, mais pragmatique.

Je me suis lancée dans une étude comparative des annonces du guide Bertrand, limitée au sud de la France et décidée pour une boutique dans le centre d'Aix-en-Provence. Cette ville avait un certain nombre de points communs avec Orléans : cité bourgeoise, provinciale, nichée dans les terres, le même refus protectionniste du chemin de fer qui les avait isolées du développement industriel. De plus, Aix organisait chaque année un festival d'art lyrique. Les dames devaient aimer les belles toilettes.

Et, il fallait bien l'avouer, je n'étais qu'à vingt-cinq kilomètres de Marseille, de Paco…

Pour échapper au rejet des rapatriés dans cette nouvelle cité, je me suis présentée comme une Orléanaise en manque de soleil. J'avais décidé de répondre aux indélicats qui m'interrogeraient sur ma claudication :

"J'ai été victime d'un accident de la circulation…"

Est-ce que je souffre ? Oui, mais, comme à mon habitude, en secret.

L'orgueil m'a toujours protégée de la désillusion.

Paco, de son côté, empêtré dans ses conflits de loyauté, est resté à Marseille. Non pas qu'il l'ait choisi, mais parce qu'il lui était impossible d'abandonner les sépultures de sa grand-mère et de Choukroun. Contrairement à moi, il avait déjà un réseau de relations : deux défunts, deux prostituées, Ernestine et Brigitte, une veuve et un orphelin de père, un flic local plutôt accueillant et même un ami médecin, George, qui avait finalement obtenu un poste à l'hôpital Michel-Lévy. La ville avait suffisamment de salles de cinéma pour faire son bonheur.

Va-t-il rester flic ? Je n'en sais rien.

Va-t-il essayer de me revoir ? Je n'en sais rien.

En ai-je envie ? Je crois, mais, comme dirait le maladroit de service, ce n'est pas moi qui ferai le premier pas…

2
LA MARIÉE ÉTAIT EN NOIR

En attendant une affectation, j'ai erré dans Marseille, cette nouvelle ville que je n'aimais pas et qui me le rendait bien. Hormis Khoupiguian qui m'avait trouvé un logement dans son quartier de La Plaine, j'étais un fantôme parmi les spectres. Personne ne me connaissait et je m'égarais régulièrement dans le dédale des rues de ce secteur qui n'était pas le mien.

Certaines nuits, je me réveillais en sursaut, hallucinant les plaintes de ma grand-mère, d'autres, les appels au secours des victimes de la rue d'Isly…

Et, comme une maladie à laquelle on a du mal à renoncer, j'échafaudais, dans une rêverie obsessionnelle, des hypothèses sur les mobiles de Mas et Hélène Thévenot.

Puisqu'ils s'aimaient depuis l'adolescence, pourquoi ne s'étaient-ils pas mariés ? Pourquoi avait-elle collectionné les amants ? Pourquoi avaient-ils assassiné Rolland et la mère maquerelle ? Quel rôle avaient-ils joué dans le double meurtre ? Seule la mort du père Thévenot me semblait banalement justifiée. Et encore, pourquoi ne l'avaient-ils pas éliminé avant ?

Les soirs d'insomnie, en manque d'Irène, je traînais ma mélancolie dans l'espoir d'y repérer une Studebaker bleue. Pour finir, épuisé par ma dérive, à l'Unic, le bistrot des journalistes, le seul ouvert toute la nuit. J'y écoutais et lisais les nouvelles du lendemain sur le monde, la France, l'Algérie, tel un ancien combattant ressassant les épisodes de sa guerre.

Comme si la lecture des journaux régionaux constituait une trahison à l'égard de mon ancienne patrie, j'appréciais plus celle du *Monde*, en particulier les articles de Jacques Fauvet. Depuis quelque temps, à la façon d'un vieillard, je consultais les avis de naissance, de mariage et de décès, à la recherche de noms connus, perdus.

Le 28 août, j'y ai découvert une annonce qui a bousculé ma torpeur.

Le flic, en moi, a jailli de ses cendres. Sans réfléchir, j'ai foncé vers la gare Saint-Charles pour y prendre le premier train à destination de Paris.

Neuf heures plus tard, je me suis retrouvé à la gare de Lyon. J'ai pris une chambre d'hôtel dans les environs de Bastille où j'ai attendu que la nuit passe en projetant dans ma tête *Les Visiteurs du soir*.

A l'aube, contrairement à Marseille, Paris existait déjà. Au zinc d'un bistrot, les ouvriers ébénistes commençaient leur journée au petit blanc, j'y ai préféré deux petits noirs et un croissant.

Le métro était déjà bondé de visages pâles. Le seul hâle visible s'affichait sur les visages aux traits tirés de prolétaires arabes. Ils étaient venus pendant la guerre pour y remplacer les ouvriers incorporés dans l'armée. Ils avaient payé au FLN l'impôt révolutionnaire utilisé pour acheter des armes qui tuaient les soldats du contingent. "Une économie capitaliste parfaitement huilée", comme disaient les communistes. L'indépendance proclamée, ils étaient toujours là, loin de chez eux, comme moi.

Je scrutais les individus à la recherche d'une silhouette connue, d'un pied-noir égaré dans ce souterrain. Mais rien, sinon le regard fuyant, le silence et la promiscuité partagés des voyageurs.

La cérémonie avait lieu à 10 heures à la mairie du 16e arrondissement. J'y suis arrivé à 8 et j'ai attendu cinq maïs. Mon bout de trottoir devenait un cendrier lorsque, à 9 heures 30, deux DS 19 noires se sont garées devant le bâtiment. Des gorilles en sont descendus et ont commencé à inspecter les lieux. Ils m'ont repéré, j'ai pris les devants :

"Inspecteur Martinez, j'ai dit en exhibant ma carte sans leur laisser le loisir de découvrir qu'elle n'avait pas cours à Paris.

— C'est gentil d'être venu mais la protection rapprochée, c'est notre boulot.

— La routine, je ne dérangerai pas."

Je suis entré dans la mairie sous le regard perplexe des hommes de main. Ils se méfiaient, ils avaient raison.

Quelques minutes plus tard, un cortège de Mercedes est arrivé.

Hélène, veuve Thévenot, est sortie de l'une d'elles, vêtue d'un tailleur sombre. Elle ne semblait pas heureuse pour le jour de ses noces, elle le serait encore moins quand elle me verrait.

Le fils Bonnefoy, le gars que j'avais aperçu à l'hôtel Aletty, est apparu dans un costume de cérémonie et a retrouvé sa promise.

Quand ils sont entrés dans le hall, j'ai mis chapeau bas pour la saluer et me faire reconnaître. Elle a pâli. Son sourire de façade s'est figé dans une grimace de haine. Je me suis approché d'elle :

"Vous me consacrez deux minutes sinon je transforme votre mariage en cauchemar…

— C'est déjà fait…

— Vous me sous-estimez !"

*

Elle me suit à l'écart sous le regard stupéfait des invités et du futur époux. Elle pleure. Pas sur son mari, pas sur ses enfants, non, sur Mas. Elle me hait parce que j'ai tué l'homme qu'elle a toujours aimé.

Irène en avait eu l'intuition. Tu te souviens de l'inscription OAS sur le dos de Mouloud Abbas ? Elle l'avait traduite "Oraison pour un Amour Secret".

Mas a été son premier amant et son grand amour. Ses parents n'en ont pas voulu parce qu'il n'avait pas le sou. Elle a épousé Thévenot, encouragée par sa famille, mais n'a jamais cessé d'être la maîtresse de Mas.

Le plus grotesque, c'est que le père Thévenot, malgré les filatures de Rolland, ne l'a jamais su. Elle ne le voyait qu'à Alger et Rolland enquêtait sur la Côte d'Azur et à Paris.

Rolland aussi nous avait donné une piste sans le savoir. Il avait été surpris que son employeur n'ait jamais demandé de constat d'huissier pour adultère. En fait, Thévenot a utilisé ces preuves accumulées pour faire chanter sa femme, lui interdire le divorce et surtout son remariage avec Bonnefoy. Thévenot ne supportait pas de perdre ce qu'il avait payé.

Pourquoi n'a-t-elle pas quitté son mari pour Mas ? Parce qu'elle aimait le pognon et le luxe. Ce couple secret ne s'était pas fondé sur la fidélité, en tout cas pas la fidélité sexuelle. La jalousie n'était pas de mise entre eux. Ce couple s'était construit sur la transgression. Une transgression à laquelle ils ont été fidèles jusqu'au bout.

Mas a réussi à se faire embaucher par Thévenot pour mieux contrôler ses agissements.

Les choses se sont gâtées lorsque le vieux a demandé à Rolland d'enquêter sur sa fille. Découvrant qu'Estelle fréquentait un Arabe et, surtout, la disparition du journal intime, il a ordonné à Mas de lui trouver un tueur pour éliminer l'intrus. Avait-il peur qu'elle fasse publicité de ses conduites incestueuses ? Mas et Brigitte ont servi d'intermédiaires avec le légionnaire. Mais notre collègue ne savait rien du *split-brain* et n'a pas imaginé que Spangenberg ne se souviendrait plus du contrat. Mas a assisté à l'exécution des deux jeunes gens à distance sur ordre de Thévenot qui voulait s'assurer du bon déroulement de l'opération. Confronté à l'imprévisible, il a maquillé le double meurtre en crime de guerre, dans une mise en scène façon OAS. Il était bien placé pour ça. Souviens-toi du barbouze exécuté et castré près de notre commissariat. L'affaire nous avait été retirée pour être confiée aux services spéciaux.

Grâce à ce stratagème, il espérait que l'affaire serait classée et, en évitant une enquête sur Thévenot, convaincre ce dernier de sa loyauté.

Mas voulait récupérer le dossier de Rolland pour permettre à sa maîtresse de divorcer et d'épouser Bonnefoy. Si leur plan avait fonctionné, il aurait continué à être son amant à Paris.

A cause de notre obstination, il s'est affolé. Il a tué Rolland qui le connaissait comme un flic à la solde de son patron. Il a convaincu le commissaire de me retirer l'enquête peu de temps après que j'ai bousculé le vieux pervers.

Louise, la maquerelle, a été éliminée après mon passage au Sphinx. Elle n'avait rien dit sur lui, mais elle pouvait.

Quand il a découvert que j'avais pris sous ma protection le légionnaire échappé de l'hôpital, il s'est mis à sa recherche. En vain. Il a menacé Thévenot pour récupérer le dossier dans le coffre et l'a égorgé.

Hélène et lui sont venus au rendez-vous d'Irène, convaincus qu'elle avait un double du dossier adultère. Ils se foutaient du catalogue pornographique.

Ils allaient liquider Irène quand... Enfin, tu connais la suite.

Un amour contrarié d'adolescents, ça peut conduire au carnage d'une famille et de quelques autres, vingt-cinq ans plus tard...

Je ne saurai jamais si Paul Thévenot t'a balancé à l'OAS, si Mas a plastiqué la bagnole pour avoir ma peau, si le légionnaire s'en est sorti vivant...

Malgré sa confession, je n'avais aucune preuve pour interpeller Hélène, aucun moyen de l'empêcher de convoler vers d'injustes noces.

Je suis venu te raconter tout ça, parce que tu dois mal dormir depuis cette enquête inachevée. Comme moi.

Choukroun ! A voir la gueule de ta tombe, je sens que tu n'as pas aimé le film de cette histoire.

Moi non plus. Finalement, tu as peut-être raison en préférant les films d'aventures et les mélodies de Labassi.

Avant de te quitter, je te laisse de la lecture : *Le Monde*. A la une :

AFFRONTEMENTS SANGLANTS
ENTRE WILAYAS RIVALES
EN ALGÉRIE

La guerre civile a recommencé. Sans nous.

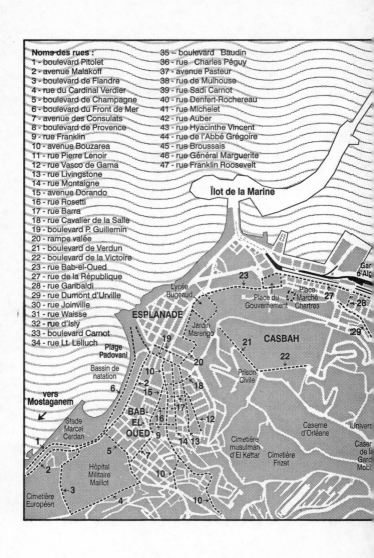

Noms des rues :

1 - boulevard Pitolet
2 - avenue Malakoff
3 - boulevard de Flandre
4 - rue du Cardinal Verdier
5 - boulevard de Champagne
6 - boulevard du Front de Mer
7 - avenue des Consulats
8 - boulevard de Provence
9 - rue Franklin
10 - avenue Bouzarea
11 - rue Pierre Lenoir
12 - rue Vasco de Gama
13 - rue Livingstone
14 - rue Montaigne
15 - avenue Dorando
16 - rue Rosetti
17 - rue Barra
18 - rue Cavalier de la Salle
19 - boulevard P. Guillemin
20 - rampe valée
21 - boulevard de Verdun
22 - boulevard de la Victoire
23 - rue Bab-el-Oued
27 - rue de la République
28 - rue Garibaldi
29 - rue Dumont d'Urville
30 - rue Joinville
31 - rue Waisse
32 - rue d'Isly
33 - boulevard Carnot
34 - rue Lt. Lelluch

35 - boulevard Baudin
36 - rue Charles Péguy
37 - avenue Pasteur
38 - rue de Mulhouse
39 - rue Sadi Carnot
40 - rue Denfert-Rochereau
41 - rue Michelet
42 - rue Auber
43 - rue Hyacinthe Vincent
44 - rue de l'Abbé Grégoire
45 - rue Broussais
46 - rue Général Marguerite
47 - rue Franklin Roosevelt

Îlot de la Marine

Gare
d'Alg

Place
Marché
Chartres

Lycée
Bugeaud

Place du
Gouvernement

ESPLANADE

Jardin
Marengo

CASBAH

Plage
Padovani

Prison
Civile

Bassin de
natation

vers
Mostaganem

BAB-
EL-
OUED

Stade
Marcel
Cerdan

Caserne
d'Orléans

Université

Caser
de la
Gar
Mobi

Hôpital
Militaire
Maillot

Cimetière
musulman
d'El Kettar

Cimetière
Frizet

Cimetière
Européen

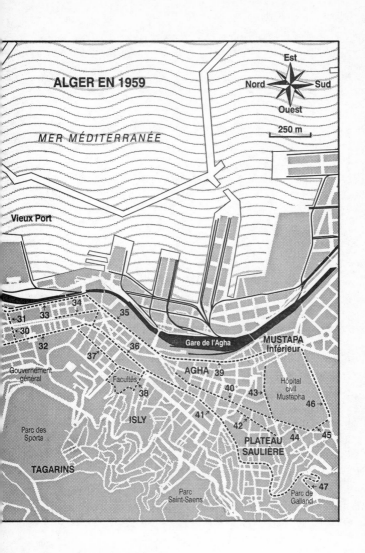

ALGER EN 1959

Est
Nord — Sud
Ouest

250 m

MER MÉDITERRANÉE

Vieux Port

34
31 33
30
32
35
36
37
Gouvernement
général
Facultés
38
Parc des
Sports
ISLY
41
TAGARINS
Parc
Saint-Saëns

Gare de l'Agha
MUSTAPA
Inférieur
AGHA 39
40 43
Hôpital
civil
Mustapha
46
42
PLATEAU
SAULIÈRE
44 45
Parc de
Galland
47

REPÈRES CHRONOLOGIQUES
DE LA GUERRE D'ALGÉRIE
(ÉVOQUÉS DANS LE RÉCIT)

1954

1er novembre : attaque concertée de plusieurs commandos FLN (Front de libération nationale) contre des
objectifs policiers et militaires.

1955

20 août : offensive de l'ALN (Armée de libération nationale) dans le Nord constantinois : 71 victimes euro-
péennes.

1956

22 octobre : détournement de l'avion de Ben Bella et
de ses compagnons, qui sont arrêtés.

1957

7 janvier : le général Massu a les pleins pouvoirs de
police sur le Grand Alger pour neutraliser les commandos FLN qui multiplient les attentats à la bombe.
Commence la "bataille d'Alger." On évalue à 5 000
le nombre de militants organisés dans la Casbah.
10 janvier : bombes dans des stades d'Alger.
Ratissage massif, torture et… résultat.

"Le sang et la merde", comme l'a dit Bigeard.

De 110 en janvier, le nombre d'attentats va décroître jusqu'à 29 en mars.

Alger semble en sécurité jusqu'en juin.

En juin : reprise des attentats, dont celui du Casino d'Alger.

Reprise de la répression.

1958

13 mai : Alger. Occupation par les manifestants du gouvernement général. Comité de salut public présidé par le général Massu.

4 juin : Alger. Le général de Gaulle déclare d'un balcon du gouvernement général : "Je vous ai compris !"… Début d'un tragique malentendu.

7 juin : Algérie. Le général Salan est nommé délégué général du gouvernement et commandant en chef en Algérie.

25 octobre : le GPRA (Gouvernement provisoire de la République algérienne) refuse la paix des braves proposée par de Gaulle lors d'une conférence de presse.

21 décembre : France. De Gaulle est élu président de la République.

1959

16 septembre : France. De Gaulle annonce le principe de l'autodétermination pour les Algériens par voie référendaire.

1960

24 janvier : Alger. Début de la "semaine des barricades".

1er février : le camp retranché de Lagaillarde se rend. Fin des barricades.

1961

8 janvier : France. Référendum sur la politique algérienne du général de Gaulle. Large succès du "oui".

Février : Algérie. Constitution de l'OAS (Organisation
armée secrète) pour maintenir l'Algérie française.

17 mars : Paris. Annonce de pourparlers entre GPRA et
pouvoir français.

22 avril : Algérie. Les généraux Challe, Jouhaud, Zeller et Salan s'emparent du pouvoir en Algérie.

25 avril : Alger. Echec du putsch. Reddition de Challe.
Jouhaud, Zeller et Salan entrent dans la clandesti-
nité.

5 août : Alger. Première émission radiophonique pirate
de l'OAS.

5 décembre : Alger. Arrivée de la première équipe de
police parallèle chargée de neutraliser l'OAS. Cette "police" est surnommée "barbouze" par Lucien Bodard, un
grand reporter de l'époque.

1962

29 janvier : Alger. A El Biar, la villa occupée par une
équipe de police parallèle explose et s'effondre. Un
container piégé leur avait été livré. 19 morts.

5 février : Alger. Assassinat, pour l'exemple, de Maurice Choukroun, par l'OAS. Petit bijoutier de Maison-Carrée, il avait décidé de fuir avec sa famille. Il
a été le premier d'une longue liste de pieds-noirs
exécutés pour "désertion" et "trahison".

15 février : Alger. A Bâb-el-Oued, 4 barbouzes, qui
emmenaient un de leurs blessés à l'hôpital Maillot,
sont pris dans une embuscade de l'OAS et meurent
carbonisés dans leur véhicule.

16 février : Alger. Explosion d'une voiture piégée au Climat-de-France. Nombreuses victimes.

19 février : Evian. Protocole d'accord entre GPRA et gouvernement français.

24 février : Alger. A Bâb-el-Oued, assassinat d'un chauffeur de taxi par le FLN. Lynchage de passants arabes.

26 février : Alger. Vague d'attentats contre les musulmans.

27 février : Algérie. Multiplication de hold-up de banques en Algérie et en Métropole, attribués à tort ou à raison à l'OAS.

5 mars : Alger. 104 explosions au plastic dans le Grand Alger.

15 mars : Alger. Grève des postes après l'assassinat de 4 facteurs, grève des cheminots après l'assassinat de cheminots, grève des journaux après l'assassinat de 2 journalistes.

19 mars : Algérie. Cessez-le-feu après la signature des accords d'Evian.

22 mars : Alger. Attaque d'une colonne de gendarmerie dans le tunnel des Facultés par l'OAS · 25 gendarmes tués.

23 mars : Alger. L'OAS fait de Bâb-el-Oued un camp retranché. Affrontement avec l'armée. 35 morts, 150 blessés.

26 mars : Alger. A l'appel de l'OAS, la population se mobilise pour "libérer" Bâb-el-Oued toujours en état de siège et en couvre-feu permanent. Au cours de la manifestation, l'armée tire sur la population, après un tir de fusil-mitrailleur d'un balcon de la rue d'Isly (les versions diffèrent selon les sources), 66 morts et 200 blessés dans les rangs des manifestants.

8 avril : France. Référendum favorable à la politique algérienne du gouvernement.
Algérie. Politique de la "terre brûlée" décidée par l'OAS.

15 avril : Algérie. Malgré l'interdiction faite par l'OAS de fuir l'Algérie, un premier contingent de rapatriés quitte Oran et débarque à Marseille.

Mai : Algérie. Le terrorisme s'amplifie. Assassinats, chasse à l'homme, plastiquage, obus de mortier, voitures piégées se multiplient, creusant un peu plus le fossé entre les communautés.

7 juin : Alger. Les commandos Delta de l'OAS incendient la bibliothèque d'Alger et ses 60 000 volumes.

3 juillet : indépendance de l'Algérie.

Entre juillet et septembre : 15 000 morts algériens, victimes de l'affrontement entre maquisards, ALN et wilayas.

BIBLIOGRAPHIE

Benjamin Stora, *Histoire de la Guerre d'Algérie*, La Découverte.
Yves Courrières, *La Guerre d'Algérie*, Fayard.
Roland Bacri, *Trésors des racines pataouètes*, Belin.
La Dépêche d'Algérie et *Le Provençal*, archives microfilms de la BNF.
Jean-Loup Passek, *Dictionnaire du cinéma*, Larousse.

REMERCIEMENTS A

Anne-Sophie Attia, Henri Attia, Nelly Bernard,
Bernard Martinez, François Missen, Christian Regis,
Jacques Riudavetz, Raymond Sekel, Colin Thibert,
Sylvie Valignat et le personnel de la Croix-Morin

TABLE

BABEL NOIR

Catalogue

COÉDITION ACTES SUD – LEMÉAC

Achevé d'imprimer en mai 2007 par Bussière à Saint-Amand-Montrond (Cher) sur papier fabriqué à partir de bois provenant de forêts gérées durablement (www.fsc.org) pour le compte d'ACTES SUD, Le Méjan, Place Nina-Berberova 13200 Arles. Dépôt légal 1re édition : février 2006. N° impr. : 071905/1
(Imprimé en France)